U0466873

迟子建
旅行主题小说典藏
逆行精灵
时代出版传媒股份有限公司
安徽文艺出版社

2014夏·故乡

迟子建
三十年前随笔画

2011・会议

2015·雪景

　　迟子建，女，1964年元宵节出生于漠河。1984年毕业于大兴安岭师范学校。1987年入北京师范大学与鲁迅文学院联办的研究生班学习，1990年毕业后到黑龙江省作家协会工作至今。1983年开始写作，已发表以小说为主的文学作品六百余万字，出版有八十余部单行本。主要作品有：长篇小说《伪满洲国》《越过云层的晴朗》《额尔古纳河右岸》《白雪乌鸦》《群山之巅》，小说集《北极村童话》《白雪的墓园》《向着白夜旅行》《逝川》《清水洗尘》《雾月牛栏》《踏着月光的行板》《世界上所有的夜晚》，散文随笔集《伤怀之美》《我的世界下雪了》等。出版有《迟子建长篇小说系列》六卷、《迟子建文集》四卷、《迟子建中篇小说集》五卷、《迟子建短篇小说集》四卷以及三卷本的《迟子建作品精华》。作品有英、法、日、意、韩、荷兰文等海外译本。

藏典说小题主行
藏典说小题主行旅建子迟

逆行精灵

迟子建 ◎ 著

时代出版传媒股份有限公司
安徽文艺出版社

图书在版编目(CIP)数据

逆行精灵/迟子建著. —合肥:安徽文艺出版社,2015.9
(迟子建旅行主题小说典藏)
ISBN 978-7-5396-5515-4

Ⅰ. ①逆… Ⅱ. ①迟… Ⅲ. ①中篇小说-小说集-中国-当代
Ⅳ. ①I247.5

中国版本图书馆 CIP 数据核字(2015)第 203783 号

出　版　人:朱寒冬
责任编辑:朱寒冬　刘冬梅　　　　　装帧设计:张诚鑫

出版发行:时代出版传媒股份有限公司　www.press-mart.com
　　　　　安徽文艺出版社　www.awpub.com
地　　址:合肥市翡翠路 1118 号　邮政编码:230071
营　销　部:(0551) 63533889
印　　制:安徽新华印刷股份有限公司　(0551)65859551

开本:880×1230　1/32　印张:8.625　字数:240 千字
版次:2015 年 9 月第 1 版　2015 年 9 月第 1 次印刷
定价:32.00 元(精装)

(如发现印装质量问题,影响阅读,请与出版社联系调换)

版权所有,侵权必究

自序

在北方的原野上

最近清理闲置多年的旧居,在阳台的老式木箱中,翻出读大兴安岭师专时的两册练笔本。三十多年前,我在即兴写的诗文的下角,随手用蓝色的钢笔和圆珠笔,涂抹了一些插画。虽说它们跟我当时的文笔一样稚嫩、青涩,但生气勃勃。那些小小的插画,都是我熟悉的花草,它们来自北方的原野,像不离不弃的日月,一直照耀着我的生活,照耀着我的写作。

一个作家在现实生活中,可以有上千次的旅行,但最重要的,是其心灵之旅。心旅之痕,化作文字。

回顾我三十年的写作,在已发表的六百万字作品中,以旅行为主题的小说,竟有不少篇什。所以朱寒冬先生邀请我编选一卷小说的时候,我很自然地想到了《向着白夜旅行》《逆行精灵》《草原》《观彗记》《踏着月光的行板》等小说。

这些作品中有看得见又看不见的幽灵,有来自迷离人间的感伤情歌,有百年不遇的彗星的风云际会,有明月下恋人在相向而行的列车上的短暂遥望。世上道路,绝无坦途,遍布荆棘和迷雾,但坚强的旅人,总会穿过荆棘丛,奔向前方,哪怕被刮得鲜血淋淋。而不管多么辽阔的迷雾,最终都不是风和阳光的对手,它终将在不屈的人面前消遁。

  虽说如此,在人生的行旅中,在不公和难以预测的命运面前,眼泪和哀愁,从来就没有离开过我们。我小说行旅中的主人公们,在北方纯美的花草的映衬中,踏上的莫不是伤怀的旅行?我将他们黑夜中深沉的叹息,当作风铃,挂在他们向世界敞开的心扉上。我相信总会有意外的星光,化作无言的风,敲响它,敲响这世界的混沌,使我们透过虚伪的表象,看见真正的光、真正的雨露。于是,哪怕我们身陷泥淖,哪怕周围是豺狼虎啸,我们也不会做那落魄的看客。于是我小说中那些在北方的原野跋涉的人,无论笑着还是哭着,总是披荆斩棘,勇往直前,哪怕做那逆行的精灵。

2015 年 6 月 17 日　哈尔滨

目　录

自序　在北方的原野上 / 1

向着白夜旅行 / 1
逆行精灵 / 49
草原 / 108
观彗记 / 156
踏着月光的行板 / 218

向着白夜旅行

两封关怀来信

那个住在鸡屁股底下的中年男人的来信使我感受到了中国式的求爱。他首先大谈特谈了一番土拉故的天气和环境,诸如八卦式的古堡群,蓝色的充满鱼群的河流,出其不意出现的牦牛、羚羊、麋鹿群等,然后笔锋一转漫不经心却又是精心炮制地写道:"上周马孔多携一年轻女子来土拉故,他们在这儿住了五天。我安排的食宿,现在他们已经去新疆的喀什了。"

读到这里我微微一笑将信撕成几条,让它们到肮脏的废纸篓去享受夏日浑浊的燥热。

接着再拆另外一封来信,是读者来信,便盼望从中看到赞许的话使自己改变心情。撕开封口,费力地拽出十几页薄如蝉翼的纸,翻了三页却只字未见,一时恍惚自己什么时候加入了特务组织,需要一种特殊药水的浸润才得以使字迹显现。第四页、第五页、第六页仍然是空白,空白得让人不知所措。第七页充满神秘。第八页有一股死亡之气从幽玄的地狱之门横溢而出……经历了十二页漫长的空白,如同走过了拒绝敞开的十二扇门。第十三扇门心怀鬼胎地拉开一条缝,里面的人恶作剧地说:祝你经期愉快!

六个歪歪扭扭的字带着一个古怪的惊叹号在第十三页上龇牙咧嘴地望着我。信封上没有详址,从规规矩矩的邮戳上可以认出它的发出地是洛阳。洛阳纸贵。洛阳有让人百看不厌的石窟。当然,还有被武则天贬出京城在异地蓬勃兴起的牡丹。此外,还有微黄的河水、河上的涟漪和落雁。

除第十三页纸被掷进字纸篓,其他十二页美丽的白纸全部被我收留了,毕竟从古到今好东西都让人难以割舍。

六月中旬了。天气预报图上的全国各地气温持续上升。电风扇彻夜开着。卖冷饮的生意可真红火。我下了过水面,吃得汗涔涔的。饭后,已是十九点了,落日还悬在西天拖泥带水地不肯下去,我心烦意乱地抓过一本书,打算在阅读中沉静下来,可文字第一次对我失去了镇静作用,我便求助于那本被翻得破烂不堪的世界地图册。是谁第一个把中国版图比作一只报晓的雄鸡的?我觉得比喻成母鸡更吉利,母鸡可以下蛋,这意味着一种创造,而公鸡的叫声却华而不实,再动听的叫嚣也比不上稻米、水、柴、蔬菜更有助于人类。按照那个蹩脚的比喻,土拉故就是这雄鸡屁股下的一个小镇。而我则住在鸡头上,哈尔滨,对于冬天来说这是个极其动听的名字。

土拉故到哈尔滨,如果从中画上一条直线的话,简直可以说是将这只雄鸡当胸斩为两截。它的直线距离何其遥远,信在路上整整走了九天。

这地图是我上高中时作为考大学的地理教材所备下的,所以某些地名旁边加了许多注脚,如在菲律宾旁边天蓝色的太平洋上我记着:"以农林产品加工业为主。盛产椰子、水稻、烟草、甘蔗、玉米。"而另外一些地方则写着港口科伦坡、卡拉奇、孟买、马德拉斯等的概况。在这册地图上我使用频率最高的词是:水稻、玉米、石油、天然气、橡胶、胡椒、茶叶、花生、蓖麻子、小麦、地毯、黄金、金刚石、铁、铬、白银、石棉等等,它们全是物质的。

浏览地图可以使人产生丰富的联想。比如我看到印度,我就来到这个国家的街道了。美丽的女人打着赤脚到河边汲水,裙子拖得很长很长。我还看到了亚马孙河流域长势不错的庄稼。哦,还有撒哈拉大沙漠上的骆驼和旅人。当然,伦敦的老式街道经常雾气弥漫,埃菲尔铁塔跟雪茄一样充满了燃烧的魅力。想入非非是我独身生活的一大癖好。

打开电视,《世界各地》节目正在播放"吉尼斯世界纪录"。那个头发斑白但魅力十足的男主持人像以往一样手持一本厚厚的书朝我们走来,他置身的环境看上去是座旧房子,充满了博物馆的气息,壁炉里熊熊燃烧的炉火显得暖意融融。主持人在介绍美国威斯康星州的一次飞行表演,我的眼睛却始终没有离开炉火。就在我凝神关注炉火的那一瞬间,马孔多猝然破门而入,微笑着向我走来。一个念头突如其来地跃出脑海,而且坚定不移:我必须同马孔多一起到漠河去看那个只有夏至才出现的白夜。

那个日期应该是六月二十一日。

马孔多拒绝上船

我出其不意的旅行决定并没有使马孔多吃惊,他坐在角落的沙发上吸着烟,腿跷得很高,那布满浓密汗毛的腿使人联想到他来自不毛之地。他的眼睛有一刻眨来眨去眨个不休,仿佛在算计我会不会在出发前夜改变主意。他自认为很了解我反复无常的性格。

六月十六日黄昏,我买到两张开往大兴安岭中心城市加格达奇的硬卧车票。马孔多一声不吭地跟着我回了家。我将两张车票在他面前一亮,他讳莫如深地笑了。离开车时间还有三个小时,我们有充足的时间做一顿丰盛的晚餐,然后将地图册、蜡封的火柴(我总是担心会落水)、香烟、两套干净的内衣内裤、望远镜、各种必备的药品、手电筒、避蚊油、檀香扇、纸笔等等装进旅行包。做完这些,我开始关闭门窗、切断冰箱的电源、检查水龙头和煤气是否安然无恙,然后才小心翼翼地揣好钥匙,招呼马孔多上车站。

我的房子位于哈尔滨南岗区革新街一带,它毗邻文昌街、奋斗路,沿街是累累的商行店铺,建材商店、副食商场、酒店、粮油店、汽车修配厂、银行、电影院、农贸市场、音像发行部、电脑商场、美容院、表店、鞋店等等等等,不一而足。搬到这里时正是秋天,站在阳台上,可以看见街两侧金黄色的落叶,省图书馆那古色古香的建筑也近在咫尺。天高云淡,正是北方封窗腌菜预备过冬的时令。分到住房的那种卑微的满足使我忽略了窗外的喧闹。然而生活走上正轨后,我才发现正置身一个温柔的陷阱。奋斗路上车流如潮,消防车、救护车和警车那刺耳的叫声经常性地响起,还把窗棂震得咣咣地响,即使入夜也不得安宁。许多纪念碑似的大烟囱在漫漫冬天里无休无止地喷出浓烈的黑烟,阳台上尘垢遍布,空气坏极了。尽管如此,我仍然固执地坐在窗前凭借音乐做灵魂的漫游。然而进入五月以来,随着暑热来临而拉开窗户,我感受到了喧闹对一个人真正的煎熬。音乐的最大音量也消除不了外界的干扰,已经有一个月的时间我像白痴一样坐在令人窒息的屋子里翻来覆去地看已经看了千万遍的画册,无所适从。

能在这种穷途末路的时候离开哈尔滨,是我梦寐以求的,更何况向北的旅途又有马孔多为伴呢。

发车时间是十八点四十分。火车很老实地驶过霁虹桥,我看见了不停变换颜色的信号灯。乘务员小姐带着假笑过来换票,我领到了两枚铁质的硬卧乘车证。我们的铺位一个是九号下,一个是九号中,我让马孔多睡下铺。马孔多喜欢望风景,对这个建议他欣然从命。我将旅行袋扔到行李架上,沏了杯茶坐在他身边。火车已经接近松花江大桥了,铁灰色的桥似巨幅屏风一样张开。松花江北岸有徒有虚名的太阳岛,江心岛搭起了许多五颜六色的帐篷,有人在垂钓、划船,但更多的人则在混浊的江水中游泳。江风习习,可以望见江岸斯大林公园里如织的行人。我对松花江在这个季节中的备受蹂躏充满同情。那些受不了超过人体体温酷热的南方人带着时髦的粤语来到这里避暑,他们来自广州、福州、成都、武汉、长沙甚至香港和澳门,他们乘火车和飞机来,汗臭味袭击了这城市形形色色的宾馆。很多机敏的商人一边歇伏一边把手伸向北方人那防备薄弱的钱袋,大笔大笔地做着生意。

火车已经驶向郊区,我才对马孔多说:"刚才那条江就是松花江。"

马孔多耸耸肩,付之一笑。同乘的一些旅伴则对我示以怪异的目光。

车到卧里屯时,太阳已经消失了,窗外的景色有些荒凉。一些采油树在荒原上单调地点着头,永无休止,像是在向上苍叩头祈求洪福和超脱。西边天上有几缕血红的云霓,乘务员催促旅客归铺休息,说是熄灯的时间到了。我倒掉残茶,在洗脸池刷了牙,和马孔多道了声晚安就上了中铺。大平原上凉爽的风将我梳理得舒舒坦坦,魂坠梦乡。大约是子夜时分,忽听下面传来服务员尖厉的呼叫声:"九号下是谁?九号下呢?有没有人?"

九号下?马孔多。我坐起来对乘务员说:"九号下是我的朋友马孔多的铺位。"

"他人呢?铺上怎么没有人?"乘务员的声音听起来就像被饼干噎着了似的暗哑不堪。

"瞧,他睡得正香,别把他吵醒。"我说。

"九号下根本就没有人,你仔细看看。"

"我说过了,马孔多就睡在那里,你也仔细看看。"借着车厢过道昏黄的壁灯,我见马孔多侧着身,睡得相当投入。

乘务员一屁股坐在九号下铺的边角上(幸亏马孔多蜷着腿,否则会被她给惊着),誓不罢休地命令我:"把你们的乘车牌拿出来让我看看。"

火车经过一个小站,月台上昏黄的光散漫地流进车窗,我满心不悦地将两块铁牌拿出来交给她。她看过之后低声问:"你没有不舒服吧?"

"我很好,如果你不吵醒我的话。"

"这样吧,你的确拥有这张空铺,现在有一个孕妇需要休息,她把铺钱如数给你,如何?"

"请注意看清了,那根本不是一张空铺,而且马孔多也不需要和一个孕妇同床共眠!"我的声音大了起来,乘务员不再争执,她满面狐疑地走了。过了不久,她领来一个男乘务员,两个人在我脚跟前嘀嘀咕咕了半晌,然后鬼鬼祟祟地离开了。我不放心地看了马孔多一眼,他睡得的确很香,那双惯于嘲弄人的眼睛偃旗息鼓了。

加格达奇是座山城,周围的山却少见树木,可以说是被秃山围绕。从地图来看,它划归内蒙古自治区境内,但行政归属黑龙江。二十年前乃至十年前,输送到全国各地的优质落叶松源源不断。早晨七时许列车靠向站台,我换好车票,招呼马孔多一起下车。在车门口,面目浮肿的女乘务员挑衅地问我:

"你那位叫马孔多的朋友呢?"

我说:"他就在我身边。"

"可他彻夜未归,你白白浪费了一张铺。"

"他对我说他昨夜在九号下铺休息得很好,他还梦见列宁了。"我冲她摆摆手,"你没梦见过大人物吧?"

"我梦见过毛主席。"她说话时,大兴安岭的晨光将她的脸涂抹得一派粲然。

我和马孔多在福泰顺饭馆吃了水煎包,我还喝了一听啤酒。马孔多在吃东西的时候吸着烟,紧皱着眉头,那样子像是被我给绑了票。我对他说,我们马上换乘八点四十分开往古莲的火车,他点点头。我接着又说,不过我们不在终点下车,离二十一号还有几天时间,我打算到塔河下车坐长途车去呼玛。马孔多抽了一下鼻子,也许他是不适应大兴安岭的冷空气。他那副看似任人宰割的无所谓态度使我的敌对情绪勃然而起:"你在陕西乾县同个寡妇风流了一夜,又在西双版纳幸会了一个傣族姑娘,当然还有土拉故和喀什——别以为我什么也不知道。"

马孔多垂下头,仿佛真是犯了错误似的。我继续攻击他,使他不得有分辩的机会:"当然,你肯定要说作为一个考古学家,去陕西那个到处是秦砖汉瓦的省是必要的,西双版纳也有恐龙化石,而土拉故和喀什,是否有木乃伊?"

马孔多对于我喋喋不休的数落向来报以沉默。"别扮成无罪的羔羊了,别说大兴安岭不值得你来一趟,说不定你会在漠河发现一座有着彩陶和丝织品的远古墓穴呢。"

马孔多和我走在有些空荡的大街上。街面很宽,有个脏兮兮的老头在遛一条比他还脏的狗。站前广场的栏杆后停着为数不多的"拉达"出租车,还有一些捎脚的马车。几位妇女穿着花里胡哨的衣裳在兜售水果、面包、香肠和茶鸡蛋。一家小小的录像厅前竖着一块黑板,上面用红粉笔写着《江湖义胆》《摧花狂魔》《街头笑卖情郎》等录像片预告。马孔多把目光放在《摧花狂魔》的片名上,一股本能的喜悦迎合着这致命的诱惑。如果不是时间过于紧张的话,我会让马孔多遂心所愿的。

我们登上火车,车厢很空,座席极不洁净,厕所发出的恶臭令人反胃。我依然让马孔多坐在靠窗的位置。车窗敞开着,可以看见铁路两侧低矮破旧的房屋和夹着障子的菜地。火车过了一个阴森森的桥洞后,我和马孔多同时望见了郊外山顶上的坟场。坟场上野花繁盛,马孔多觑着眼看了我一眼。

我说:"再过五千年,这里将是一个大的考古场,那时会有像你一样热衷考古的人来这里发掘墓葬。那时候电视机的残骸、铝合金的窗架、易拉罐、磁化杯都成为文物了。"

马孔多对我对他工作所持的不友好态度表示出了某种反感,他从T恤衫的口袋里将变色镜搜出来,架在鼻梁上。其实这蛮好,相安两无事,我也懒得看他了。

从车窗外灌进来的风有一股清香的植物气息。天气真不错,一碧如洗。火车经过的地名都与森林有关,松树林、翠峰、林海、新林、翠岗等,但也有比较文化一点的如大扬气和小扬气。从面积上来讲,大扬气不大,小扬气不小,美丽宁静的多布库尔河就从小扬气镇穿过。

"喂,马孔多,别睡着,当心口斜眼歪。"我见他打瞌睡了,就摇他的手臂,那手臂有些凉。

马孔多用手摸了摸眼镜腿,有些口吃地说:"到塔河再叫醒我。"

虽然如此,我仍然很满足,马孔多毕竟又同我坐在了一起。我将头靠在他肩膀上,一般来说马孔多对于女人的亲昵举动总是报以更热烈的回应,但这次他却无动于衷,他是打定主意和我对抗到底。

塔河是个乱糟糟的小城镇,大约有十万人口,是凶杀案发案频率最高的一个小镇,有一家海外电台称它为"杀人魔城"。我们走出乱哄哄的出站口时正撞见两个手持铁锹的民工在吵架,一个骂"我肏你八辈祖宗",另外一个骂"我宰了你全家",吓得我拉起马孔多的手朝东边的长途汽车站飞速跑去。大概是刚下过一场雨吧,小路泥泞不堪,那些废纸、烂菜叶的垃圾堆随处可见,绿头苍蝇乐在其中,手舞足蹈。马孔多已经取下眼镜,他那双多变的眼睛正盯住汽车站门前一个背着大包袱的肥胖的中年女人。那女人宽肩厚臀,阔嘴红脸,似匹结实的母马,马孔多一路的不开心立刻被席卷一空。他情不自禁地朝女人走去,我抢先一步问:

"大嫂,你这是去哪儿?"

"哈尔滨。"女人吐了一口痰,用脚擦了。

"你这是从哪儿来?"

"韩家园子。刚下长途车,俺男人撒尿去了,俺等他。"

"瞧,她与我们的方向正好背道而驰。"我对马孔多说,"他们要去我们来的地方,而我们要去他们离开的地方。"

说话间,一个头发稀疏衣着古板的干瘦男人从厕所走了出来,马孔多嫌恶地掉头而去。我跟在他身后幸灾乐祸地说:"请别说这是庸俗,那女人不过是个小巷子里腌菜的大字不识的女人,不值得你失望。"

马孔多的脚步又轻又快,我听到了他的叹息声。

我们搁浅在塔河,去呼玛的长途汽车第二天凌晨才出发。买了车票,便寻旅店,马孔多背对着我,不知想什么。对于塔河,我有一种似曾相识的感觉,荣兴清真饭馆那蓝色的幌子和京京茶馆的门脸我都很眼熟。为了上车方便,我们就住在汽车站旁边的艳艳招待所。我包了一间屋子,三十元钱。屋子里有一对破烂不堪的沙发、三张吱嘎乱响的木板床(马孔多对床很挑剔)、一个掉了搪瓷的花脸盆、三双蓝色泡沫拖鞋,此外还有一台十二英寸的黑白电视机。一进门,马孔多就倒在一张靠窗的床上蒙头大睡,我洗漱一番,招呼他吃饭,他固执地将背对我面壁沉思。

"其实,我包房子是为了让你充分休息。你别怕,我不让你与我同床。"我以为对马孔多解释这些是必要的。

结果我一个人到一家肮脏得无法形容的小饭馆吃了碗油腻腻的水饺,回到房间躺在床上有些头重脚轻。马孔多已经睡了,他的呼吸如此均匀,他脸部的毛孔微微张开,像是一个沉睡的婴儿。

长途汽车发车时间是六月十八日凌晨五时。殷勤的太阳已经升得很高了。汽车穿过灰扑扑的寂静的大街,可以望见几幢瓦灰色的楼房和路两侧零零落落的杨树。几头山羊在学校的栅栏外啃嚼青草,一架淘粪车吱吱扭扭地驶过马路。马孔多坐靠窗的位置,一副大病初愈的样子。汽车爬上了土黄色的狭长的高坡,树木繁茂起来,野菊花、山芍药、百合花到处可见。车过永安的时候,就像通过一个古战场遗址,我没有见到一个行人,倒是某些房屋上笔直的炊烟泄露出这里仍有人烟。这时我心底响起一个尘封的地名——大固其固,这个令人费解的名字似乎曾经笼罩过我的生活。回忆使我疲乏,而努力唤醒某种东西的欲望又令我心烦意乱。

我们朝十八站而去。十八站,是鄂伦春人的聚居地,也是古黄金驿道上一个重要驿站。据说当年慈禧太后为了去金矿,从齐齐哈尔出发,每歇息一处就设立一个驿站。所以现在许多地名还沿用十八站、十九站、二十一站、二十三站等。二十多个驿站,想必黄金之路的征程极其漫长。那时候交通诸多不便,我能想象到一顶皇家小轿被许多苦力抬起朝茫茫林海进发的情景,很威风也很凄凉,他们大概要走一两个月。

车到十八站的时候,一位妇女上来了。她四十多岁,面目粗俗,颧骨高耸,一双呆滞的眼睛向外突着,有点呈"甲亢"状态。她带上来两条咸鱼,大概是鱼才从坛子中取出不久,咸水滴答出篮子,腥味四处弥漫。她自称晕车晕得厉害,要坐在靠窗的位置,她同那个可恶的列车员一样盯上了马孔多的位置。

"我就坐这儿了,这儿空着!"她惊喜地大叫着,人就朝我斜冲过来,肥粗的腿就要跨过我去侵犯马孔多的利益。我一把将她挡在外面,说:"对不起,已经有人了。"

"人?连个蚊子我都没见着!这人在你的肚子里转筋了吧?"她的话令一些打瞌睡的人醒了,他们发出了口吃般的笑声。

我推了推马孔多,说:"告诉她,你一大早晨就坐在这里了。"

马孔多扭了扭肩膀,不想帮我这个忙。我想那个从韩家园子出来去哈尔滨的女人所带给他的失落马上就要得到补偿了,在他的征服名册上这类女人也许还是个空白,否则他不会如此兴味盎然。这时候只有我挺身而出了,我拿出两张客票,九号和十号。我拥有这两个座位,九号是马孔多。我对那妇女解释着,她放下鱼拿起票打探了半晌,然后用紫嘴唇吹了吹,又倒在掌心中拍了几拍,知道是货真价实的,嘴上却直说"真稀奇"。她只能坐在最后一排的空座上。我对马孔多的不合作态度表示了极大的愤怒,我当着众人训斥他:"马孔多,你如果不想同我旅行的话,为什么要来找我?你必须承认和我同行这个事实!"我说这话的时候对着他又推又搡。旅客们不再笑了,他们充满同情地望着我,仿佛我患了不治之症。结果汽车开出十八站不足两公里,那妇女就借着车体的颠簸晃晃悠悠地来到我旁边,故作无辜地将一堆尚未消化好的五颜六色的食物吐在我眼前,有些秽物还溅到了我的裙子上。马孔多见状发出嘻嘻的笑声。

呼玛是大兴安岭古老清寂的一个江边小镇。我和马孔多到达旅馆是午后三时。马孔多说他饿了，我们便去一家馆子吃饭。餐馆建在江堤上，天蓝色的，里面陈设简单，但窗明几净，让人想到生活在这里的都是善良的人。马孔多对这家餐馆也抱有好感。我们要了两个热菜、一个凉盘，还有一斤蒸饺和两听啤酒，马孔多狼吞虎咽地吃起来。我们边吃边看窗外的风景，黑龙江就从眼前流过，我能望见水面上的粼粼波光。江岸泊着几艘船，船都很旧，零零星星的人在岸边间歇地出现。

吃过饭，我向老板娘打听去漠河的船有没有当夜开的。老板娘快人快语地说：

"外地人吧？今年呼玛到漠河不通航。"

我立刻泄了气，又问："怎么会不通航呢？"

"不挣钱呗。"老板娘指着江岸的船说，"坐船倒是风光、清静，可船走起来太慢了，现在人都讲究效率，又有汽车又有火车的，谁还愿意到水里走呢！"

我告诉她我们是特意从塔河下车奔呼玛再去漠河的，目的就是为了在水上生活两天。老板娘叉着腰笑道："绕了这么一个大圈子，就是为了坐船？这样吧，公家的船不行，我倒能让你搭上私人的小轮渡。我哥哥要去古莲河煤矿运批煤来，空船上去，你就坐他的船吧。他明天一大早就动身。"

我喜出望外地说："我和我朋友可以交船费的。"

老板娘说："你不是一个人吗？"

"哪里，还有马孔多。"

老板娘若有所思地点点头说："那也关系不大。"

真是他乡遇贵人。出了餐馆我真想拥抱马孔多。公家不通航，可我们那么幸运地碰上了一条去载煤的船，上帝真的存在吗？

我手舞足蹈地说:"明天早晨有船坐了。"

马孔多说:"我们不能坐那条船。"

我说:"放心,那男人只是去运煤的。"

马孔多说:"真的不能上那条船。"

"你是担心我中途和运煤人通奸把你扔到江中喂大马哈鱼?"我像唱歌剧的一样让双手从胸前缓慢张开,"我可不是潘金莲。"

马孔多沉下脸说:"我也不是武大郎。"

马孔多拒绝上船,意味着我们必须从呼玛再折回塔河,然后再换乘去西林吉的火车。这一天一夜的旅程算是付诸东流了。马孔多的拒绝使我在呼玛那个处子般的静夜中流了半宿的眼泪。

逃离目击现场

我和马孔多从呼玛折回塔河的时间是六月十九日正午十二点。天阴沉沉的,黑云压城,许多商贩推着架子车急匆匆地往家赶。那车上有的载着蔬菜、水果、肉食,也有的装着日常用品,诸如洗衣粉、肥皂、毛巾、牙刷、木梳以及锅碗杯盏。毫无疑问,这些必需品的零售价格比国营商店的要便宜一些,所以它们迅速垄断了市场。

我和马孔多仍然住艳艳招待所,还是那间包房,服务员见到我们就像看到了一条落网的大鱼似的欣喜。他们送来了足足两暖瓶的开水,还附加了两袋当地特产北芪茶。我喝着这芒果色的有药材味的热茶,征求马孔多的意见,是换乘两小时之后的车去西林吉,还是转乘午夜十一时的。

马孔多将袜子扔在枕头上,以出奇冷静的口吻说:"随便。"

"现在你居然如此开明了,为什么乘船时却坚决反对呢?"

"我说过了,我们不能上那条船。"马孔多挠了挠胳膊上那几颗艳如红豆的疙瘩,那是呼玛之夜的蚊子打劫他的成果。

"那是条运煤的船,而不是什么黑道上走私毒品或贩卖人口的,你有什么不能接受的?"

马孔多那双小眼睛不怀好意地深深地盯了我几眼,然后嘻嘻地笑起来。他那丑陋的牙齿和发青的牙床一览无余地暴露出来,他脸颊的颜色由青转红,血在他体内充沛地回升,我几乎要看到几年前那个又丑陋又落拓不羁被大多数人所指责的马孔多了。然而马孔多很快抑制住笑声,他用严肃的口吻说:

"坐午夜十一时的车去西林吉。"

"你不是说随便吗?我想乘两小时之后的车最合适。"

"你的意思就是不想和我单独在这个房间里过一夜?"

"不,我只是不想在火车上颠簸一夜。如果乘两小时之后的车,我们在晚上九点多就到西林吉了。"

"那么我们不是白白浪费了住宿费?"马孔多的吝啬劲又傲慢地抬头了。

在我的挖苦声中他勉强同意了我的计划,尽管如此,仍是嘟囔不休:"白白包了一间房子,有什么意义呢?我最讨厌无缘无故的浪费。"这是马孔多的一贯作风,任何没有回报的支付都会令他恼羞成怒、耿耿于怀。

我们斗嘴的时候,黑云越积越厚,天空那高远的情调荡然无存了。马孔多出主意去清真饭馆喝羊杂碎汤,饭后直接上站,所以出门时将行李一一带上。马孔多在关门前将两杯残茶喝得很干净,然后飞速地打开电视,又飞速地关掉。瞬间出现的画面是一队军人在山地拉练的情景。

"够本了。"我对马孔多说,"茶也喝了,电视也看了,拖鞋也穿了。"

马孔多撇撇嘴说:"可是夜没有过。"

我们走在被狂风席卷的站前大街上。灰尘和纸屑在空中斗殴,我和马孔多紧紧拉着手,那一瞬间我们像一对同病相怜、相濡以沫的夫妻。马孔多的手没有温度,但手的特有力度和粗糙使我不怀疑他的存在。我想起了一些比这还要糟糕的天气,马孔多所讲述的某些野外考古的事情。有一次在山西榆次以北的一个小村子,马孔多他们去勘察远古的房屋遗址。他们赶到目的地后突然风雨大作,山楂般大的冰雹噼里啪啦地灌满了沟谷。马孔多就势匍匐在地,钻进防雨睡袋中。就在那个若明若暗的时刻,马孔多感觉到他的身体透过睡袋接触到了地下深藏着的光滑如玉的肌肤,它的光泽如熟透的苹果,而弹性丰韧如海蜇皮。马孔多还听到了蓬勃的心跳声。他在睡袋中张开双臂朝地层深处前进时,雷阵雨骤然消失,雨过天晴。同伴将他拉出睡袋,他看见了沟谷里乱滚着的熠熠生辉的卵形冰雹,他坚信这遗址里有女性那不灭的气息。

狂风中我们跟跟跄跄地寻找荣兴清真饭馆。一辆卡车载着满车纸箱朝车站货物处飞驰,蓝色的流动小货车被一个四十多岁的妇女给推向小巷深处的一个简朴人家,一些闲散的鸡和鹅迈着惊慌迟疑的步子钻进专门在大门底下为它们开的洞。行人几乎看不见,千奇百怪的房屋在雨前的晦暗天色中有种面目狰狞的感觉。我不幸被风眯了眼睛,马孔多则大声咳着。我们一时找不到清真饭馆,只记得它就在广场西侧的巷子口,毗邻一家食杂店。当我们终于模模糊糊地望见了荣兴清真饭馆那动荡不安的蓝色幌子时,大雨倾盆而下。

我们拉开门的瞬间,马孔多可笑地跌倒在台阶上,他那浑身湿透的狼狈相格外惹人发笑。落汤鸡。落水狗。我在心里哆哆嗦嗦地嘲笑着,扶他进店里,将门关好。一股羊杂碎的气味扑面而来,马孔多坐在放着芥末油的餐桌旁大打喷嚏。

那是间不足二十平方米的餐馆,里面对称摆了六张圆桌。桌和椅都很旧,所以看不出脏来,在黑黢黢的天色中,倒有几分古色古香的情调。屋子里没有开灯,但能从苍蝇嗡嗡的飞翔声中感到它们的忙碌。低廉的墙壁纸由于受潮,许多地方都卷起了毛边,两幅俗气的画固执地占据着墙上醒目的位置。马孔多脱下湿衣服,拧了几下,搭在椅背上。我想要有火炉就好了,他可以将衣服烘干。

店里没有动静,主人不知在里面忙什么。我让马孔多独坐一会,我进去找店主要两碗热汤。马孔多急不可待地拼命点头。他赤着上身,长裤却依然体面地贴在身上,所以店主是个女人也无伤大雅的。

掀开油渍遍布的白色门帘,我看见一个和我一样年轻的女人明眸皓齿地站在灶前煮汤。她高高绾起发髻,手执一把银白色长勺,微微地搅动锅里的肉汤。徐徐漫上来的乳白色蒸气缭绕着她,令我如见仙女,耳目一新。

"老板娘——"我叫了她一声。

她转过脸来,并没有受惊的感觉,那么漫不经心地冲我一笑。

"这么大的雨还有客人来?我真没想到,我没有听见开门声,是外地人吧?"她放下勺子,去一个小瓶子里抓了一把味精扔进锅里,然后又撒上一层碧绿的香菜末,"看你淋得浑身透湿,喝碗热汤吧,刚熬好的排骨汤。"

"清真饭馆还做猪肉吗?"我问,"你不是回民?"

"哪里是。这锅汤是煮给家人喝的,我丈夫下午来这儿吃饭。"她一边说一边找来两块抹布,用它垫在锅的两耳上,将汤挪到圆形的铁质支撑架上,"就你一个人?"

"不,两个人。"我说,"马孔多在桌前等着。"

"多有意思的名字。"她笑了一声。炉膛里的火苗是橘黄色的,它释放的光芒改变了女主人的脸色,映得红彤彤的。要是马孔多能来这里把衣服烤干该有多好,然而她很快把那锅八成开的羊杂碎汤坐在炉圈上,炉火的温柔被遮盖了。

"你没有干爽衣服?要不先换上我的工作服?"她用调羹盛了些酱油放在新坐上去的锅里,"不然你会感冒的。"

"谢谢,我有干爽衣服,我去取旅行袋。"我请求她,"先给我一碗热汤,我的朋友恐怕承受不了了,就要羊杂碎汤。"

"好说。"她取过一只白瓷碗,麻利地盛了又鲜又嫩的羊杂碎,将它递给我,"筷子外面就有,辣椒油、芥末油和蒜酱都在桌子上,随便吃。"

我端着汤小心翼翼走向马孔多的时候发现他将湿衣服穿在身上了。问他为什么做蠢事,他说:"屋子里的温度不过二十度左右,而我的体温却有三十六度五,衣服在身上要干得快些。"他口齿伶俐地接过热汤,猛地喝了一大口,"好鲜的羊杂碎汤!有热汤的帮助衣服干得就更快了!"

"找死!"我开始觉得寒冷,从旅行袋往外拿衣服的时候有点战战兢兢。我捧着干衣服走回灶间,女主人正切辣椒丝,我将湿衣服一一脱下掷在火炉旁。当我赤身裸体戴胸罩的时候,女主人突然歪着头笑眯眯地问我:

"和你一起来的是个男的?"

我点点头,好不容易扣好胸罩的挂钩。

"他不是你丈夫?"她为自己的推理感到兴奋。

"他是我丈夫。"我穿上一套银灰色的衣服,"过去是。"

17

她若有所思地点点头,轻声问:"是因为他爱上别人才和你离婚的?"

我不置可否地付之一笑,将湿衣服团在一起,准备塞进旅行袋里。

"把它晾在这里,一会儿就能干。"她往炉膛里添了两块柴火,里面一阵啪啦乱响,打架似的。

"我的衣服不用晾干了,一会儿我们就要去车站了。"

"去哪儿?"她已经忙完了所有的活,正在用牙签剔手指甲,指甲长长的,在微弱的灯光下呈琥珀色。

"西林吉。"我说。

"去那里干吗?"她把"吗"字咬得很重。

"看白夜。"我说。

"哦,我听说过,每年这个时候都有许多外地人去漠河看白夜,不过他们都不在塔河下车,他们直接上去。"她剔完指甲,牙签被扔进火炉里,她用嘴吹了吹手指甲,那样子看起来又天真又富有挑逗性。

雨下得酣畅淋漓,天色昏暗不堪。她担忧地望了一眼窗外,说如果这样的雨下六七个小时,就会引起山洪暴发。一九八八年和一九九一年,塔河都遭受了特大水患。尤其是一九九一年七月一日,满城汪洋。人们逃到山顶露宿,鸡犬不宁、怨艾四起,真不知建城选址的人当初怎么看上了这块俗称"水库底子"的地方。我插话说:"一九八七年的大火你经历了吗?"

提起大火,她忍不住打了个寒战:"怎么没经历过呢?火是从西林吉烧过来的。那几天大风不断,火快到瓦拉干、绣峰的时候,塔河镇里就到处浓烟,十米之内都难辨人,狗天天叫,老百姓一看见火头就往呼玛河边跑,沙滩上到处是人,黑压压的,大多数人家把值钱的东西都放进地窖了。"

"当时没有想到会死吗?"

"死?"她迟疑地重复了一下,似乎有些困惑,"死也就死了,谁能说得清楚呢?江浙一带许多修鞋匠来大兴安岭挣钱,钱倒是没少挣,可命也搭上了,火头一来他们就挑着担子往山上跑,百分之百都死了。"

"想起来仍然心有余悸?"我问。

"可不是嘛,现在一发现空气中有烟,就怕得不行了。"她用一只花瓷盘拣了四只烧饼,对我说,"这么半天了,看看你的那位朋友吧。"

我端着烧饼来到前厅。马孔多已经吃饱了,他正平静地吸着烟听雨声。我问他还需要烧饼吗,他摇摇头说不必了,那碗汤已经使他恢复了体力。

老板娘端来一碟酱豆,她换上了一套橘黄色的衣裳,没扎围裙。马孔多盯着她天使般的面庞。她的眼睛现出困惑:"你那位朋友走了?"

"喏——"我用嘴努了一下马孔多,"那就是他。"

老板娘揉了揉眼睛,说:"难道我——"

"他就叫马孔多。"我说,"一个考古学家。"

马孔多现出极其温柔的表情,一如他以往求欢时的神态。他向老板娘伸出手,但她却视而不见,她只是贪婪地望着我,样子有点像个同性恋者。

"请问你的名字?"我问。

"秋棠。"她将酱豆摆上桌子。

"秋棠,可不可以让马孔多进里面烤烤炉火?他的衣服还没干透。"

秋棠眨眨眼睛:"没问题。"

马孔多以极其敌意的目光打量了我一番,愤愤地进里屋去了。我坐在他的位置上,而秋棠则坐在我的对面。她将一根筷子竖在我面前,问:"看得见吗?"

我点点头,她就起身去窗台那拿了两个酒盅,又返身进灶间取来瓶玉泉白酒,说:"咱们喝两盅。"她抬起手腕看了看表,"时间还来得及,不会耽误你上车的。"

秋棠嫌室内光线太暗,她拉亮了灯,我见天棚下吊着两盏马奶子形状的灯,灯光非常柔和,很有点情调。而秋棠的发髻、肤色和眼神也有点像日本女人。

我们干了一盅酒,顿时感到热乎乎的。

秋棠说:"你不想一个人去看白夜吗?我担心马孔多会着凉生病,也许他要留在塔河。"

"他病在这儿,谁照顾他呢?"

"当然是我了。"秋棠给两个酒盅都满上了酒。

我吃醋地说:"你这么漂亮的一个女人照顾他,你丈夫会生气的。"

"我丈夫他不介意,他巴不得我找个男人呢。"秋棠用手捋了一下刘海儿,"要是他现在回来,撞见我和一个男人在一起,正中下怀。"

"他心理变态?"

"不,他有个相好的,比我大三岁,是个寡妇,在家当裁缝,有两个孩子,离我这不远。他天天和她睡,到我这里吃饭。那女人把他迷得不行,他要和我离婚去娶她,我不同意。"

"既然这样为什么不离婚呢?"我问。

"我还爱我男人。我想他新鲜几年之后就能回心转意。他说那女人比我强多了,我想不透。人没我俊,脚长得像鸭掌,而且还是黄牙齿、薄耳垂,大概上了床浪得很吧。"秋棠轻轻叹了一口气,又干了一盅酒,弄得两腮绯红。

我说:"我更不能让马孔多留在这里,何况这次是专程来看白夜的呢!"我夹了一粒酱豆,对它的味道赞不绝口。

秋棠笑了:"你那么舍不得他?"

我说:"我只是不想和他在塔河分手,这是个缺乏诗意的地方,到处都乱糟糟的。"

秋棠顺下眼睛,低低地哦了声,然后说:"塔河。"

雨仿佛小了一些,窗口也亮了,似乎有行人的影子从窗前飘过。我感到是出发的时候了,就进去召唤马孔多一起上站,不料他已偎在火炉旁深深地睡着了。他的脸膛看上去极其平和,他把手搁在胸脯上,朴实得像个牧羊人。我已经有很久没有见到他这么香甜悠长沉睡不已了。开往西林吉的火车离塔河很近了,我感觉它已驶过塔尔根,正咔嚓咔嚓地穿过雨后苍翠欲滴的原野,向沿途的旅人扬起热情的臂膀。马孔多和我曾是多么热切盼望雨后的旅行啊,湿润的空气,散发着浓郁的植物气息,小鸟的叫声特别诱人,还有沿途不期而至的水鸭子、野兔、山鸡,是多么鼓舞人心啊! 旅行的兴奋促使我摇醒了马孔多,他揉了下眼睛,将手伸向我,我拉他起来,他轻若云絮。哦,可怜的人!

我们告别秋棠,推开店门,这才发现阳光已经射向水洼,但潮气仍在塔河街头四处弥漫。不甘寂寞的生意人推着满载货物的架子车走出家门,鸡也一路小跑着奔向垃圾堆。

我们俩准时抵达车站,然而火车并没按时而至,要晚点一小时十分。我们像两只又蠢又笨的候鸟怀着误判春天来临的感觉大失所望地互相看了一眼,无精打采地靠在出站口那湿漉漉的绿栅栏上。

"知道为什么晚点吗?"马孔多问。

"下雨的缘故,火车不好开。"我说。

"聪明。"马孔多点起一支烟,不无嘲讽地挖苦我,"什么时候你能不这么高智商?"

"床上。"我说,"那时低智商。"

"未见得。"马孔多快意地喷出一口烟,嬉皮笑脸地说,"打个折扣还可以。"

"当然,比起有些女人,我就算是败坏了你的胃口。"我像青蛙一样气鼓鼓地说,"以后不会再吊你胃口了。"

马孔多用手指划了一下我的脸庞,这是他道歉的一贯动作。

"我把烟盒落在荣兴清真饭馆了。"马孔多说,"你在这儿等着,我把它拿回来。"

"亲爱的——"我阴阳怪气地拉长声调,"你不是一向以真实自诩吗?"

"好吧,实话实说,我想看看秋棠。"马孔多将烟扔进一个浑浊的水洼里,指着一个拄着拐杖的老头说,"到了这般年纪,我会什么想头也没有了。"

我点点头。我说:"你去吧,在炉火旁做爱肯定很有情调,只是别误了火车。"

马孔多一边申明"只是看她一眼",一边喜不自禁地将他那个没什么内容的旅行包扔给我,像发情的狮子一样朝荣兴清真饭馆去了。

该死的晚点列车!我将脖子仰得高高的,看晴朗的天空。馒头形的白云就跟秋棠的发髻一样俯视着我。骑自行车的人将铃声闹得很响,一列货车伴着刺耳的汽笛进站了。

时光从大街小巷悄悄流逝。半小时过去了,我猜测马孔多和秋棠正在兴头上,所以就大声给自己唱几首歌。茫然唱了一刻钟,看看手表,估计该是他打道回府的时辰了,于是眼前就出现马孔多紧闭着嘴巴穿衣的情景。这样想着,远远看见清真饭馆蓝色的幌子平静地垂在屋檐下,一个男人急匆匆地从里面出来,他戴着不合时宜的炫目的白手套,这引起了我特别的注意。他是这店的顾客还是秋棠的什么人?他如果是秋棠的丈夫,会不会一时恼怒将马孔多给揍一通?晚点火车已经要按晚点的正点进站了,我飞快朝那家饭馆跑去。店门敞开着,我嗅到了屠宰场才有的血腥气。六张桌子板着老面孔待在原处,马奶子形状的灯虚弱地放着光。我冲进灶间,见马孔多正站在火炉旁打哆嗦。他的脚下,是秋棠那美丽的尸首。秋棠身上有多处刀伤,脸倒是没有伤痕,苍白美艳,她身下的血发乌了。

"你杀了秋棠。"我拉了一下马孔多那冰凉的手。

"我从来不会杀女人的。"马孔多战战兢兢地说,"是她丈夫杀的,他戴着白手套,就当着我的面。"

"他撞见你和秋棠做爱了?"我不敢再看秋棠一眼。

"恰恰相反。"马孔多说,"我一进来就发现秋棠和一个男人滚在一起亲热。那男人做完事,就凶相毕露,他戴上白手套用刀刺秋棠的胸脯。我大声制止他,他一点也不理会。秋棠这时发现了我,她大声呼唤我:'我丈夫要把我杀了,快救我呀,马孔多!'"

"你为什么不去救她?"

"因为我从没见过人杀人。我想看看人是怎么杀人的。"马孔多说,"那把匕首被扔进炉膛里了,它要被烧毁了。"

"我们赶快走吧,否则你会被那个杀人犯给杀了!"

"我是目击者,我要报案。"

"可是我们的目的不是当证人,而是去漠河看白夜!"我说,"何况到了法庭你说得清楚吗——你为什么不阻止他杀人?"

马孔多嗫嚅道:"看完人杀人,想救她已经晚了,事情往往就是这样。"

我强拉硬拽将马孔多拉出荣兴清真饭馆,我用胳膊轻轻带上门,让血腥气暂时不要冲出屋子,也不能让我的指纹留在门上。一切都会结束的,会有人发现秋棠的尸首的。

我和马孔多走向检票口的时候,火车已经进站了。我们做出镇定自若的样子。塔河是个大站,下车的人很多。有个三十多岁的男人臂戴黑纱捧着一个骨灰盒走下来,立刻就被一堆披麻戴孝的人给围住了,他们的哭声给出站口增添了悲凉气氛,无疑那是个客死异乡的人。这真是个晦气冲天的日子,我们总是与死亡不期而遇。我们走上七号车厢,车厢里的人已经不多了,我们择了靠窗的位置坐下,马孔多有气无力地一头趴在茶桌上。出站口那里的人由密渐疏,阳光将月台照得遍地生辉,去西林吉的火车终于在一声幽怨的叹息中驶出塔河站,我的心渐渐踏实起来。杀人魔城毕竟在我们的生活中已成为昨日的风景。当植物越来越繁茂的景色妖娆地出现时,我温柔却是果断地推了推马孔多,我说:"看窗外的景色多迷人。"

马孔多将头抬起来,泪流满面,他失态地大张着嘴问我:"生命就这么不堪一击?"

我说:"记得你跟我说过,有一次你们在挖掘一座明朝的房屋遗址时,突然发现墙角处有一具男尸。尽管只剩下了骨头,但这些骨头却被麻绳缠绕着,可以想见他死前是被人五花大绑着。你当时不是感叹过:生命可以以任何一种方式结束吗?既然如此,平静地死去和被人谋杀其终极意义不是一致的吗?"

马孔多用手抚了一下我的脸庞,他温存地说:"好吧,我们想想白夜的事情,想想那夜在黑龙江边会不会赶上鱼汛。"

"说不定你会遇见一头异常俏丽的母鹿呢!"我笑出了声。

遭遇漂流队

我和马孔多住进西林吉北陲饭店的时间是六月二十日凌晨一时。本来我们是在十九日午夜十一时下车的,由于车站离城里很远,加之没有接站车,所以只好踏着星光徒步进城。临近夏至,高纬度夜晚的天空十分迷人,干净明澈得能看清白云那优雅的暗影。一些素不相识的人也放开大步在路上匆忙走着。我们经过一座白石桥的时候,马孔多伏在栏杆上呕吐不止。我明白那是凶杀案带给他的生理反应。他呕吐完,站在桥头点起一支烟。大草甸子尽头的山看上去是幽蓝色的,风将马孔多的头发吹得格外浪漫。我偎在他身边,说:"忘不掉秋棠?"马孔多将烟熄了,示意该上路了。

北陲饭店马蹄形的空场上停了许多大大小小的汽车,可以想见来这里看白夜的人有很多。一楼服务台趴着一个穿红衣裳的值班小姐,大概是不胜倦意,我们的到来并未惊动她。我乘机征求马孔多的意见,我们是住在一起呢,还是分开。马孔多耸耸肩膀,表示无所谓。我叫醒了服务员,包了二楼一间套房。服务员无精打采地将收据、出入证递给我的时候,懒洋洋地附加了一句:"你真幸运,这是最后一间套房了。"

"是吗?"我说,"那可不只是我的幸运,还有我朋友的。"

"你不是一个人住一套房吗?"服务员警惕起来。

"不,我还有个朋友。"

"既然如此,你得出示你朋友的身份证。"服务员从服务台站了起来。

马孔多饶有兴味地看着我和服务员交涉。我想到了一个严重问题:马孔多并未持身份证,而且即使有,我们也不能同居一室。我们离婚了,同居是非法的。我对服务员说:"都是来看白夜的,不要这么严格嘛。"

服务员满面困惑地盯着我:"可是你的那位朋友在哪儿?我怎么看不见?"

我欣喜若狂!又一个无视马孔多存在的人!我连忙说:"我的确只身一人,刚才只不过同你开个玩笑。西林吉的风水真不坏,让人心情开朗。请别介意我的鲁莽。"我故作潇洒地表演着,最后在给马孔多打手势上楼的时候又堆满假笑恭维那位服务员,"你可真漂亮,很像山口百惠。"

服务员投桃报李地说:"早饭七点到七点半。"

套房还算货真价实。客厅里有拐角沙发、聚酯漆黑色写字台、电视机、台灯和电风扇。卧室有两张床,地毯有些脏,卫生间却很整洁。通往卧室的门是拱门,有一道白色屏风,有点园林式建筑的味道,与房间的整体布局有些矛盾,看上去不伦不类的,但也无伤大雅。马孔多对着各处探头探脑侦察了半晌,才将两只胶鞋脱下来甩在墙角,一偏身上了靠窗的床,拉过被子蒙头大睡。我知趣地关了灯,躺在另一张床上。马孔多将呼噜打得抑扬顿挫。窗帘半掩着,能很清楚地看到窗外的景色。天已经转蓝了,蓝色越来越强烈的时候就将破晓。"黎明"这个字眼使我有头晕目眩的感觉,我趁机进入梦乡。

一觉醒来已是七时整,马孔多不在,他的被子叠得方方正正的。白天与夜晚相比完全是另一番世界了。阳光明亮得让人怀疑全世界都在黑暗中,唯有这里光芒万丈。我想马孔多一定是外出散步了,他喜欢独来独往,讨厌任何形式的约束。记得新婚第二天早晨,我醒来后发现他皱着眉头坐在床头吸烟,问他为什么不开心,他说:"两个人结婚就是终日厮守在一起,想想多么可怕!"他说得如此真诚,让人难以动怒。事实证明,婚后几年的时光马孔多大多在外生活,我能从多种渠道获知有关他的桃色新闻,他自己也毫不隐讳。这种荒唐日子终于维持不下去了,我们在一九八九年六月离了婚,马孔多又成了名副其实的自由人。许多朋友对此给了他两点总结:"马孔多一生最热衷的两项事业是:考古和女人。"用他自己的话说则是:"考古能告诉我人类该如何生存,而女人则是我活下去的勇气。"

抛开马孔多不说吧。我洗脸,梳妆打扮,打开窗子透透新鲜空气,泡杯浓茶。这时门被推开了,马孔多悄悄进来。他与昨夜判若两人,面色红润,眉目舒展,神采勃发,看来秋棠的阴影已经彻底从他心底消失了。他像匹不经世事的快乐小马一样颠到我面前,亲了我的面颊,然后指指他的肚子,示意该吃点什么了。

"散步去了?"我问。

"这里真好,离大自然如此近,空气难以想象地好!"马孔多嘬了一下嘴。

"还没到北极村呢。"我说,"明天晚上在黑龙江畔会让你一生都难以忘怀。"

我们来到人声鼎沸的餐厅。餐桌陈旧不洁,苍蝇肆无忌惮地横冲直撞。旅客手中端着的碗油腻腻的,有的碗还毫无廉耻地豁着边,与楼上套房的舒服可人相比,这里简直有点下流的味道。

马孔多的情绪并未因此受到影响,这使我略觉欣慰。我们要了两碗大米粥、半斤花卷、两碟咸菜,坐在桌前对付那忍耐性极差的胃。正吃着,忽见一个穿中山装的男人引着一行牛高马大的人走进餐厅,他们都穿着鲜艳的红色真空背心,几乎吸引了所有人的目光。我从中看到了一个熟悉的面孔:西旸。西旸悠闲地走在其中,一只手插在裤袋里,头发剃得光光的。他正毫无目的地打量就餐的人,他很快发现了我,走过来和我打招呼。西旸是我和马孔多的共同朋友,也在哈尔滨工作,是一家研究所的研究员,离我单位很近,以往我们常常聚在一起聊天。大概有半年左右的时间我们没有见面了。

西旸问:"你也来了?"

我说:"和马孔多一起来看白夜。"

西旸笑了:"马孔多也会来看白夜?他人呢?"

西旸也看不见马孔多,真让我不知所措、困惑重重,马孔多难道有隐形术?我却能清楚地看见他大口大口地吞咽着花卷,最后把残粥一气喝干,丢下我旁若无人地不跟西旸打声招呼,大摇大摆地出去了。

"马孔多!"我对他的背影说。

西旸说:"没关系,对马孔多我还不了解吗?"他问,"你们什么时候住进来的?"(西旸不承认看到了马孔多,但他使用的称谓却默认了他的存在。)

"今天凌晨。"我说,"你看上去真帅,也来看白夜?"

西旸摇摇头说:"是漂黑龙江。过了白夜就下水。你没看见我的几个伙伴吗?他们都是漂流队的成员。"

"他们看上去也很帅。"我说,"半年多没见你,原来你在忙这件事。"

"为了黑漂,去北京跑批文,又去四川定做橡皮艇,所幸一路绿灯。"西旸说,"饭后咱们再聊,我住二六二号房间。"

看来首漂黑龙江对当地政府惊动很大,西旸他们在小餐厅就餐,而且有当地人陪同。我告别西旸,匆匆回到房间。马孔多正在看电视,《早间新闻》强调产品质量的重要性,播音员那种冷若冰霜、纯粹职业性的表情和声音让人心里发凉。我气冲冲地质问马孔多:"你怎么不跟西旸打招呼?"

"他并没有和我说话的欲望,我用不着委曲求全。"马孔多心烦意乱地变换了一个频道,一片雪花点闪闪烁烁地跳跃着,他嫌恶地咔的一声关掉了电视机。

"你是不是觉得自己很了不起?"我说,"连条私人船都不敢搭乘的胆小鬼,你知道吗?西旸要去漂黑龙江,那才是男人做的事。"

马孔多忽然大笑起来,笑得额头青筋毕露。后来他克制住笑声,绷着脸说:"你的意思是说男人都得去战场送死或者去探险,否则就是胆小鬼?真该让个粗野的男人把你给强奸了,你会说那才是男人该干的事!"

我将高跟鞋脱下来甩向马孔多:"无耻!"

"我知道,接下去你还会用'流氓、下流坯'一类的词,所以我得出去散步了。这里的街道多么整洁,真让人流连忘返。午饭别等我,代我问西旸好。"马孔多冲我打个飞吻,轻轻关上门。马孔多与我争吵之后向来都以逃之夭夭来寻求和解。等着瞧吧,他散步回来后肯定若无其事了。你若在他走后还生他的气,那才是天底下最愚蠢的女人。何况天气这么好,西旸又来了,他那伙朋友如此与众不同,为什么不找他们去聊天呢?

我喝完一杯茶,敲响了西旸的门。西旸打开门,一股香烟的味道热情奔放地向我袭来。屋子里堆满了物品,西旸说那是漂流用的东西:帐篷、橡皮船、鸭绒被、防寒服、压缩饼干、食盐、药品、救生衣、摄影摄像器材等等。对于漂流我一无所知,但与西旸的异地遭遇却使我兴奋不已。西旸喜欢吸烟,有一个美丽而富于个性的妻子和一个不太省心的儿子。据说他与妻子生活多年并未持结婚证,属于事实婚姻,他这种似是而非的婚姻令人羡慕不已。

"我接过他递过来的烟,点着,深深地吸了一口,真是惬意极了。"大家都玩命地挣钱、炒股票了,你怎么突发浪漫主义情怀去漂黑龙江呢?"

"有人不是预言,我是这个时代最后一名理想主义分子嘛!"西旸乐了,他一乐就露出了少年相,全然不似四十出头的人。

"看你们浩浩荡荡的一大列,真够气派的。"

"你可真是少年不知愁滋味。"西旸一手掐着烟,一手摸着光头在地上走了好几个来回,突然大骂起来了,"他妈的现在资金还没全部到位!"

"那你不是领着一伙人去喝西北风吗?"

这时有人敲门,一个高大年轻的小伙子进来告诉西旸,县委有人召见他,说是研究漂流有关事宜。西旸摊开手对我下逐客令:"我要去交涉要两辆卡车,把物品全部运到源头,当然,还有其他乱七八糟的事。一会儿我去看你,你住几号?"

我告诉他房号,然后回到房间看电视。一部四十集的电视连续剧正在重播,令我情绪低落,忍不住关掉它,去窗前看景。一些人在饭店的空地上悠闲地踱步,两个年轻人在打羽毛球,一个骑自行车的孩子冒冒失失地斜冲过来,将一个大腹便便的老头吓得左右躲闪个不休。天空真是晴朗极了,没有丝毫阴霾,这种晴朗让人对白夜的到来充满了无穷的信心。我开始回忆和马孔多曾有过的好时光,婚前的理解、狂热和信任,但思绪很快又转到婚后无休无止的争吵上。为了女人而争吵,真是要命。

有人敲门,是西旸。

"一切都谈妥了?"我问。

西旸微微点点头,在沙发上坐下来,点起一支烟,我连忙为他沏了杯茶。

"有件事我想请马孔多帮忙。"西旸说。

"他能为你们做些什么?"我很吃惊。

"我们这次漂流,有一个摄制组跟随,沿途采风,民俗礼仪、地理风貌等等,想请他客串个节目主持人。马孔多历史知识丰富,谈吐不俗,他胜任得了。"西旸弹烟灰的动作很优雅。

"这事你最好亲自跟他讲,马孔多这人你又不是不了解。"我说。

"还是你跟他说比较合适。他不漂全程,到了黑河就可以让他回返。如果你不介意的话,我想你和马孔多的旅行该结束了。"西旸很严肃地看了我一眼,他那郑重其事的样子令我陌生极了,"你本打算和马孔多继续旅行下去?"

"我只是想陪他来看白夜。离婚那天他曾对我说:'咱们最后一同去旅行一次,去漠河看白夜吧。'我当时拒绝了他的要求。这次他有机会来找我,我就带他出来了。"

"是这样。"西旸起身告辞,"明天我们一同乘车去北极村,白夜之后你就独自返哈尔滨吧,马孔多将和我们一同漂流。"

"试试看吧。"我说。

"一定能成的。"西旸鼓励道。

马孔多回来时已近黄昏。事实上漠河夏至前后是没有黄昏的。晚上六点多钟天仍然很亮,太阳悬在空中,没有坠落的意思。马孔多满身植物气息,好像刚从丛林中钻出来的野人一样。他手中还拿着把紫白红黄的野花,他鞠着躬,故意拉长声调将花献到我面前:"小姐,我是多么爱你,请答应我的求婚。无论贫穷、富有,我们都将厮守在一起……"

我捧腹大笑,马孔多最大的优点就是不记仇,会取悦女人。他说这一天他在外面吃了两顿饭,全都是水饺,很香。他还说山上有一片白桦林,许多树由于冬天大雪的压伏而弯了腰,远远看去像是一个个白色的拱门,许多飞禽就从中飞来窜去。趁着他情绪高涨,我和盘托出了西旸的计划。在他皱眉的那一瞬间我不失时机地点拨:

"马孔多,你可不要因小失大。你只漂到黑河,又在电视上露了脸,将来你比现在会更有名气,许多出水芙蓉的女子也会任你花前月下的。"我充分发挥自己在攻击马孔多上的超常智慧,"你们可以随处宿营,围着篝火吃烤鱼、烤野鸭或山鸡,也许入夜在帐篷里还能听见熊的脚步声。当然,最重要的,你们要经过一个古战场,会看见长有七个脚趾的少数民族与异族抗争的遗址,你也许会发现箭矢、盾牌、破烂的号角等古物的。我肯定,你将大有收获。"

马孔多嘟起嘴,这是他心有所动的一贯表情。他思谋了半晌,突然举起了右臂。当然,这是他赞同某项事情的举止,他同意了!

我递给他一杯茶,自己拿起西旸喝剩的半杯:"来,为伟大的马孔多干杯,为了漂流的成功干杯!"

马孔多一饮而尽,咂咂嘴,说要找西旸聊聊去。我将他送到西旸门口,他有些羞涩地站在那儿,一言不发。西旸木讷地问我:"马孔多还没回来?"

"他不正在你眼前嘛!西旸你可真好眼神!"我兴高采烈地推了马孔多一把,"你不是要找西旸聊聊吗?你们要一起漂黑龙江了,好好商量商量一些细节。我走了,你们谈吧。"

西旸若有所思地点点头:"马孔多,好久不见,请进。"西旸做出一个礼让的动作,可那时马孔多已经溜进室内,西旸的彬彬有礼看上去有点虚伪和滑稽。

晚饭后漠河县委在北陲饭店和文化宫之间的空地上举行了迎白夜露天舞会。站在二楼可以清楚地看到楼下的情景。乐队正在起劲地演奏一首节奏明快的快四步舞曲,十几对男女快速旋转着,但大多数人都在围观。我看见马孔多鬼鬼祟祟地在人群中串来串去。有一刻他还踮着脚尖朝乐队拉小提琴的姑娘张望,样子像个企鹅。马孔多的矮小给他带来了诸多不便。舞会一直到二十一点还没有结束的迹象,蚊子倒是三五成群地飞来,我不得不抹了些避蚊油,然后准备下楼身临其境地感受一番。刚走到饭店门口,恰好碰上西旸,我便问:"刚才你和马孔多谈得怎样?"

"还好。"西旸说,"他非常高兴能加入漂流队。我也一样高兴。只是有一点我必须提醒你,漂流是件危险的活动,在排除诸多浪漫的成分外,死亡的因素还是存在的。"

"死亡?"我说,"别想得那么可怕!"

"必须这样设想。"西旸划着火柴,用掌心护住,点起一支烟。微风把邻近的两棵松树身上的松脂气吹下来了,清香得很。天空是深蓝色的,白夜前夕的漠河清纯明丽,远山那幽幽的暗影又似一缕不经意的哀伤挂在天空的珠帘下。哦,死亡,不!

那一夜我和马孔多睡在一张床上。在那样的夜晚拉上窗帘是最愚蠢的举动,所以我们把窗帘全部卷至墙角。明亮的玻璃窗把明亮的夜晚推到房间,使房间充满了本不应有的光明。白夜仿佛提前降临了。我们幻想着鱼汛、出其不意闪现在大庭广众面前的母鹿以及动人的篝火。我们相互抚摸,感受着肌肤之间的喁喁私语,想象着时光再流逝几十年后,我们都将成为两具不知身在何方的僵尸,一切的怨气和不解也就涣然冰释于温存的拥抱之中了。借着滚滚而来的忤逆黑夜的银白色光芒,我们重温了世上男女本应有的欢乐,更确切地说是一种男女之间的和平,淡淡的永恒的和平。对时光残酷的设想和出人意料的温存使我们流下了眼泪。我们终于在分别后首次达到了一种伤感的和谐。我倒在马孔多怀里,沉沉睡去。

永别的白夜

六月二十一日对于地球是一个特殊的值得纪念的日子。在这一天,太阳将它金色的触角几乎全部移到北半球,在这一天,生活在高纬度村庄的人们将彻彻底底感受到他们生活在一个彻头彻尾光明的世界中。我和马孔多早晨醒来后有些怅然若失,我们迅速从床上分开,各自用衣服装扮起来,然后出现在公众面前。早餐一如昨日,豁着边的油腻腻的碗以老朋友的身份出现在面前,我们象征性地吃了一些。饭后,天有些阴,西旸到房间来通知午后三时动身。问他为什么那么晚,他说上午恐怕有雨。

"马孔多,你还有什么要问西旸的吗?你们明天就要出发了。"我说。

西旸顺着我的目光去看马孔多,他对着我目光所及的地方说:"一切都已准备就绪,你只需跟着走就是了。"

马孔多吐吐舌头。西旸告辞了。

西旸预料得不错,上午九点一刻,天落了雨。马孔多赤脚坐在沙发上抹避蚊油,我则百无聊赖地摆弄手电筒的电池,装上卸下,卸下又装上。

马孔多忽然轻声对我"哎——"了一声,他很少叫我的名字,在他的生活中,我就是被千呼万唤的哎。

"昨夜如果使你有了孩子,我会非常难过的。"他说。

原来他为此闷闷不乐!我说:"绝对不会!"

马孔多的眼睛又充满了神采,那种忐忑不安的表情取而代之以镇定自若的神态:"我只是不想给这世界留下我的血液。"

"是孩子。"我说。

雨下了一个多小时就住了,天豁然亮堂了。雨后的白云缥缈地点缀着蓝色的天空,不远处的山苍翠欲滴。许多车辆在午后潮湿的空气中朝北极村出发。西旸带领漂流队的小伙子们往卡车上装东西。西旸他们已退了房间,他们在北极村尽享白夜后将直接驱车到黑龙江源头,所以北极村之夜将是我与马孔多度过的最后一个夜晚。对于别离我已习以为常,但马孔多这次离去却使我惆怅。我把属于他的东西一一打点好,又将自己行囊中的手电筒、望远镜、蜡封的火柴、香烟、避蚊油等统统给了他。我也退了房,希望归来后直接赶到车站,不想独自再嗅到北陲饭店里与马孔多同居的房间的气息了。

午后三时我们分乘两辆卡车出发了。西旸让我和他坐在一起,而马孔多则在另一辆车上,反正我和马孔多也没更多的话可说了。卡车司机打开录音机,西旸递了一盘很有情调的钢琴曲磁带,行云流水的音乐很快把我的心与车窗外的景色相融在一起。西旸突然指着外面一片经历一九八七年大火的过火林说,看见了吗?那些没有被采伐的火烧木已经返青了。那是一片至少有半个世纪生长期的落叶松,尽管它们的树干仍然掩不住大火所留下的苍黑色疤痕,但它们的枝枝丫丫却抽出了耀目的新绿。高纬度植物的生命力如此旺盛,五年之久的表面死寂状态被烧不死的根给催发出了蓬勃生气。这些侥幸存活下来未被伐掉的树木证明我们已经犯了一个不可饶恕的历史性错误。火灾之后,舆论界大谈特谈官僚主义对经济建设的严重危害时,似乎没有人去关心那些已经被火烧过的树木该怎么办。一个由许多人组成的专家考察团奔赴大兴安岭,他们中的绝大多数人认为火烧木已经毫无再生的可能了,于是一场抢运火烧木的战役在大兴安岭打响了。整整三年时间,那些被宣判了死刑的树木永远离开了大兴安岭这片丰饶的土地,它们被截断,一车皮一车皮地尸体般地被运往他乡。没想到几年后的今天,那些所剩无几的过火林却带着辛辣的微笑孤傲地复苏了。我对西旸说,从塔河到西林吉的火车上,听到两个老大兴安岭人发过这种牢骚了,他们说当地有一个林业专家曾及时提出了自己的观点,认为高寒禁区的林木根系茂盛,深扎泥土之下,具有永冻层,根是不会被烧死的,只要根不死,几年春雨的滋润和林地上丰富的腐殖质会促使树木复苏。然而他的意见由于势单力薄而寡不敌众,没有人科学地采纳他的意见。真理在这种时刻被上帝放逐天涯海角了。

司机加大油门参与了我们的谈话,他是个粗人,他的话加了不少的脏词:"妈拉个×的,这帮书呆子也不向老百姓调查调查!有经验的老林业工人都预言过火木有返青的机会,可没有人信他们的话,因为他们是大老粗。我们抢运火烧木的时候,几个离了休的老林业工人就聚在一起喝老酒,喝多了就哭,说干了一辈子没给子孙后代留下几棵树,他们受不了。我也受不了,我儿子十岁了,我不能让他在这儿待一辈子。有山没林的,跟寡妇守孤灯一样,有什么前途呢!走屎!"

卡车把我们载入劫后余生的森林中,泪水模糊了我的双眼,我不敢去看那满眼的绿。那种牺牲了其他的绿而独立于世的绿木,每一棵都可以成为一座纪念碑。历史的错误就在于它永远没有挽回的余地,如同一场失败的婚姻、一局走向穷途末路的残棋,说什么也回天乏术了!

我垂下头,无言的悲哀使我觉得钢琴是乐器中最令人寒冷的声音。

卡车走了四十分钟,到达老沟金矿,也称胭脂沟。我曾读过宋小濂的《北徼纪游》,粗略知道李金镛创办金矿的情形。当年晚菘青青、瓜壶满架、矿丁往来的情景不复存在了。我们看到了一艘废弃已久的采金船,看上去斑驳不堪,备受岁月侵蚀。黄金的采掘使老沟一带到处都是低缓的坚硬的沙丘。据史料记载,这里曾有俄妓、日妓出入于常年不见女人的矿丁的屋中。谁都能想象得出这苦寒之地矿丁的生活会是什么样子。我和西旸沿着金沟走了一刻,然后又回到卡车上。返青的火烧木和废弃的金矿都使我减少了看白夜的兴趣。我甚至觉得千里迢迢和马孔多一同看白夜有点附庸风雅的味道。

傍晚五点二十分卡车在经过了一大片挺秀的樟子松林后,疲惫不堪地驶进北极村。车停在防火检查站门口,那是间涂着黄粉的房子,周围是兴旺的灌木丛。草和野花的气息扑鼻而来,鸟的叫声也依稀可闻。一个穿白色制服的交警招呼司机下来进行车辆登记。司机登记完上来说:"我们是第三百零一辆。这么小的村子已经有两万人了,你们看,县委把交警都调到村里来了。"

我们按预先安排好的那样先到北极村林场食堂吃饭。席间听负责接待的当地朋友说,北极村的所有旅店都已客满,许多老百姓家也住了人。个体饭店一拨拨地接待人,青菜水果价骤然飞涨。一些摊贩随之在街角和江边支起了摊子,卖煎饼、馄饨、茶鸡蛋、玉米面发糕、咸鱼等等。我插话问他江边都有什么活动。他兴奋得涨红了脸说:"江边拉了好几串彩灯,县委派来了乐队,样子早几天前就运到了,晚上点起篝火尽兴跳舞吧。"他那种作为主人的自豪感溢于言表,而我对彩灯的出现则深恶痛绝,温馨的白夜中彩灯那多变的光芒将大煞风景。

饭后是晚上七时许,太阳还明晃晃地悬在天上。西旸和当地老百姓去田野里认野菜,他怕中途在荒无人烟的地方搁浅以备不测。漂流队的另外几名成员围在一起打桥牌。我和马孔多沿着小路朝村子走去。北极村在夏至前后已不是一个沉寂的村子了,异乡人的影子到处可见,当地老百姓有的在田间劳作,有的在屋子中忙家务,还有的在街头巷尾兜售东西,尽管如此,本地人也显得寥寥无几。我们经过了气象站和敬老院,气象站的白房子沐浴着不死的天光,光彩照人。敬老院那用蓝栅栏围起的院子里有一些老人在散步,他们当中有的是当年在胭脂沟采金的老矿丁,如今都驼了背,老眼昏花,行动迟缓。他们享受白夜的日子不会太久了。

我和马孔多不由自主地走进敬老院,和一个八十七岁的老人攀谈起来。他很厉害的驼背与他眼睛中那不屈的光芒形成了鲜明对照。他拄着拐杖,没有一丝头发,白色的胡须微微拂动,有点仙风道骨的味道。我大声问他是哪里人,他回答是山东人,闯关东来的。又问他为什么孤身一人,他顿了顿拐杖说:"老伴死了,俩孩子一个淹死了,一个嫁到南方去了。"

"那你怎么不跟闺女到南方去?南方水土好,养人哪。"我说。

"南方老下雨,我不去那儿,天又热。漠河这个地方我待服了。"他用极富挑战性的目光望着我,"南方人没力气,因为他们老出汗;北方人冬天烤炉子,烤出了一身的力气。"说着,还跷了跷并不利索的腿,暗示他很有力气。他口齿清楚,牙还没有全落尽,只是耳朵有些背了。他问我们打哪儿来,我说哈尔滨。老人的眼里迸发出狡黠的光彩:"一九三八年我路过哈尔(他将'尔'念成'拉')滨,道外有个桃花巷,有名的妓院都在那儿。城中心有卖大列巴的,跟锅盖那么大。"他试图做个手势,但失败了,"松花江水那个混浆浆的呀,简直没法跟黑龙江水比,现在哈尔滨还那样吗?"

"除了没有妓院外,大面包还有,松花江水也是混浆浆的。"我说。

"哼,妓院没明的,还没有暗的吗?这东西可封不住。"老人顿了顿拐杖,问我们在这里要住几天。马孔多告诉他我们是来看白夜的,之后他要到黑龙江源头进行漂流考察。老人兴致勃勃地问:"是放排吗?"

"坐橡皮船。"马孔多说。

"那你们可得小心,黑龙江看着平,实际上险段也不少。到呼玛那一段有个黑龙口,黑龙就卧在水底,水流急,旋涡大,以前还吞没过大船呢。"他又问,"你媳妇也跟着去?"

马孔多笑着摇摇头。

老人吐了口痰赞同说:"这就对了,别让女人跟着上船。"

马孔多冲我扮个鬼脸。

老人又说:"我怎么看你看不太清,看你媳妇却看得清清楚楚?你闪来闪去的,走了魂似的,漂流要小心啊。"

马孔多吓得白了脸,我也陡然恐惧起来。老人不像其他人那样对马孔多视而不见,可他却看不清楚马孔多,能看清我,这岂不是咄咄怪事!

"你怕死吗?你活了这么大年纪了。"马孔多问。

老人笑了:"这还用问吗?能活这么大岁数,就是怕死啊!要是不怕死,我早就不活了!"他咳嗽了一声,"一想到人要死,我就哆嗦,等死的日子可真不好过。"

我们又随老人到他居室里聊起来。屋子不大,里面对称放着两张床,床单很整洁。东西两面墙上各贴着两张杨柳青年画,一个是童子抱鱼,另一个也是童子抱鱼,只不过鱼摆尾的方向不同,画面大同小异。老人指着他对面的床说:"这个老弟比我小六岁,爱吃爱喝爱吹牛,讲故事谁也不是他的对手。"

"他现在去哪儿了?"我问。

老人一捋胡须沉吟笑道:"他迷上了烂杏,到烂杏那儿陪她说笑去了。"

"烂杏是谁?"我大惑不解。

"烂杏就是烂杏,是这院里的一个老妹子,六十八了,笑起来还嘎嘎的,年轻时没少风流呢。"老人说着,将床头一口紫色木箱打开,从中取出几样陈年旧物。其中有一方红色玛瑙石,透明若水,艳似残阳,老人说是五十年前在洛古河那儿捡到的。还有一条油渍遍布的猪皮带,又宽又长,扣眼已经烂了,老人说那是他女人当年亲手缝制的。马孔多用手抚了抚皮带,意味深长地看了我一眼,开始向老人询问当年采金的情况,俄妓好还是日妓好。这时天色转暗,是九点多钟的时候了,太阳下山,微微的白光透进屋子,柔和的光影印在白墙上。我示意马孔多该去江边,西旸他们也许等急了,马孔多这才依依不舍地告辞。

我们加入了络绎不绝走向江边的人流。有闲狗擦着人的裤脚跑来跑去,听得见江边传来鼓乐的声音。

站在北极村的土岗上,可以望见狂欢白夜的情景。沙滩上拢着十几堆篝火,橘黄色的火焰分外娇艳。沙滩上空果然扯了一片五颜六色的彩灯,乐队在敞篷汽车上高高地奏着响亮的乐曲,一些人拥作一团跳舞,而更多的人是站在外围观舞。观舞人数的剧增使圈内跳舞者的活动范围越来越小,最后他们就像蜜蜂一样抱成一团,分不清对数。沙滩旁边那条平静的江就是黑龙江。江面上没有月影,没有船和鸟,那般的和平,我甚至都听不到江水流动的声音。我和马孔多来到沙滩上。人简直太多了,出售旅游纪念章的棚子灯火通明,白色的棚顶使它看上去像是一座灵棚,充满了祭奠的气息。另外一座灯火通明的棚子是出售"白夜节首日封"的，棚子门前也涌动着叠叠的人。我俩有些失落地贴着江边走了一刻，后来在一簇篝火旁碰见了西旸。西旸建议我们去跳个舞，他的手中握着一个啤酒瓶。我提醒他到呼玛境内的黑龙口要格外小心，因为敬老院的一个老人说那是个缠人的旋子口。西旸点头称是。

我和马孔多打算找一处清静的地方，就朝岸边的灌木丛走去。繁杂的叶片当胸擦过，簌簌地响。脚下的草柔软湿润，我们朝深处走去。这时马孔多忽然拽了一下我的手，指着前方让我看，结果我见到了两个人赤膊接吻的情景。他们那种如饥似渴的样子肯定要有更深一步的接触。我们只好知趣地退出来，穿过热闹非凡的人群，沿着江一直向北走，直走得满眼是自然的景色，不见了彩灯，不见了人影，也听不到聒噪的音乐为止。我和马孔多坐在沙滩上。我说，要有一堆篝火就好了。马孔多连忙点起一支烟，将红色的烟头对准我："这也算篝火吧。"他的声音听起来十分柔和。

那才是真正享受白夜的地方，多年来我和马孔多一直梦想这个时刻的出现。对岸俄罗斯的山峦黑魆魆的，山顶上的星星却光彩夺目。是十点钟的光景了，亮带仍然显眼地横贯天际，虽然没有极光出现，但白夜的味道越来越醇了。没有了黑夜，脚下那蜿蜒曲折的路也就没有隐遁的可能性了。沿着这样的路走下去，可以望见高大的木刻楞房屋、幽深的水井、广阔的菜园、四散的猪舍和悬挂于屋檐下的辣椒、大蒜、鱼干。有的人家的木樟子上搭着充满江水气息的渔网，那银白色的网眼里还夹杂着碧绿的水草。哦，白夜照临每一家窗棂，每一寸和平的土地。我和马孔多拥抱在一起，是那种并不狂热的挚爱的拥抱。就在这个极其动人的时刻，我忽然提出了一个可笑的问题："你携一年轻女子去土拉故了？"

马孔多有气无力地放开我,垂下头,哀哀地看了我一眼:"那个小人又给你来信了?我不明白他追求女人为什么要采取这样一种方式。我又不是第一次去土拉故,他接待我们又是如此热情。他应该明白,你不接受他,并不是由于我的问题。"马孔多看上去有点垂头丧气,"在扫人兴上你是始终不渝的。"他点起一支烟,狠狠地吸了一口,然后抖抖袖子站起来朝高岗走去。我独自坐在那里,看着马孔多缥缈的身影,那形单影只的样子令我想起站在汨罗江边的屈原,这个不祥的联想很快使我陷入无底的黑暗。午夜时分天黑了,马孔多的影子不见了,这是北极村白夜中最真实的一幕,它要以一小时的黑暗为代价,来展览一场更为娇娆的日出。我设想着马孔多在黑龙江漂流的情景,没有女人的旅程会使他郁郁寡欢。这时马孔多忽然回到我身边,他用唇吻了吻我的耳垂,说:"咱们在此分手吧,我看见了一个女人,她将和我远行。"

　　我没有说什么,但泪水却流向面颊。

　　"不想知道她是谁吗?我真应该告诉你,没想到在这儿遇见了她。我刚走上高岗,就看见了秋棠,她说她一路找我找得好苦。"

　　"她不是已经死了吗?哦,马孔多,别吓唬我!"我扑向他的怀抱,可他的怀已不再温暖。

　　"我从不吓唬我爱过的女人。"马孔多紧紧地拥抱我一下,"你现在就去西旸那里吧,明天就不要送我了。"

　　马孔多转身走上高岗,我拭干泪朝狂欢的人群走去。篝火微明,鼓乐散乱,已经疲倦的人坐在沙滩上期待极光的出现。我找到西旸,告诉他我要连夜回西林吉。西旸一惊,问:"你不送马孔多了?"

　　"他又带了一个叫秋棠的女人。"我说,"明明是一个已经死了的人,他却说她活着,真让我害怕。"

"死人活在活人中,这是不足为奇的事,所以不必害怕。"西旸说,"凌晨一时有一辆县委的小车要返回去,我跟他们打一声招呼,你搭他们的车吧。明天上午我们将赶到源头恩和哈达,有关漂流的一些活动我会写信给你的。"

"请别和马孔多计较,他胃不好,别让他喝生水。"

西旸点点头。

我和西旸走上高岗,北极村尽在眼前了。曙色微明,那些高大的木刻楞房屋看上去十分朴素和宁静,我油然而生一种亲切感。沙滩上拥着如此多的人,而村子里却很安静。我忽然明白,我们都是朝拜日光的圣徒,千里迢迢,为的只是更长久地感受一次阳光的照拂。我们真的就如此缺乏光明吗?假如我们真的生活在黑暗中的话。

命案的结局和呼玛沉船

六月二十二日午夜十一时火车到达塔河站,我几乎不假思索就下了车。外面下着毛毛细雨,月台上奶白色的灯裹在雨雾中,朦胧极了。出站者把站台覆了雨的水泥地面踩得噗噗直响。验票员在飞蛾扑绕的昏暗灯下对着我的票查看了半晌,然后提示我:"你的票是到加格达奇的,这里是塔河。"

我说:"我就想在塔河下车。"

我出了站,站前广场上停着各种型号的接站车,司机大开着车灯,雨中的车灯恰似一轮轮蒸腾的月亮。我走下水泥台阶,步上另一条比较宽敞的道路。路灯一副活得很累的样子,虚弱苍白,一些熟悉的建筑出现在面前。走到十字街口的时候,行人几乎不见了,风吹雨打,暗夜行路,真有点探险的味道。我信心百倍地沿着向东的路一直走下去,不久就在路的尽头看到了墨一般乱泼着的杨树林和林畔喧嚣的呼玛河水,我的意识中蓦然闪出一点亮色。我沿着堤坝走向城北那片零乱的居民区。道路泥泞不堪,我不时掉进水洼里,没了脚踝。没有一个行人,除了我、雨、搅和着泥水的路面,就是那些陈尸般的房屋了。走着,走着,我看见了一幢有着高高门楼的房子,那长长的院子和大门外摞起的柈子和板方材,蓦然使我觉得家的存在。我熟练地找到门铃的位置,摁响它,三两分钟的等待后,屋子里的灯那么灿烂地亮了,它把整个雨夜都照得感动了,一股暖流通遍全身。屋门被打开,我听见了一个熟悉的声音:"谁呀?"

"是我。"我泪流满面。

母亲惊叫了一声我的乳名,连忙出来开大门。我穿过整洁的院子进了屋子。母亲嗔怪我为什么不事先打个电报,这么远一个人从车站走来会有危险的。接着她拿出干爽衣服让我换上。姐姐一家人全都被扰醒了,小外甥睡眼惺忪地赤着脚跳下地,扯着我的衣角说:"姨买糖。"

母亲问:"这次回来能住几天?"

我说:"我是去漠河回来路过这儿。我去看白夜了。"

"是吗?"母亲喜出望外地问,"你姥好吗?"

"我没见到她。"我说,"到北极村已经是半夜了,车只停了一会儿就回来了。"我撒谎的时候忆起了北极村的外祖母,她就住在黑龙江畔一座高大的木刻楞房子里,而那房子诞生了我。一切都回到我身边了,我曾在永安住过十五年,后来我祖父和父亲被葬在那里后我们就搬到了塔河。

"一次多么不可思议的旅行。"我对自己说。

我在那个温馨的雨夜中睡得很踏实。第二天早晨起床,屋外阳光灿烂,菜园一片青翠,母亲正在给柿子秧打杈。她对我说,最近出了两桩横事,一个出在呼玛,一个出在塔河。母亲说呼玛一艘私人运煤的船才走出呼玛没多久,就被黑龙口吞没了,这是继一九六七、一九八一年以来的又一次沉船。船无影无踪,人的尸首也捞不上来。

我问是不是到古莲河煤矿运煤的船,船主的妹妹在江边开了家饭店。

母亲怪异地看了我一眼:"你已经知道了?船主的妹妹真的是开饭店的,听说她天天站在岸边哭,神色不大对了。"母亲叹息了一声。

看来马孔多拒绝上船是有道理的。

母亲接着又说塔河发生的一桩凶杀案:"站前广场荣兴清真饭馆的老板娘秋棠让人给杀了。身上挨了十七刀。除了在炉膛里找到一把已烧得不成样子的匕首外,再也没有其他线索了。死者的男人天天到公安局去哭,要他们尽快找到凶手。唉,这种对女人痴心的男人真是少见了。"母亲将打下的柿子杈扔到院外。

我问:"秋棠下葬了吗?"

母亲说:"解剖完就下葬了。"

我说:"难道没人怀疑秋棠的男人是凶手吗?"

母亲大惊失色道:"不要乱说!一日夫妻百日恩,下得了手吗?再说秋棠死后,那男人总是哭,不想过日子的架势。店也要给卖了,人家都看上了那地段,但又嫌出了杀人案,犯忌讳,一时还难出手。"

"不久他会和一个裁缝结婚的。"我说。

没人会相信一个精神漫游者发自肺腑的证词的。没有。我返回屋,坐在矮板凳上喝一碗金黄色的小米粥,粥的颜色和味道都是上乘,很对我的胃口。喝完粥,我穿上胶鞋到菜园中帮母亲给柿子秧打杈,那被打下的秧杈流出的又浓又绿的汁水,弄了我满手。

又两封关怀来信

  七月三日凌晨五时我回到了哈尔滨。公共汽车才启动不久,里面空得很,我拣了靠窗的位置坐下。一些老人在街心花园练气功、舞剑、扭大秧歌,小商贩把卖早点的摊子支满了街角。油条、大饼、豆腐脑、绿豆粥、锅烙、豆浆,是这个城市早点的统治者。来自近郊做生意的农民背着新鲜蔬菜沿着林荫道朝农贸市场走去,虽然是早晨,空气凉爽得很,可他们已是汗流浃背了。汽车沿着奋斗路有条不紊地行驶,沿街的铺子大半还没开张,花花绿绿的牌匾比比皆是,令人眼花缭乱。儿童乐园早市那儿聚了黑压压一带人。马家沟石桥上出劳务的农工密密地排成行,等待雇主的挑选。又是一个平常的庸碌的城市中的日子。我在图书馆下了车,走向自己遥在八楼的小小居室。毕竟那是自己的屋子,虽然打开屋门灰尘累累,但见到了那些熟悉的物件仍然十分亲切。我打水擦地,吸地毯上的灰,将脏了的窗帘换去,又把那套银灰色的家具擦得一尘不染,然后才心安理得地上床歇息。我望着白色的天棚,想起了马孔多,想起了漂流队,我已隐隐觉得这次与马孔多不同寻常的旅行意味着他与我的永诀。我下楼打开那像骨灰匣一样的信箱,从中取出两封信。一封是西旸的,一封是那个住在鸡屁股底下的中年男人来的。

  西旸的信是这样写的:

    我相信你已经回到了哈尔滨,茅塞顿开了。我的本意是想把马孔多的灵魂从你身上引开,所以可以毫不犹豫地预言那个做鬼也风流的马孔多已经死了。他以最恰当的方式死了,这肯定是现实的结局。但愿我这样说没有伤害你。

昨天我们在金山一带闯入绝户网,所幸没有遇难,也许是马孔多灵魂的庇护吧。

别为自己此次怪异的行为感到恐惧,你只要想想那是人的行为,就是正常的了。所以不必去看医生。不是每个人都有那种与真正的灵魂结伴出游的机会的,要相信自己。当我在黑龙江上漂流,一连几个小时不见人烟,被青山、白云、江水和鸟鸣所团团围住时,我才明白,生命是如此渺茫,又如此充满希望。如果你已经确证了马孔多的死讯,请代我给他焚几张纸。

西旸

我打开了另一封信:

我想首先应该告诉你这个不幸的消息,马孔多离开土拉故后,已于六月十五日晚上七时许在由喀什去西藏的公路上死去了。那是一场罕见的车祸,一共死了五十七人,其中有三十六个男人,马孔多是其中之一。他北京的单位已经派人来处理了他的善后问题。

我想人活着就是为了不断承受各种苦难的。你从未来过土拉故,这里的天空和空气都对你非常有好处。这么多年来我一直盼望你有一天突然出现在我面前。我相信马孔多能给予你的,我也都能给予,甚至更好。

我期待着,不是你的信,而是你的敲门声。

×××

放下两封信,我开始回忆六月十五日黄昏,当马孔多殁于多灾多难的新藏公路上时,我在干什么。毫无疑问,那时我正看电视,那个风度翩翩的男主持人站在熊熊炉火旁,我凝视炉火的那一瞬间看见了悄然而进的马孔多。他微笑着向我走来,我产生了与他去看白夜的想法,于是六月十六日我买好了车票,事情的过程就是如此简单。

我坐在沙发上,看着那册中学时代用旧了的以蓝色为基调的地图册,为自己一生中最重要的一次旅行的过早结束而黯然神伤。地图中那个频频出现的广阔蓝色,该是人死后去的地方吧。

1994 年

逆 行 精 灵

　　黑脸人已经是第三次将手伸向座席下的帆布包了。他喘着粗气摸索了很久,直起腰来时手里就攥着一根软蜡般的猪尾。那猪尾被煮成酱黄色,油光光地颤动着,活像一个年老珠黄的妓女在卖弄风情。

　　黑脸人一口将猪尾咬去三分之一,连着骨头一起响亮地嚼着。抱琴的人就觉得心下一阵悸动,仿佛看见一头被剁了尾巴的猪痛苦地四处奔逃的情景。先前他看见黑脸人吭哧吭哧地啃猪蹄,他的意识中出现的是一头瘸腿的猪;当黑脸人第二次从座席下取出猪耳朵时,他看见的是缺耳的猪。如今,一头既瘸且聋又无尾的猪丑陋地占据了他的整个脑海,他充满嫌恶,忍不住拉开手风琴的风箱,在贝斯键的低音区重重地摁下一粒,使之发出沉闷的一声呐喊。

　　车窗外的森林一片苍翠。有时伴着车的颠簸,那绿色就随之活泼地跳跃着。豁唇突然惊喜地拍着玻璃窗叫道:"妈——野鸡!"

　　车里的人不由得发出形形色色的笑声。豁唇红头涨脸地跑到车尾,想看野鸡是否还在视野之中,然而司机的一个急转弯使野鸡出现的林地像颗毒瘤一样被断然切掉了。豁唇看上去有些眼泪汪汪了。这个七岁的男孩坐上车后已经发现了许多趣事:一片弯腰的白桦林、奔跑的灰兔、上树的松鼠、长在黑柞树上的白色树犄、形如麦穗的紫色手掌花……他每一次宣布所撞见的新奇事物时都要先叫一声"妈"。

"妈——白桦树全都弯着腰!"

"那是大雪把它们压的。"被喊作妈的女人已经白了头发,所有的人都以为豁唇是她的孙子。所以豁唇第一次喊妈时,他们都忍不住笑。

"妈——我看见咱家插针用的树墩了!"

老女人看了一眼窗外,对豁唇说:"新鲜的树墩不能插针,要晒干了。"

这回豁唇把"妈"和"野鸡"放在一块说,大家的笑声也就有了更深一层的含义。

豁唇气馁地重新回到座位上。他不明白司机为什么不停下车让他下去玩玩,就因为怕雨会下得大起来而要不停地赶路吗?

他们从县城客运站出发时便灰云压顶。值班的人劝司机不要发车,因为天气预报说午后有中雨,塔纷养路段的人每逢雨天就会阻止车辆通行。司机要赶回家给过世的老父亲烧"三七"(第三周),况且以往也有天气预报虚报云雨,所以他毫不犹豫就上路了。发车前他把丑话说在前头,说他能管得了自己的车不出安全问题,但管不了老天爷,万一下雨就会在中途歇脚了,让大家想好了,是冒险跟他走还是留在县城。结果有一多半的人退票下了车。留在车上的,加上司机和女售票员,总共才十二人。其他十人六男四女,男的有黑脸人、抱琴者、老哑巴、卖山货的人、小木匠和豁唇。女的是豁唇的母亲、圆脸孕妇、脖子像鹅一样高耸的中年妇女和从关里串亲戚归来的短发大嫂。他们要到达的地方分别是塔静、塔香、塔多、塔美和塔奎。当然终点是塔奎了。

蒙蒙细雨一直袅袅下着。司机想只要这雨保持如此温柔的状态,不向气势恢宏处发展,那么他到达塔纷养路段时就不会受到阻拦。万一他们执意不肯放行,他会甩他们一条过滤嘴香烟意思思。如果香烟仍然不能使前途光明,他还有一瓶陈年佳酿作为拨云见日的后备力量。

豁唇很快从对野鸡的恋恋不舍的情绪中走出来,因为他又发现啄木鸟了。啄木鸟顿着脑袋,在吃树缝中的僵虫。跟着,他又看见一棵漆黑的雷击树上栖着几只红脑门的山雀。

黑脸人嚼完了整根猪尾,他怀中的酒瓶便只剩个底了。那是圆形的一斤装的酒精瓶,上面有刻度,他每次喝之前都要用紫色的大拇指甲盖掐一下酒的深度,喝过后又把瓶子高高举向车窗一侧,眯缝着眼睛看他又喝下多少。其实窗外并无阳光,他根本借不到什么亮儿,何况他的眼睛不至于连刻度都看不清了,无非是下意识的举动。黑脸人酒足饭饱地打了几个嗝,然后将胶皮塞蹭进瓶颈口封严,晃了晃,将它放进座席下的帆布包。抱琴者嘘了一口气,想他的饕餮行为总算终止了。不料他俯身起来后手里又抓着一把黄豆,那是生豆子,他将两手合成灯笼状,前后摇动着,豆子便发出狂奔的唰唰的声响。不知他是否在给豆子去灰。后来那把豆子集中到黑脸人的左手时,已被他的油手弄得金光灿灿,他咯嘣咯嘣地嚼起了生黄豆。

瘦削的小木匠一直盯着左上方的鹅颈女人。有人在塔香为他揽到一份活,给一对要结婚的有钱人打家具。他把全套家什都带上了。早晨司机说他是为了赶回塔奎给父亲烧"三七",若是中途因雨而耽搁概不负责时,他曾提着工具袋准备下车。可他走到车中央时发现了这个脖子又白又长的穿绿色碎花衣的女人。她盘着发髻,细眉细眼,嘴唇却很厚,看人时丰唇微启,一副与谁久别重逢的惊讶表情。小木匠觉得她浑身洋溢着一股水曲柳花纹般的浪漫而奇诡的气息,于是又重新回到座位上。有好几次他都想坐到她身边,可一直没有找到一个水到渠成的理由。他盼望着雨下得大起来,这样他们将被滞留在塔纷养路段,也许他会有幸知道她的乳房离脖颈究竟有多远。车里的女人只有她穿着裙子,肉色丝袜透露出她的腿匀称而结实。小木匠不由得咂咂嘴。他想若是汽车顺利通过了塔纷,他就佯称自己不舒服去找她讨药,因为先前她拧开一个黄褐色的玻璃瓶,从中取出两颗橙色的透明药丸投进嘴里。她没有用水就把药咽下了,这使小木匠有一刻觉得嗓子有阻梗的感觉,仿佛鹅颈女人的药堵在他嘴里了。

雷声"轰隆隆"地响了起来,天色刹那间变得更为昏暗。豁唇的母亲连忙冲坐在最前面的孕妇喊:"快关上窗子,别把雷招进来!"

孕妇怕颠簸,所以坐在车首。她大约晕车,一开车就把浮肿的黄脸探向窗外,贪婪地呼吸着新鲜空气。她不情愿地将车窗拉上,然后又悄悄欠了个缝,使自己仍能嗅到一缕滋润的湿气。

"妈——雷真能钻进车里来吗?"豁唇问。

"你要不惹它,它就不进来。它就会去劈那些坏树,把它们烧焦,让它们连片叶子也留不下来。"

"什么样的树是坏树呢?"豁唇问。

"勾引人上吊的树、缠着兔子套的树、挡着路的树、让黑熊蹲仓的树、生着毒蘑的树,这些都是坏树。"

豁唇会心会意地笑了。他一笑那豁唇就更为明显,如一朵鲜艳的三瓣花,而那若隐若现的白牙则是这花深处芬芳的蕊了。

老哑巴一直将头仰在靠背上睡着。他的烟色上衣领上爬着一只黑色的硬壳虫子,豁唇发现后上前帮他捉了下来。他看上去异常疲惫,稀疏的头发长短不一,显得杂乱无章。他的两颊不时抽搐着,仿佛要对谁倾诉什么。跑县城至塔奎这条路的司机没有不认识他的,所有的车主都同情他的遭遇,从来不收他的车费。他每次去城里时都倚着车窗不停地东张西望,看上去充满了信心,可每次归来他都昏昏欲睡、萎靡不振。他是进城去告自己的孙子偷了他的金子,他已经奔波了两年多了,孙子照样在城里上着中学,他的金子却了无踪影。他每次迈进法院的大门,那些喝茶穿制服的人都要冲他笑,他们给他搬椅子、倒水、递扇子,看上去殷勤备至。可当他呈上那个牛皮纸的诉状时,他们都一律冲他摆手摇头。这使他悲哀已极,难道他只能眼睁睁地看着孙子学坏?可惜他不能开口说服他们,也不能洋洋洒洒写下几十页字来细说原委,他的状至今仍是一团迷雾。

雨下大了,车速减慢了,外面的景色看上去恍恍惚惚的。司机破口大骂天气。售票员已经翻完了第三本小儿书。黑脸人将一把黄豆尽收腹中。短发大嫂忧心忡忡地看着窗外突然变得粗鲁的雨,连连叹气。只有小木匠心花怒放地望着鹅颈女人。

他们在正午时赶到了塔纷养路段。前方的路早已被一条红白杠相间的油漆长杆给拦死了。有个矮个子男人打着把黑伞,嘴里嚼着什么从土黄色的房子里出来了。

司机打开驾驶室的门。

"这天你也敢上路?"打伞的人责备司机。

"王段长,我爹明天'三七',我得赶去烧纸,你就开开恩吧。"

"这种天我可不能放你走。现在管得严,你这一路给走下去,工人就白修了半个月的路!"

"路不就是让车跑的嘛,"司机赔着笑脸说,"我慢点开,再说这雨又不大。"

"这雨还不大?"王段长从嘴里吐出一块骨头,说,"你要是给轱辘一蹚,到处都得翻浆!"

"那你是不让我走了?"司机说。

"车上多少人?"王段长问。

"十个。"司机说,"老哑巴也在。"

"又是揣着个空状子回来的?"王段长说。

司机点点头。

王段长呃呃嘴,说午饭刚垫个底,就撑着伞回屋了。司机牢骚不止地将烟拿出来,又把酒也捧出来,打算进屋私下通融一下。这时女售票员冷冷地说:"我看没戏,你趁早别牺牲它们。"

"试试嘛,"司机说,"他一见了酒比看见窑子娘们还高兴。"

"窑子娘们是什么?"豁唇好奇地问妈妈。

"就是干埋汰事的女人。"老女人说。

"什么是埋汰事?"豁唇穷追不舍。

"就是野鸡!"女售票员回过头来笑着逗弄他。

豁唇愈加迷惑不解了,他说:"野鸡不是飞在天上的吗?"

大家又笑起来。黑脸人看了看豁唇,不由得说道:"这小家伙,什么事都爱打听。今年几岁了?"

"七岁。"豁唇说。

"那你妈妈多少岁了?"卖山货的男人不怀好意地问。

"妈妈五十八了。"豁唇转向老女人,"是吧,妈妈?我没说错吧?"

老女人有些愠怒了,瞪一眼卖山货的人,然后一言不发地将坐在屁股下的塑料雨布抖搂出来,下车寻厕所去了。

人们愈加变本加厉地捉弄豁唇。

"你爸多大岁数了?"

"他六十四岁了,他属羊。"豁唇说,"妈属牛,我属狗。"

"你家住哪?"

"塔静。"豁唇说,"我家一个牛,两个羊,四个鹅,十三个鸡,一个狗。"

一直落落寡合的抱琴者也忍不住笑了,他歪过脖子看着豁唇。

"噢,错了。"豁唇跷了跷大拇指说,"临来时宰了个鸡,现在还剩下十二个鸡了。"

"那你有哥哥姐姐吗?"鹅颈女人问。她的声音很有磁性,大约与这声音是从那如隧道一样幽深的脖颈穿过来有关。

"有啊,"豁唇一五一十地说,"我哥在城里开着饭店,姐姐家的地板比我家的炕还漂亮。"

鹅颈女人刚要开口继续逗趣,售票员抢在她前面问豁唇:"你哥和姐家有孩子吗?"

"有啊,"豁唇不以为然地说,"哥哥家有两个梳辫子的,她们比我都高。姐家的是个小子,跟我同岁,今早我出来时他还哭,非要跟我来,妈说不带他,他就用弹弓打我妈的后脑勺。"

"那些孩子管你叫什么?"小木匠焦急地插言。他觉得这样能博得鹅颈女人的心。

"哥家的孩子管我叫叔,姐家的孩子管我叫舅。"豁唇得意地笑了。

"辈分倒没论差。"小木匠说。

"那你和你妈进城干什么去了?"鹅颈女人问。

"我爸犯了痔疮,把肠子都拉出来了,一天疼得坐不住,我和妈进城给他买药。"豁唇指着座席下面说,"蓝包里都是草药,你们没闻到味儿吗?"

"没有。"小木匠嬉皮笑脸地说。

鹅颈女人看了一眼小木匠,小木匠冲她诡秘地一笑。鹅颈女人拉了拉衣领,然后将双臂抱在胸前,仿佛怕小木匠贪馋的目光会从衣领溜进前胸。

小木匠心想:"别装得那么正经!"

司机满面愁云地空手而还了。他跳上驾驶室摁了一下喇叭,然后回头对乘客说:"下车吧,今晚住在这里了,谁也别想走了。"

女售票员揶揄地对司机说:"我说没戏吧,叫你不要带东西去。怎么样,肉包子打狗了吧?"

司机一梗脖子,说:"你怎么老是火上浇油?"

售票员一努嘴,把黑皮票夹放在腋下,哼着什么歌下车了。黑脸人打开车门,东张西望地看了一会儿天,然后没头没脑地说了一句:"天知道,这档子事就这么给耽误了?"

短发大嫂面色青黄地问:"住店要钱吗?"

司机说:"一宿两块,是炕。"

"这么贵呀?"短发大嫂忧戚地说。

"两块还贵?"司机说,"在城里才够买一根奶油冰激凌的。"

"店里有开水吗?"一直不声不响的孕妇问道。

"是温吞水。"豁唇的母亲刚好踏进车门,她接过话茬。她去过厕所后又进屋喝了碗水,知道那暖瓶里水的味道,好像至少存了三天了。

雨中的树已经分不清枝叶,要多模糊有多模糊。只觉得那无边无际的绿色淡下去,那绿色就有了温柔的气象,在白蒙蒙的雨雾中披珠缀玉一般,显得风情万种。

最先映入他们视野的是地中央的一只脸盆。半盆黄水上漂浮着沤烂了的茶叶,盆沿锈迹斑斑,一股浊气噩耗般传来。孕妇首先"欧欧"地怪叫着弯下了身子,她用左手捂住嘴,右手贴在右颊上,将一块褐色的蝴蝶斑给遮住了,她显然是引起生理反应。

"这还算是脸盆吗?"鹅颈女人挺了挺身子,她的脖颈就越发显得绵长。她离开座位后小木匠才发现她身材高挑,腰也异常地长,仿佛一棵修直的钻天杨。他便想那腰是否能并排放上一双手掌。

"凑合着住一宿吧。"王段长进屋来说,"被子不够使,反正晚上又不太凉,盖着衣服就行。"

小木匠心想,被子不够使,我就和鹅颈女人用一条。不过他怀疑那被子对于她的身材来讲过于简短,她的脚也许会露在外面,那脚也一定修长柔美吧。如果她把脚盖住,那就更好,他便可以如愿看到她的裸胸。她的乳头是什么颜色的?深褐色还是草莓色?小木匠将工具袋放到墙角,俯身去端那只脸盆,打算把污水倒掉,然后用清水洗刷干净。

黑脸人站在窗前看雨。抱琴者小心翼翼地把手风琴放在炕沿上,然后用一双白手去拂了一下炕上的灰,使那炕有了几道鲜明的指痕。他嘟囔了一句:"这么脏!"

豁唇东张西望着,他每到一个新地方都是如此。后来他发现火墙缝里爬出一只臭虫,就叫嚷着跳到炕上去歼灭它。他"啪"的一声一掌拍下去,那臭虫就一命呜呼,弄得他手心一片血污。老女人不由得数落他:"你让它爬它的去吧,拍死它干啥?快去洗净你的手!"

豁唇便跑到窗前,将手伸出去接屋檐滤下来的雨。它们一跳一跳地落在他掌心,顷刻就把臭虫冲得踪影皆无。短发大嫂说她还有一个包在车上,不知车门锁没锁。女售票员冷嘲热讽地说:"就是谁偷了你的包,又哪能逃得出去?"

短发大嫂红了脸,她说:"从关里家带了几千里回来的东西,眼瞅着都快到家了。"言下之意,若是东西在这丢了,她几千里路的警惕和辛苦就白白付出了。

小木匠借了养路段的一件绿雨衣,站在雨中刷那个脸盆。他使出浑身解数也除不掉凝聚的茶锈。这时一个矮个子女人打着把伞从地里回来,她提着个竹筐,里面装满了小白菜、大葱和水萝卜。她对小木匠说:"你去灶坑扒拉些灰,用灰一蹭就掉了。"

那女人是养路段的炊事员,她正准备给滞留在这里的旅客们做一锅热汤。

小木匠答应着去灶房弄出一捧灰,一试,果然很灵。那茶锈仿佛残存的美味一样,被狗舌头给舔得光光溜溜。小木匠又把它拿到房山头的水龙头下,把它冲得一尘不染,然后接了半盆清水端进去,放在鹅颈女人脚下,说:

"干净了,洗洗吧。"

鹅颈女人惊讶地看了看脸盆,又看了看小木匠,说:"你刷的?"

"我用灶坑的灰把它蹭干净的。"小木匠说。

鹅颈女人蹲下身子,用纤细的手撩起水,扑簌簌地洗起来。她的皮肤很有弹性,因为她搓脸时发出质感很强的"噗噗"声。洗过脸后,她站起身子将湿淋淋的手尽力甩了甩,一片晶莹的水珠就飞溅开来。有一滴正甩在豁唇的眼睛里,他眯了眼,用手去揉。鹅颈女人不由得笑着上前去翻豁唇的眼皮:"我看红没红?"嫉妒得小木匠直嫌那水珠为何不飞进他的眼睛。

老女人借着鹅颈女人的水洗了洗手,然后拿起炕梢的一团脏抹布,将它放进盆里浸湿拧干,去擦灰尘累累的炕。她跪着擦得气喘吁吁的,她松弛的乳房向下吊着,将衣裳撑成两个圆锥,像是一双猫头鹰的眼在暗夜里闪光。短发大嫂看着过意不去,便上来抢老女人的抹布。老女人说:"我都沾了手了,你就别争了,一会儿帮我再换盆清水来!"

一刻钟后,一铺炕就油光可鉴了。老女人的额上累出了不少汗珠,她坐在炕沿那有气无力地吆喝其他旅伴:"干净了,都上炕直直腰吧。"

那炕东西走向足有十米长。由于面积过大,所以起了两个灶坑眼,这样供热才会均匀。孕妇首先疲惫不堪地上了炕,她脱下鞋子,一双脚已经浮肿了。

鹅颈女人从随身的小包里取出雪花膏,香喷喷地涂了一脸,然后转身问孕妇:"几个月了?"

"这种时候你还敢出门?"鹅颈女人说,"我五个月就不敢走远路,别说是坐长途车了。"

小木匠的心被针刺了一般,暗自叫苦不迭:"原来你早已是别人的女人了,连孩子都生过了。"

孕妇无力地笑了一下,说:"没事的。"

"你这是去哪?"鹅颈女人又问。

"塔多。"孕妇说。

老女人怕豁唇着凉,正在给他翻找绒衣,她憋了一路的问题也就恰好能适时提出了。"怎么没人陪你去生孩子?"她咄咄逼人地问孕妇。

"生孩子还用人陪吗?"孕妇心平气和地说。

老女人心中的疑团越聚越大。她想,你肚子里的孩子一定有鬼,像你这么年轻俊秀的女人从城里跑到乡下去生孩子,肯定有什么羞于出口的秘密。因为老女人从孕妇的梳妆和气质上已经明显感觉到她不属于这一带的人。她正要证实这一点,一直站在窗前的黑脸人转过身问孕妇:"你去塔多,你是那里的人吗?"

"不。"孕妇说,"我去投奔一个亲戚,头一回去那。"

黑脸人失望地转身继续看着窗外。雨"唰唰"地下着,铅灰色的乌云罩住了整个天空。

"你要打听塔多的人吧?"卖山货的突然像猴子一样灵巧地出现在黑脸人身后,"老哑巴是塔多的,你去问他。"

59

大家都没有什么反应,唯有鹅颈女人突然"咯咯咯"地大笑起来,笑得她领口的白色流苏直颤动,大家不解地望着她。见大家浑然不觉,她的笑声越发激烈了,她跺着脚,身子前俯后仰,笑得不能自持:"去、去、问、一、个、哑巴、真、有意思……"

　　大家这才醒悟过来,也跟着笑起来。卖山货的窘迫地将灰色鸭舌帽的帽檐朝下拉了拉,企图遮盖。这时豁唇帮他进行了开脱:"要是会手势,就能向老哑巴打听事。"

　　"就是。"卖山货的拍了一下豁唇的屁股,"咱们还是不懂哑语。"

　　当谈话的气氛渐渐变得融洽起来的时候,炊事员搬着一张栗色的圆桌进来了。她把桌子支在了中央,温和地对大家说:"都过晌午了,饿了吧?我蒸了一笼屉馒头,打了一锅鸡蛋汤,还有蘸酱菜,先点补点补。"

　　她返身又去了灶房。这时短发大嫂嘀嘀咕咕地说:"吃她一顿饭,要给多少钱啊?"

　　"反正不能白吃。"售票员嫌短发大嫂太计较,又加上一句,"要不就饿着。"

　　炊事员先端上一盆冒着热气的白馒头,然后又是一大盆滚热的鸡蛋汤,跟着又将一碗新鲜的黄酱和一小盆水灵灵的青菜送了上来。她指着酱说:"这是今年新下的酱,还没太发好呢。"最后是一摞碗和一捆筷子上了桌,大家便纷纷舀汤。豁唇抓起一个馒头"吭哧"就是一口,说着"真暄腾",然后将一棵爬满水珠的生葱插进酱碗,把两寸长的葱白全都浸在酱里。待他抽出来时由于情急,那葱滑竿般颤动着,不慎将几滴酱甩到鹅颈女人的袖口上。老女人便数落豁唇:"怎么这么一副吃相,看看不是把婶子的袖子给弄埋汰了。"说着放下汤碗,要帮鹅颈女人洗衣裳。鹅颈女人大度地一笑,说:"在路上哪能这么讲究,等到了家我自己洗得了。"她拍拍豁唇的肩膀,示意他不必在乎母亲的埋怨,豁唇便放心地吃去了。

抱琴者是旅客中唯一穿西服的人。他盛了一碗汤,守着他的那台琴喝。手风琴崭新崭新的,琴身是暗红色的,其中缠绕着一些不规则的黑色细线条,使它有了凸凹感,如斑驳的壁画。长的白键与短的黑键交相辉映,豁唇忍不住想上前摸一下。可抱琴者对待那琴实在太重视了,令人不敢造次。

"老哑巴怎么没下车来?"卖山货的忽然问。

"他和司机在一起吃小灶,"女售票员说,"王段长待他才好呢。"

"收他的饭钱吗?"短发大嫂问。她一直眼巴巴地看着别人吃喝。她的嘴唇是灰白色的。

"你问问这一路的小站,谁收过老哑巴一分钱?"女售票员故意用勺子把汤搅响,说,"喝碗热汤真舒服!"

孕妇最先吃完躺在炕上了,她把旅行袋当枕头枕着。只有黑脸人和短发大嫂未动筷子。黑脸人是因为不饿,而短发大嫂是心疼钱。她到车上的包里拿出两块红薯干嚼嚼,坚持到晚上再吃,省一顿饭钱。

"其实咱们被堵在塔纷也是省钱。"女售票员将汤碗放到桌子上说,"在城里住最便宜的大车店,没有五块一宿也下不来。"

她的话激发了短发大嫂的食欲,她上前舀了一碗汤。不过汤已经凉了。那盆水灵灵的青菜早已在别人的肚里做泥,酱碗也空了。只有馒头还余下几个。

卖山货的问黑脸人:"你去塔多干什么?"

"收虎皮去。"黑脸人不再看雨,他阴郁地望着那铺大炕说。卖山货的荡悠着腿坐在炕沿上。

豁唇正在翻小木匠的工具袋,对黑线盒问个不休,听见黑脸人说要收虎皮,就跑到他面前问:"是活老虎吗?"

"是活的。"黑脸人说。

"那你怎么收虎皮?"豁唇问。

"我用刀给它剥皮。"黑脸人微笑着说。

"你骗我,"豁唇说,"你剥不下活老虎的皮,老虎会吃人的,除非你剥的是死老虎的皮。"

大家都以为黑脸人在说醉话,所以就不再深究。只有卖山货的由此联想到他每况愈下的生意,便开始唠叨十几年前这一带野兽多,一个冬天他能到猎户家收购上千张的狍皮和兔皮,他把它们拿到城里卖掉。后来兽皮少了,可各类菌类植物却异常丰富,木耳和蘑菇在城里的销量也甚为可观。最为遗憾的是近几年,就连木耳和蘑菇也少得可怜,他不得已收购都柿、稠李子、牙各答等浆果,然后转卖给酿酒厂,油水可不那么旺了。

"路上我还见到兔子和野鸡了呢!"豁唇说,"给我一个枪,我能打下好几个!"

卖山货的兀自抚弄了一下自己的招风耳,说:"你要会使枪,我就把耳朵割下来给你。"

"我又不稀罕你的耳朵,像七品芝麻官的。"豁唇在城里与母亲看了一场《七品芝麻官》的古装片,那个穿红袍着黑帽的男人的那双颤颤巍巍的翅子被他误认为耳朵,像牛的犄角一样斜斜探出,给他留下了极深的印象。他一上汽车就发现卖山货的耳朵很像七品芝麻官的,只是没有机会说出。这下他终于把联想和盘托出,包括老女人在内,都为此笑了起来。

抱琴者的手指在琴键上划来划去,但是他没有拉开风箱,因而未有声音滑出。

"让他多活一天吧。"黑脸人忽然说道。

"是老虎吗?"豁唇问。

黑脸人不置可否地笑笑,又从绿帆布包里取出酒瓶,空口喝了起来,也许他已经没有下酒菜了。

雨下得似乎小了一些,是午后二时左右了。炊事员进来收拾饭桌,她态度温和地问大家吃饱了没有,并且告诉说晚间煮大楂子粥,用卜留克咸菜炒肉丝。

鹅颈女人说塔纷都柿多,她要出去采一些,不然也是在屋闷着。

"会蹚湿衣裳的!"老女人说,"雨还没有停。"

"这雨小多了,"鹅颈女人说,"是毛毛雨了。"

"我也想出去采都柿,"小木匠喜不自禁地说,"要是碰到动物还能帮你壮壮胆。"

"有蛇吗?"豁唇问。

"你不往深草棵里走就不会遇见蛇。"鹅颈女人说。

"我也要跟着去。"豁唇转向老女人,"妈,行吗?"

"顶着雨出去可不行,要是淋感冒了我可不管。"老女人说。

"不会的。"豁唇说。

"还有谁要去?"鹅颈女人环顾左右地问。

孕妇休息着,女售票员在梳辫子,黑脸人喝酒,抱琴者痴迷地摆弄手风琴。没有人想扩大他们的队伍。

"就咱们仨去吧。"小木匠催促道。

他们把脸盆里的水倒掉,当作盛都柿的器皿,然后又朝炊事员借了把伞和雨衣。

"你们要是走远了,万一发车落下你们,我可不负责呀。"女售票员说。

"这种天,就是晴了也不能走,路还要干上半天。"鹅颈女人经验丰富地说,"我已经是第二次被雨隔在塔纷了。上次是秋天,我们十几个人都出去采蘑菇,金矿砂上的毛尖蘑长得厚墩墩的,炖小鸡吃才美呢,上次我采回了两包袱皮,晒干后还有几斤呢。"

看来鹅颈女人是打定主意滞留塔纷,过她心目中的诗意生活了。

老女人想给豁唇再加一件衣裳,可豁唇嫌啰唆,他紧随着鹅颈女人和小木匠出去了。

孕妇睡着了。她仰着身子,那隆起的肚子一起一伏的,仿佛鼹鼠在下面一拱一拱。老女人望着肚子,总觉得有什么不对头的地方。她不由得把短发大嫂拉到一侧小声嘀咕道:

"你说她就差半个月就该生了,这么沉的身子,一个人跑到塔多去生孩子,这孩子生下来会不会就给丢下了?"

短发大嫂抿了一下头发说:"她不是说投奔亲戚去的吗?她不能丢下孩子不管。"

"哼,如今的女人什么事都干得出来。"老女人小声说,"我那豁唇就是捡来的。"

"捡来的?"短发大嫂的小眼睛顿时变大了,"出去采都柿的那个?"

老女人点点头。

短发大嫂恍然大悟道:"我说嘛,你不可能过了五十岁还生孩子吧?"

"七年前的一个夏天早晨,我起炕后去柴垛抱柴点火,突然看见柴垛下放着一个黄线毯包着的孩子。"老女人越发压低了声音,"我过去一看,是个小子,还睡着,小手胖得都是坑儿,手脖上挂着个银手镯。我一逗弄他,他就醒了。"老女人神秘地说,"你说怪不?

合该他该是我的儿子,他见了我不哭,咯咯就笑了。我抱进家里给他喂了点米汤。他还没长牙,也就在六七个月的样子,见了我老伴也是个笑。我们把左邻右舍都打听到了,都说不知道这孩子是谁的。后来开旅店的邢大娘对我说,昨夜来了个住店的城里女人,又高又瘦,抱着个孩子,说是寻一个远房亲戚。打听塔静这个地方谁两口子心眼最好使,邢大娘就说我们家。她又打听在哪住,邢大娘对她说:'她家的柴垛是全村子里最长的。'结果我就在柴垛那发现了孩子。"

"那他亲妈呢?"短发大嫂焦急地问。

"坐早班的长途车回城了呗。"老女人说,"这还有个找?我原以为这孩子又呆又傻才被扔了,一试他对什么事情都有反应,眼睛咕噜噜地转,才机灵呢。我便看他的小鸡出没出毛病。"

短发大嫂不由得"噗嗤"一笑。

老女人认真地说:"他的小鸡也跟旁的孩子一样。没毛病,我就放心了。他就是个豁唇,豁唇有什么要紧?男孩子小鸡没毛病就行!"

"你就留下他了?"短发大嫂笑吟吟地说。

"啰唆着呢。"老女人拍了一下腿,说,"我先把豁唇抱进城里,给闺女,闺女不要;给儿子,儿子也不要。都说有自己亲生的孩子,养活外人的干什么?让我把豁唇交到民政局去。"老女人有些激动地说,"你说交到民政局还有个好吗?公事公办,就是放到孤儿院给养着,可也不如在人家里待着好。我就把他给抱回家了。"

"收他做儿子了?"短发大嫂羡慕地说,"老年得子才得继呢。"

"一开始我就想让他叫我奶奶,可他才会说话时就管我叫妈,你说奇不奇?我一想就让他当儿子算了。惹得我自己的闺女儿子都不高兴,说我给他们丢了人。豁唇来了后,他们过年都不回塔静了,还得我进城去看他们。不回来倒也清静。"

"豁唇知道自己是捡来的吗?"短发大嫂问。

"塔静的人没有不知道的。小孩子和他打架时,就骂他是'捡来的野种',他就回家哭,说他不是捡来的。"老女人惆怅地说。

"那就不告诉他了?"

"瞒得住吗?"老女人说,"他大了懂事再和他说,他要走,就算我白拉扯他一回;他要是留下,我和老伴身前也有个端汤送水的人,多体己呀。"

"我看豁唇是个厚道孩子,谁养跟谁,他不会离开你们的。"短发大嫂由衷地抚慰道。

老女人因为这渺茫的安慰而觉得无限舒展。她开始嘟囔豁唇不该冒着雨出去,更不该跟鹅颈女人去。老女人上车后便发现小木匠对鹅颈女人心怀不轨,如果他们在林中有意甩开豁唇,孩子迷了路怎么办?碰到狼、熊和蛇怎么办?老女人忽然心慌意乱起来,她不再探究孕妇肚子的奥妙,而是张罗着出去寻找豁唇。

"他们出去了一个时辰了。"短发大嫂说,"你去找也跟不上了。"

"豁唇不会走丢吧?"老女人忧心忡忡地问。

"他是个机灵鬼。"喝酒的黑脸人突然插言道,"丢了谁也丢不了他。"

黑脸人坐在窗前的小板凳上,他已经喝空了一个瓶子,第二瓶酒的塞子业已启开。抱琴者从包中取出一本乐谱,坐在炕梢看得极其入迷。他时而摇头晃脑的,仿佛那音符已经弯弯曲曲地在他体内跳舞了。

"小伙子,你拉个曲儿给大伙听听嘛。"黑脸人大声地冲抱琴者说。

抱琴者抬了一下头,嘴唇动了动,复又垂头看乐谱。

"孕妇在睡觉呢,"老女人善意地为黑脸人打着圆场,"琴一响就把她的觉弄没了。"

黑脸人酒已半酣,这时候人的自尊心大都处于疲惫状态,所以他并未计较抱琴者不回答他的话,而是饶有兴趣地继续问:

"小伙子,你是干啥的?"

"教师。"抱琴者总算抬头礼貌而简短地回答。

"噢,我明白了——"黑脸人使劲呷了一口酒说,"你是教唱歌的。"

"是音乐。"抱琴者强调说。

"唱歌和音乐不是一回事?"黑脸人笑起来,他的两颗门牙也不同寻常地黑。他的鼻毛和胡子连在了一处,鼻头已被酒精沁红。

抱琴者不再说什么。他那样子看上去有几分清高,老女人本能地排斥这样的人。她想那台琴一定是给学校买的了。他来自塔香,那里的小学有琴,而塔静却没有。塔静的音乐老师连口琴都不会吹。老女人觉得这样一比,生在塔静的孩子就吃亏了。

老女人问:"这琴是买给学生听的?"

"噢,"抱琴者说,"下学期的音乐课就能用手风琴伴奏了。"

"学校花了多少钱买的?"老女人又问。

"一千二百多块呢,"抱琴者说,"都是去年一个寒假学生拉木耳椴挣的。有个学生为此上山还冻掉了两个脚指头。"

"那还能走路吗?"老女人同情地问。

"路还是能走,"黑脸人接过话茬,"要是干重的体力活就不行。"

孕妇动了动身子,然后像卧了多时的牛一样慢腾腾地坐了起来,她撩了撩刘海,刘海已被热汗濡湿。她脸颊有了血色,看来休息使她的体力得到了恢复。她的眼睛似睁非睁,长长的睫毛恹恹无力地缓缓扑扇着,给她的眼睑带来一股柔和的阴影。睡前她还束着马尾辫,可一觉醒来她的头发也披散开了,那又长又黑又亮的头发在她胸前背后淘气地流窜着,如一群束缚已久忽然到了户外的孩子一样无拘无束。她那白色的衬衣领因为气色的改观而有了无穷的生气,宛若一只透明的蝴蝶落在颈前。黑脸人一直沉郁烦闷的心变得豁然开朗:原来做孕妇也有这么美的!他不由得陶醉地大喝了一口酒。

孕妇的神态在阴雨黯淡的光线中更多了几分平静和安详。她微微打了一个哈欠,然后转动笨拙的身子用手在光滑的炕面上划来划去。她在寻那只脱落了的发夹。最后她摸到了,却没有力气去梳头发,只是握着发夹,倚着墙,呆呆地看着那架手风琴。

"睡得好吗?"短发大嫂因为有了老女人故事的鼓舞,所以对孕妇也显得格外热心。她更想获知孕妇的故事。她发觉只有在不断听到别人的意外故事时,才觉得受阻于塔纷是值得的。不过她的殷勤搭讪使老女人有几分不快。

孕妇微笑着点点头,说:"还做了梦呢。"

"梦见什么了?"短发大嫂兴致勃勃地刨根问底儿。

"梦见这屋外的林地上,有一个美极了的穿白衣的女人在飘来飘去。"孕妇吃力地说。

"天哪——"短发大嫂叫道。

"那女人全身都是素白的,穿着纱样的长裙。她飘得低时,她的裙子就划着了树梢上的雨珠;她飘得高时,云彩就擦着了她的脸。"

黑脸人看着孕妇,觉得她是坐在一朵巨大莲花上的女人。这种时刻,另一个面黄肌瘦、神思恍惚、嘀嘀咕咕的女人形象不知不觉地隐退了。她带给他的仇恨和屈辱也渐渐如水中的冰块一样分崩离析。

"那女人跟你说话了吗?"短发大嫂穷追不舍。

"她飞来飞去的,我只能仰着脸看她,哪能说话呢。"孕妇说,"她肯定也不会说话。"

黑脸人又喝了一大口,也不再晃动瓶子,也不再用紫色的大拇指指甲去比量酒的刻度。

屋子里突然静了下来。仿佛屋子突然被人推进一口深井。抱琴者放下了乐谱,现出若有所思的神情。这时候忽然有笑声传来,是卖山货的人的笑声。他满嘴泛着油光走了进来,迫不及待地对众人说:

"老哑巴刚才让王段长给灌醉了,醉了后歪在椅子上就睡着了。醒来后你们猜猜他做了什么?"卖山货的得意扬扬地抚弄了一下自己的招风耳。

人们都沉浸在孕妇对会飞的白纱女人的遐想之中,所以没人对他的话题表示关注。

"老哑巴朝王段长要了纸和笔。"卖山货的仍然在卖关子。

"他会写字?"短发大嫂最快地转移了思路。

"画。"卖山货的人说,"他用铅笔画一片林子,然后又在这林子上画了一个穿着长裙子的美女,这女人在半空中飞着。"

大家惊讶不已地看了看孕妇。孕妇用手捂住嘴,差一点失声地惊叫起来。

"老哑巴大约是想女人了。"卖山货的人说,"王段长指着画和老哑巴打手势,告诉他人间没有会飞的女人,要找只能找挑水喂猪、在地上走的大脚片子。"

"老哑巴怎么说?"短发大嫂问。

"他能说什么吗?"卖山货的人说,"他只是指着窗外的山,着急地使劲比画着,瞪着眼睛,好像老天爷已经把那女人给他送来了。"

"天哪——"老女人暗叫,"全都是会飞的女人!"

卖山货的讲完这桩趣事,然后转向黑脸人:"你怎么不就着菜喝?"

抱琴者心想,可别让他就菜喝了,不然他也许又会魔术般地从帆布包中掏出个猪拱嘴。那样的话,他的满脑子又会涌起越发残疾的猪的形象。

黑脸人只是又喝了一口酒,并未说什么,他一直在看着孕妇。刚才孕妇用手捂嘴的时候,他发现那手也分外地美,他便想这样的手拂在男人的额头时会是何等地逍遥。卖山货的说那一边的酒桌还没撤,司机喝得里倒歪斜了,后参加进去的售票员也醉了三分了。

"好玩!"卖山货的快活地发出一声感叹,然后走出了屋子。

大家面面相觑,无话可说,而后又不约而同地将目光放到窗外。雨又大了起来,雨声激烈得如打鼓。老女人心急如焚,后悔不该将豁唇放出去,他们已经走了快两个钟头了。

鹅颈女人是永远不会迷路的,所以她大胆地选择连毛毛道也没有的林地走。有人蹚过的路野生植被会遭到不同程度的破坏,而无人涉足的地方却是一片葳蕤的奇观。他们才进林子,豁唇就发现了一个吊在矮树下的马蜂窝,跟着又看见一条硕大的绿色毛毛虫在白树干上蠕动。他们全都湿透了鞋子,走起路来那鞋子因为水的浸润而嗞咕嗞咕地响。鹅颈女人的长裙因为雨水的滋扰而质地沉重,它向下坠着,时时挂在拇指粗的树杈上,这给了小木匠帮助她将裙子从树杈上摘下的契机。

微雨中森林的空气有股植物清香的气息,仿佛一棵棵树在沐浴时不停地往上擦香皂。那树叶纤尘不染,晶莹如颗颗翡翠。他们在一个平缓的山坡上发现了一片都柿,是羊奶子形状的。熟过头的已经明显蔫软,并呈现出玫瑰色。豁唇专拣这样的吃,因为它甘甜得无边无际。只一刻他就吃紫了牙和嘴唇。鹅颈女人守着盆子,蹲在地上先吃了一刻,然后再往盆子里采。都柿果"嘟——嘟——"地落入盆底。小木匠采得头上冒汗,每当他手里有了一捧而握不住时,就心急火燎地往鹅颈女人的盆子里送。他俯下身,故意将手臂蹭着她的胸,看她什么反应。鹅颈女人总是微微一笑,告诉他不要用手使劲揉都柿,把它上面的那层白膜弄没了就不好吃了。他们采了半小时左右,豁唇便说羊奶子形状的都柿没有圆圆的好。鹅颈女人就直起腰说:"那咱们就去找圆的都柿。"

鹅颈女人已经三十六岁了,膝下一儿一女。她丈夫在塔香供销社当会计,精明而却不失本分。鹅颈女人从当姑娘的时候起就喜欢进城,那时她在粮店工作,将挣来的钱全都扔在路上了。她每次坐在车上时都有一种无法言说的幸福感,觉得这才叫人过的日子。她在城里也没有亲戚和熟人。她住便宜的旅店,然后到街上吃小吃,逛服装店,去电影院跟着主人公或悲或喜。心满意足后,她又开始想家,想她那百依百顺的丈夫,虽然他的个子还没有她高,想她那双活泼的儿女,于是又坐车返回塔香。每年若不进城几次,她就会心烦意乱。塔香的一些男人很觊觎她的身段,常常有人在暗中挑逗她。她虽然觉得丈夫不错,但也几度背叛过他。她和拖拉机手在麦地睡过,和猎人胡京在山顶的木屋住过浪漫的一夜,也把她好看的腰肢展览给一外地的鱼贩子。她时时对丈夫生出几分愧疚,而当机会来临时,她却如入迷雾中一样不能自持。事后她总是宽慰自己,觉得她没有什么错,是她的身体出错了,身体那是老天爷给的呀,说收回就收回了的东西,她如何管得了呢?但她又不是那种放浪形骸的女人,并不是每一个男人都能得到他所渴望的东西,所以有一些人就只能永远对她馋涎欲滴。一般来说,她只有在特殊的天气和氛围中才感觉到自己的情欲像囚禁的雄狮欲出笼一样不可遏制。比如与拖拉机手在无人的麦地,那天她只是漫无目的地朝麦地走去,后来微风起来了,金黄色的麦穗在风中摇曳,如一串串风铃在歌唱。阳光在麦地上波澜起伏,她是第一次感觉到阳光会跳舞。这时拖拉机手朝她走来了,说了句"里面的麦地比这还好看",她就随着他去了麦地深处。她躺在茂盛的麦地里,感觉四周的麦秆像房屋的柱子一样使人依恋,她那天如少女一般地激动。拖拉机手一直将她抚慰到日影倾斜的时候,此时微风已收,麦穗岿然不动,一股丰收的味道沁入她的心脾。自此之后,拖拉机手以为鹅颈女人钟情于他,曾经两度去找她,一次她正在猪圈起粪,一次正走在泥泞的巷子里,从邻居家抱回一条乳狗。她看见拖拉机手那窘迫而急切的目光觉得万分可笑,他那不伦不类的衣着和又脏又乱的头发都使她产生了一种厌恶感。在她看来,她那天不是和他在做爱,而是和麦子在做爱。猎人胡京比拖拉机手要聪明得多,他大约明白鹅颈女人是个不能强迫的女人,所以有了大雪山顶木屋的一夜后,他并不主动下山寻她。鹅颈女人记得那是一个大雪频繁的冬天,她已经许久未进城了,焦虑而又空虚,晚上常常失眠。她打算大雪止息后,汽车一旦通了,她就立刻进城。然而那一夜她无论如何也忍耐不住了,丈夫睡得又香又沉,孩子们也被睡眠结结实实地包裹着,她穿衣起来,走出家门。外面漆黑一片,雪已经有一尺多厚,却仍然没有收敛的迹象。鹅颈女人穿着厚的棉猴和毡靴在塔香走来走去,雪花扑打着她的脸,所有的房屋都漆黑一团,在夜色下与一座座坟墓没什么区别。这种时候鹅颈女人忽然望见了山顶的一簇火花,它灿烂地亮着,仿佛来自天堂的消息使她为之一振,她知道那是猎人胡京的木屋。这么晚他怎么还没睡?胡京已经五十多岁了,他年轻时就在山顶造了屋子,不和塔香的人住在一起。他没有老婆,女人们常常背地说他身体有毛病。胡京下山时一般是来买酒、盐或肥皂。鹅颈女人碰到过他好几次,他从不与人讲话。然而那夜雪中的火光却鼓舞了她,她气喘吁吁地朝山顶爬去,一路上她听着毡靴踏雪的声音和自己的呼吸声。胡京坐在屋前的雪地上拢着火在烤肉,他还低低地唱着什么歌。她不知道男人也有独自唱歌的习惯。

"是狍子肉,"胡京忽然止住歌声,头也不抬地对她说,"已经烤得熟了,你的牙不错,先吃一块吧。"

鹅颈女人吃惊地看着他。她能理解他会知道有人来了,因为静夜时脚步声会传得很远,可她不明白为什么胡京不抬头就知道是她,而且知道她的牙齿很好。她的一口白牙曾被无数人赞叹和羡慕过。鹅颈女人坐下来与他喝酒吃肉,有好几次胡京都凝神对她说:"你听,雪声——"其实雪是无声的,可胡京的提醒却使她听出了雪的声音,一种浩渺沧桑的温柔之声。他们一直坐到火光将熄、天色泛灰的时候,这是黎明到来之前的时刻,它如处女一样显得纯洁和矜持。她随着他回到木屋,里面所有的物件都给她古董的感觉。那张木床随着他们的持续的激情而吱嘎吱嘎地响到天明。天明了,雪却没有停。鹅颈女人沿着雪道下山时,不再心慌意乱,她心意舒畅。山下的房屋还没有炊烟,即使有,也会被白茫茫的飞雪给淹没了。她回到家时丈夫和孩子仍然睡着,她点着火炉,为他们煮了一锅香喷喷的小米红枣粥。不过从那以后,她再也未望见山顶的火光,只是女人们再在背地议论猎人胡京有毛病时,她不再插言,因为她领略到了他蓄积已久的热情一旦爆发时是多么夺目。至于与鱼贩子的邂逅,并未给她留下诗意的回想,不过是在一条岸边的破旧渔船上,那天她与丈夫生了气,从家里跑出来,正午的阳光笔直地照射着,外地的鱼贩子正光着身子把满舱的鱼装进箩筐,打算顺流运走。她上前与他搭讪,他就把她摁倒在渔船中了。鱼在她身下被挤压得颤颤抖动,腥气分外撩人。她起来时头发里沾满鱼鳞,她向家走时肚子里不再有气,不过她身上的腥气一直萦绕了一周才散。

塔香去年来了位音乐教师,他的脸很白,手指修长,衬衣领总是干干净净的,看人时眼神分外忧郁。听说他是城里中等师范学校毕业的,父亲曾是显赫一时的工商局局长,后来因为贪污公款败露而自杀身亡。他的母亲不出三个月就改嫁了。音乐教师毕业后在城里已无家可归,他主动要求来塔香教音乐,他住在学校西侧的一间板夹泥小屋里,平素很少与人走动。不过他待学生很好,鹅颈女人的儿子就在他的班里。为了使学校有一台琴,他去年冬天领着他们上山伐了一个寒假的木耳椴,卖给养殖场,攒够了一台琴钱。鹅颈女人打听到他在这个暑期中要进城买琴,于是她就天天都做出要走的准备,想尾随他一起进城。从塔奎来的长途车到塔香时是上午十点多,每逢这个时辰鹅颈女人就背着旅行包夺门而出。终于有一天她看见音乐教师也站在长途车站那儿,她就和他一起上了车。他们在车上只是互相点个头,鹅颈女人发现这个文质彬彬的年轻人好像并不喜欢她的气质。她特意为他穿上了长裤和带花边的衣裳,可他并不多看一眼。鹅颈女人是极其开明的,既然音乐老师对她无意,她在城里也未觉得多么难过。她仍然兴致勃勃地逛街,看见耍猴人就丢去一把零钱,看见有人擦皮鞋也坐在木墩上尝尝被人给擦鞋的滋味。待到她上了返回塔香的长途车时,才发现音乐教师也在其中。他抱着一台手风琴,连姿势都不肯变一下。而手风琴的黑皮琴盒却放在座席下,其实他是完全可以把琴放在里面的。鹅颈女人想他之所以如此,大约是向其他地方的人尽情展览:塔香小学有自己的手风琴了,瞧瞧它多么新,多么漂亮!这更加深了鹅颈女人对他的怜爱之情,她心中老是涌起想要抚抚他头发的愿望,这欲望使她呼吸困难,所以她不得不打开药瓶吞下两颗药丸。那是一瓶鱼肝油,很奇怪她烦躁时服它比安定还起作用。刚才吃饭的时候,她注意到他吃得很少,她想也许他在塔香早就听过她的故事,把她当成一个坏女人了,而鹅颈女人不愿意强迫任何人喜欢她。她想每时每刻都活得自由和快活一些,所以她张罗着出来采都柿。

雨大起来的那一刻他们刚好寻到一片圆润而稠密的都柿。小木匠穿着雨衣,鹅颈女人打着伞,豁唇站在伞下。他们想等雨小了的时候再采。小木匠一点点挨近鹅颈女人,说豁唇年纪小,站在伞下会湿了裤子,如果感冒了就不好交代了,建议用他披的长雨衣给豁唇穿上,这样雨水就无法袭击他。其实豁唇的裤子早已湿得水淋淋的了,他还就着这股湿劲将尿尿在裤子里,反正又没人知道那是尿。尿水曾使他的大腿根一阵温暖。

"我穿了你的雨衣,你湿了怎么办?"豁唇问。

"我站在伞下。"小木匠有些难为情地说。

鹅颈女人不由得哈哈地笑起来,她扭着美丽白皙的长颈,恍若森林中的一只梅花鹿。

"两个大人打一个伞不够使。"豁唇说。

豁唇头脑中的数量词只有"个"。在家里他也是这么把所有的东西论"个",一个蜡台、两个窗户、四个灯泡、六个鱼、八个白菜、十个土豆、十三个枣等等,怎么纠正他都无济于事。老女人便想着这毛病由豁唇入学后的老师来改掉。

小木匠最终没有如愿以偿站在鹅颈女人的伞下。她挺拔的腰肢越发使他神魂颠倒。他特别嫉妒这个三瓣嘴的小家伙,他就可以那么理直气壮地依偎着鹅颈女人。

雨使云彩和因雨而生成的水雾缠绕在一起,有一种铁灰色的鸟毫无畏惧地飞来飞去。

鹅颈女人问小木匠:"你去塔香给谁家打家具?"

"说是叫肖平礼,开小卖店的。"小木匠说。

"是他啊。"鹅颈女人轻声说,"这是二婚了。"

"他原先的老婆呢?"小木匠问。

"离了。"鹅颈女人说,"两口子穷着时和和气气的,挣足了钱后三天两头就吵。女的老挨打,回娘家住了半年,娘家哥哥不干了,来到塔香把肖平礼狠狠揍了一顿,让妹妹和他离了婚。财产四六开,女的是四,孩子也给了女方,这样肖平礼轻手利脚又说了个媳妇,还是个没沾过腥的黄花闺女呢。"鹅颈女人笑了起来,又说,"我说嘛,他们就把旧家具都劈了当柴烧了,将存在房山头的板子拿出来放到日头下晒,没想到是要打新家具。你说家具就是盛东西的,新的旧的不是一样用吗?"

"旧的不是被前妻用过了嘛。"小木匠说。

"人不好了,东西怎么就跟着不好了?"鹅颈女人鄙夷地说,"真是小气。"

雨小了,它已经细若游丝了。鹅颈女人放了伞,说时候不早了,采完这片都柿就往回返。小木匠悻悻地说:"又发不了车,天黑前回去就行。"

豁唇找着一枝果实累累的矮矮的都柿秧,把它掐断拿在手中。那都柿果个个如拇指盖那么大,熟得发紫,豁唇不由得用手去查它结了多少颗果实。最后他举着都柿秧冲鹅颈女人高喊:"这个秧子结了二十七个都柿!"

鹅颈女人远远地冲他说:"可不能再把秧子掐折了,这样秧子死了,明年就不能结果了。"

豁唇将一粒都柿舔进嘴里,小声嘟囔着:"这么多都柿秧,弄折一个又怎么了?这里哪个秧子是你家的,还这么护着,哼!"他又用舌头舔下一粒都柿,只感觉那甜香气使他的舌头快活得直打滚。

"你要少吃点。"鹅颈女人又直起腰冲豁唇说,"这么吃下去,非吃醉了不可!"

"醉了我就睡在山里。"豁唇想,他仍然是吃。吃得他已经品不出甜味,舌头发麻了,可见到晶莹如珠的果实仍然罢不去要吃的欲望。后来他终于感到四肢绵软无力,看东西时恍惚飘游,他便一屁股坐在地上有气无力地望着前方的景色。天色微微泛灰了,雨因为要鸣金收兵而给人一种毛茸茸的感觉,白雾东一团西一团地在林间漫游。这时豁唇突然发现在雾间有一个斜斜的素装的女人在飞来飞去,她披散着乌发,肌肤光洁动人,她飞得恣意逍遥,比鸟的姿态还美。

豁唇不由得返身冲鹅颈女人大叫:"快看,有一个会飞的女人在白雾里!"

鹅颈女人没有回答。豁唇看不到她的身影,小木匠也突然消失了。豁唇有些兴奋又有些恐惧,他盯着那个飞人看,她掠过一片松树,忽浓忽淡的雾使她一会儿鲜明一会儿又朦胧。豁唇不由得大声冲她喊:"你是谁?你怎么会飞?"

那女人袅娜地转身,迅疾地朝着更深处的森林飞去了。豁唇看不到她的踪影了,他想站起来寻她而去,却力不从心。都柿是一种可以醉人的果实,看来鹅颈女人的警告是有道理的。可他们又去哪里了呢?他们会不会丢下他不管呢?豁唇无论如何也记不得回去的路,因为他们也没有从有路的地方来。四周静极了,雨仿佛全然止息了,可太阳并未出来,想必它只能明天出来了,因为这已是傍晚时分了。豁唇看见两枝白的芍药花开在矮树丛中,他想那个会飞的女人是不是下来采花了呢?豁唇竭力盯着那两枝蓬勃的白花,后来觉得那花跟云彩一样膨胀起来,罩得他直眼晕,他便歪倒在湿漉漉的都柿丛中睡着了。

鹅颈女人是第四次听到男人赞叹她的腰肢了。她弄松了发髻,只好从衣袋中拿出另外两只发夹别上。她系裙带的时候对小木匠说:"就这一次啊,记住,到了塔香可不能去找我,我不会理你的。"

小木匠心满意足地笑了。她的脖颈离胸究竟有多远他是知道了,不过她的两个扣眼被他心急而弄豁了,纽扣时不时从扣眼拔出头来,使她的胸一阵阵裸露,鹅颈女人不由得低声埋怨他。他们在动作的时候挂在枝叶上的雨珠纷纷掉落,弄湿了鹅颈女人的脸和小木匠的脊背。这一刻一只蚂蚁爬到了小木匠的肩膀,鹅颈女人觑见不由得绵软一笑。小木匠以为她嘲笑自己做得不好,正在气馁间,鹅颈女人把蚂蚁捉下来放到他眼皮下,说"笑的是它",小木匠的激情这才得以旺盛地燃烧并在一个空灵销魂的瞬间化为灰烬。如果不是由于豁唇,他们也许会使整个过程变得更为从容和自如一些。

"你揪疼了我的耳朵。"小木匠说。

"可我的发髻松了,回去一看谁都明白了。"鹅颈女人说。

"你就说树枝挂了头发。"小木匠说。

"我也不在乎,只要我刚才是高兴的。"鹅颈女人说。

小木匠上前帮鹅颈女人将夹在头发中的草叶一一摘下,由于她很高,他的胳膊又较常人的短,所以他得时不时踮起脚来。鹅颈女人咯咯笑着问:"家里有媳妇吗?"

"孩子都上小学了。"小木匠说。

"难怪。"鹅颈女人说。

"难怪什么?"小木匠大感不解。

鹅颈女人拍拍裙子上的草屑,并不作答。裙子皱得像层层叠叠的水纹,小木匠不由得俯身帮她抻了抻裙摆,拽得鹅颈女人直打趔趄,连忙制止他道:"算了算了,皱它的去吧。"

他们开始寻找豁唇,后来在都柿丛中发现了他。他睡得格外香甜,三瓣唇已被果子染成紫色,宛若一朵马兰花在开放。他的脸膛又黑又亮,毛茸茸的睫毛斜斜地覆着眼睑,微微拂动,可以想见梦的翅膀在撩拨它。鹅颈女人不由得垂头亲了一下他的嘴唇。

"他还是个小童子呢。"小木匠醋意地说。

"多稀罕人的孩子,"鹅颈女人说,"他妈真有本事,那么大岁数还能生出这么好的孩子。"

小木匠"咦喝"了一声,他看见一只翠鸟飞过。

"咱们把盆子采满了再叫醒他。"鹅颈女人说。

小木匠这回安于采摘了,盆子里的都柿就渐渐丰盈起来。他们之间不再有话,这种时候果实的甘甜美丽才本质地回到他们身上。

都柿已经把盆子盖满了。鹅颈女人推醒豁唇。

豁唇睁开眼睛看着鹅颈女人,愣愣的,一副不知身在何方的表情。

"雨停了,咱们回吧。"鹅颈女人说,"你睡了一个多钟头了。"

"刚才——"豁唇的意识逐渐清醒起来,他坐起来指着前方的树林说,"我看见雾中有一个穿白衣的女人在飞。"

"你是吃都柿吃醉了。"鹅颈女人伸手将豁唇拉起来。

"我真的看见了。"豁唇说,"我就喊你们来看,可你们不答应。"

"我们采都柿呢,"小木匠说,"离你老远老远的,听不见。"

豁唇继续说:"那个人也没见有翅膀,怎么能飞?"

"你是在做梦,"鹅颈女人轻声说,"就把它和真事混在一起了。我小时候也常常这样,老是把梦当成真事。"

鹅颈女人在前领路,豁唇在中间,小木匠将盆子卡在腰间端着断后,他们朝养路段走去。豁唇在走路时又发现了几簇托盘、一株开着七朵花的百合、一片灰褐色的狗尿苔。所以他的惊叫就屡屡响起:

"五个托盘!"

"一个开着七个花的百合!"

"这么多个狗尿苔!"

他们走回塔纷养路段时天完全暗了。老女人已经站在外面张望了一个多小时。当她终于看见豁唇后,不由得落下眼泪,委屈地说着:"急死妈了。"

黑脸人已经醉倒在炕上呼呼大睡。孕妇倚着火墙沉思默想着什么。抱琴者换下了西装,穿上了一件薄的灰羊绒背心,更显得他文质彬彬。鹅颈女人望了他一眼,不知怎的有一种负疚感。短发大嫂坏了肚子,已经跑了好几趟厕所,不过她发现满盆的都柿后还是馋出了酸水。虽然说都柿会加剧痢疾的疾患,她还是抓了一把吃起来。女售票员闻讯后也跑过来吃,她又重梳了辫子,将三股辫梳成四股,辫子就没了间隙,像麦穗般匀密了。孕妇正渴望酸甜的东西,因而也欣然接过鹅颈女人递来的都柿,接二连三地吃着。

卖山货的不知里出外进了多少趟。他看到都柿后对大家说:"你们把牙吃倒了,一会儿吃饭就不香了。"

老女人给豁唇换上干爽的衣服,又检查他的腋下、颈窝和大腿根这些软组织,看是否着上了草爬子。虽然说三千个草爬子中只有一个是有毒的,可她还是格外小心。塔静就曾经有一个女人因草爬子上身而死亡。草爬子形如蜘蛛,很小,会飞,喜欢朝有香味的地方扑去。它袭击人体时专拣那些柔软而隐秘的地方下口,细而多的触角一点点扎进去,而人却浑然不觉。若是发现及时,用烟头熏它,就能使它前功尽弃,它会缩回头。不过春季的草爬子最疯狂,到了暑期,被雨水洗劫几次,有毒的也威力不足了。

老女人没有发现草爬子,她便彻底放了心,又用木梳将豁唇的头发理顺。

卖山货的问豁唇:"这一盆有你采的吗?"

"他全采进自己的嘴里了,"鹅颈女人说,"吃醉了,睡了一觉呢。"

"怎么让他躺在地上睡?"老女人大为不满地说,"这么潮的,要是着凉了怎么办?"

"小男孩还这么娇气呀!"鹅颈女人扭着脖子说,"我小时候常常睡在山坡上,也没得一点毛病。"她这一扭脖子不要紧,纽扣又顺着倾斜的被撕裂的扣眼脱颖而出,她的肉色乳罩显露出来。鹅颈女人红了脸,她做出不以为然的姿态用双臂交叉着护着胸,然后去拿旅行袋换衣裳。她打听到车上没人,就背着旅行包去车上了。

小木匠借故还雨衣和伞也跟了出去。

卖山货的总算找到刺探隐私的机会了,他贴着豁唇的耳朵问:"你睡觉的时候,他们在干什么?"

"那我怎么知道?"豁唇说,"我睡着了。"

"没睡着的时候他们没甩下你吗?"

"对了——妈——"豁唇忽然冲老女人叫道,"我看见林子的雾中有个女人在飞。"

孕妇怔了一下,她手中的都柿撒了满炕,骨碌碌地滚着。

炊事员搬着圆形饭桌进来了,她将它支在地中央,瞥了一眼都柿盆说:"还真没少采呢。"

"我看见那个女人穿着白衣裳,她飞得可好看呢。"豁唇说,"后来我就喊人,可他们俩都不答应,再后来那个白人飘走了,我盯着两个白芍药看,看迷糊了,就睡了。"

"听听——"卖山货的对炊事员说,"豁唇看见雾里有个飞着的女人!老哑巴也画一个会飞的女人!"

"还有她呢——"短发大嫂用嘴努了一下孕妇,"她也梦见会飞的女人了。"

"我的老天爷!"老女人叫道,"明天赶快离开这里吧。"

"可能他们着了妓女坟的阴魂了。"炊事员淡淡地说,"这种天气,魂儿是很容易跑出来的。"

这一带的人都知道塔纷有妓女坟。塔纷在二三十年代曾是有名的金矿,采金的汉子云集在此。由于这里人烟稀少而寒冷,少见女人,所以有不少妓女来此谋生。据说她们住着又漂亮又暖和的屋子,穿着也体面,采金的人把好吃的都留给她们。她们当中不仅有中国人,还有俄妓和日妓。妓女们之间相处也很融洽。只要她们活着离开塔纷的,莫不是满载黄金,而有一些则死在这里了。死在这里的大都因为病,这里医疗条件有限。妓女们死后采金的人就厚葬她们,年年都去坟上烧纸上供。然而解放以后,采金的事业有了政府的管理,妓女自然也就各奔东西了。但那些坟却是迁不走的了。五十年代时那坟上偶尔还有些香火,而几十年过去后,老淘金汉也已成为土地的一部分,妓女坟就无人照管了。它们一天天凹陷下去,荒草丛生。炊事员不止一次听养路段的工人说夜半能听到怪异的声音,也有人在阴雨天气撞过鬼魂。但所有人都觉得那是女人的魂儿,没什么可怕的,因为女人无论生前死后都会是女人。

炊事员已经给误了一天工的工人开过饭了。那十几个人住在另一座房子里。他们一到坏天气就高兴,因为这时可以休息。他们打牌、喝酒、讲女人。他们知道有一辆长途车被卡在此处,其中有年轻女人,所以就合计好了晚上来骚扰她们。

屋子里的灯被打开了。那是盏十五瓦的灯,由于屋子又空又大,这灯光就显得贫乏至极,一副力不从心的样子。所有人的脸色在灯下都是枯黄的。炊事员摆上咸菜和一大盆粥,又将一个木耳炒的菜片和木须柿子端上来。人们纷纷上来盛粥吃饭。这时小木匠回来了,跟着鹅颈女人也进来了。她换上了一条长的蓝色牛仔裤,绿花衬衫被紫花的所替代。不过紫花的流苏不在领口,而是镶绲在袖口。她的发髻也重新盘过,整个人就显得更加丰腴挺拔,少了一分妖气,多了一分矜持。抱琴者不由得多看了她几眼。她走过来盛粥时对老女人说:"你儿子说在雾中看见一个会飞的女人。"

"知道了。"老女人不想使这个话题再深入下去。

"他肯定是看花了眼。"鹅颈女人说。

人与人喝粥也是各不相同的。卖山货的喝得嗞嗞地响,仿佛只是用牙缝在吸;老女人喝得无声无息;孕妇喜欢用筷子不停地搅动粥碗,她这样做并非为了散发热气,因为粥已经是温的了;小木匠喝得咕咚咕咚的,连嚼都省略了,也不怕噎了嗓子;抱琴者喝得不紧不慢,绝不弄出一丝声响;短发大嫂边喝边"嗯嗯"哼着,一副心满意足的样子;鹅颈女人则用五指托着粥碗的底部,使那碗能自如地在眼前旋转,她转着圈喝,有几分玩的成分。相比之下,豁唇是最不讲究喝法的了,他喝到碗快见底时,那碗几乎就罩住了脸,弄得他的鼻子和眼眉都是粥汁,而唇角也向下溢着粥,一直漫到颈部,使整张脸变得黏糊糊的。

肉丝本来就咸,想必是放在坛中腌过的,因为这个季节也存不住鲜肉,再加上与咸菜炒在一块,就咸得没边没沿了,但它还是被大家席卷一空,一盆粥也只剩下底了。这时黑脸人从炕上爬了起来,他慢腾腾地下地,然后摇摇晃晃地往外走。老女人猜他是出去解手,外面的厕所是木杆搭成的,像吊脚楼一样,有一段梯子通到上面。她见黑脸人醉得像风中的烛苗,就吆喝豁唇带着黑脸人出去,扶他上梯子,不然掉进厕所会被粪汤泡个浑身通臭。豁唇快活地答应着跟着黑脸人去了。

人们都帮炊事员收拾桌子。这时天已经黑了,抱琴者将一件衣裳垫在地上,然后将琴摆上去。他向走进来的女售票员问晚上怎么个睡法。

"就睡在这铺炕上。"女售票员说。

"男女一个炕?"抱琴者吃惊不已地问。

"都这样啊,"女售票员说,"塔纷没旅店,就这么一个临时歇脚的地方。有时中间拉上一道帘子,反正就睡一夜。男的分一片,女的分一片。"

"那就不能脱衣服睡了?"短发大嫂饶舌地问。

"你要脱光了也没人管着。"女售票员冷嘲热讽地说。她从一发车的时候起就本能地讨厌短发大嫂。那时短发大嫂嫌油箱在她座位下面,她伸不直腿,非要让她减一半票钱不可。后来因为下去了大部分人,她可以随心所欲地选座位,退钱的事这才不了了之。

豁唇忽然嘻嘻笑着跑了进来,他笑得蹲下了身子。老女人说:"刚吃完饭不许使劲笑,弄拧了肠子,肚子会疼的。"

豁唇叫了一声"妈——",然后述说他领黑脸人上厕所,黑脸人不干,非要去小树林。他就跟着他去了小树林。黑脸人解开又宽又长的皮带,撒了一泡很长的尿。待他系裤带时糊里糊涂把一棵小树也系了进来。这样他转身向回走时怎么也走不脱。黑脸人就抓着那棵小树说:"你看你,我都到家了,你还拽我干啥?我也喝够了,别拉了行不行?"

大家不约而同地笑起来。

"还不快去帮他把裤带解开。"老女人嗔怪道,"他是醉了。"

"反正小树绑着他,他也跑不了。"豁唇笑够之后说,"妈——出星星了。"

"出星星好,明天咱们就能回家了。"老女人欣慰地说。

司机酩酊大醉了一个下午。由于心里窝火,酒在胃肠里就有些捣蛋,他已经吐了三回了。王段长也醉成一摊烂泥,老哑巴则躺在王段长的铺上时不时眯上一小觉。他每次醒来都要用指甲掏掏鼻孔,之后下地喝一碗水,复又躺下眼巴巴地看着天棚。他的脸历经风吹日晒,呈锈蚀的古铜色,胳膊上青筋突起,如屈曲盘旋的虬枝。他有一个天蓝色的小本子,每次他从城里无功而还,总要在上面画上一个"0",现在那上面的零已经多得像一堆丰收了的土豆。老哑巴中年丧妻,他含辛茹苦地把不满三岁的儿子抚养成人。四十岁时一场持续一周的高烧使他成为哑巴,从此他便失去了与人交流的机缘,落落寡合。哑巴的父亲年轻时曾在塔纷采过金子,为此给他留下了二百克左右的沙金。儿子结婚时他卖出一部分,为他置办了一张铜镀的床、一个描金的炕琴和立柜。他还特意请人为他们画了一张风景玻璃画,上面有松树、仙鹤、云海和出水的芙蓉。儿媳过门的第二年便生下了一个男孩,这使他喜不自禁,常常抱着他去牛棚和菜园玩。他给孙子编蝈蝈笼,还用柳条为他拧"叫叫"听。孙子依恋他,夜里常常睡在他的被窝里。他看着孙子一天天长大,看着他无法无天地淘气,不是把邻里的狗打瘸了,就是砸小学教室的玻璃。他憎恶上学,有一天深夜把学校的钟从架子上卸下来,用手推车弄到村旁的河沟里。老哑巴看在眼里,待孙子回家后他便从河里把钟捞出来,吃力地搬到岸上,再吊回原处,使那口钟在第二天依然能正常响起。

　　老哑巴将金子藏在他睡房窗根下的木箱子里。他用一个瓦罐装着它,上面蒙着红布。儿子和媳妇都不知道这金子的位置,可孙子知道。他五岁生日的那天,老哑巴曾捧出那个罐子,拈出一点沙金仔细给孙子看,为他比画手镯和耳环的形状,暗示将来娶孙媳妇时他要献出金子。以后每逢孙子的生日他都要有如此举动。孙子蹲了一年级后总算小学毕业了,他的个头较同龄孩子高,而且力气大,塔多的孩子都不敢惹他。后来孙子进城里去读中学,寄宿在学校,每逢半个月回家一次。老哑巴发现孙子进城后变得越发不可救药,又懒又馋,而且爱美,将好端端的头发全都烫得弯弯曲曲的,走路时双手斜斜地插在裤兜里,腿还故意哆哆嗦嗦的,显得流里流气。两年前的一个春天,老哑巴从牛棚回屋后突然发现孙子在偷他的金子,他便上前阻止,可孙子几下就把他打倒在炕边,他的头磕在炕沿上,当时就昏了过去。等他醒来时,金罐和孙子都已远行,他便跟至城里,可孙子理都不理他。他只好进法院告状,他不能看着孙子一天天往悬崖下跳。可惜他什么细节也无法说出,只得求助于塔多的老教书先生,由他用牛皮纸给写了一纸诉状,然后他隔三岔五就带它进城去告孙子。老哑巴的儿子和儿媳见他如此执着,也不阻拦他,依然为他端汤送水,伺候得格外周到。可是两年多过去了,牛皮纸的诉状已经被揉皱,孙子在城里常常带着女孩子下馆子,他的金子的事也毫无着落。这使他忧心如焚,他不明白法院的人为什么一看到诉状就要笑。就因为他是告孙子吗?偷他的金子就不算犯法吗?孙子能偷他的,也能偷别人的。他还打算着用那金子的一部分换几方好木材,趁早把棺材打好,把寿衣也买妥,可他现在身无分文,这使他觉得前程一片灰暗。他不明白那衙门里的人为什么不帮助他。

老哑巴绝少有梦,他的睡眠向来空洞漆黑。然而就在塔纷,他竟然梦见一个会飞的穿白衣的女人,她的姿态和笑容使他想起了已过世多年的妻子。老哑巴不由得伤感起来,他的眼角涌上了泪花。

女售票员给司机倒了一盅醋,想让他解解酒。她知道他的苦楚。司机有两个哥哥,老父亲过世后,兄弟几个因为丧葬费而发生争执。两个嫂嫂认为司机有钱,他理应出大头;而司机的妻子则认为长兄如父,应该出钱最多,小儿子只应拿少的部分,或者干脆仨儿子平分。老父亲没有一分遗产,死时骨瘦如柴。司机觉得一个人这样死去已是一件令人难过的事,所以就背着妻子多出了钱,反正他跑长途还能把钱挣回来。两个嫂嫂自然不再多嘴多舌。然而到了圆坟的那一天,大嫂却把这一切告诉给了司机的妻子,并且暗示她司机既然有体己钱,数目就不会少了。他整天和那个没考上中学的姑娘跑长途,两人那么好,钱就能分得那么开吗?司机的妻子为此大吵大闹,还摔碎了一只旧的暖水瓶和一个拔火罐,说要和他离婚。司机一气之下说离就离。这下妻子倒老实了,她不再吵闹,但司机去邻居家串个门她也要尾随着,好像他会抓紧一切空隙出去偷情,这使他苦不堪言。按照当地风俗,只有烧过"三七"后,丧事才算圆满完成。可司机忍耐不下去了,他提前出了车,打算出来散散心。两个哥哥说他财迷心窍,而两个嫂嫂则嘀咕说他想售票员了,还撇嘴说难怪那姑娘嫁不出去。妻子更是以上吊来胁迫他,可他仍然没有动摇出车的心。他算计得很好,"三七"的前一天晚上赶回塔奎,第二天日出后同全家人一起去上坟。也无非是烧纸焚香、献上小馒头等供品,嫂嫂们虚张声势地哭上一场,这使司机觉得人生的某种悲哀和滑稽。可若他不出现在上坟的行列中,会被家人指责一辈子的。可是人算不如天算,一场大雨使他受阻在塔纷,王段长执意不肯放行,他也明白若是蛮横地强行上路,工人们修的路就会在雨后留下两道深深的辙痕。而他转念一想,没准这是父亲冥冥之中的意愿呢。他倒要看看,他不及时去上坟,家里真的会闹得沸反盈天吗?司机和王段长喝光了三瓶白酒,老哑巴也被灌得红头涨脸的,这使他觉得出格地活一回分外有趣,所以女售票员在给他递醋的时候他就拉了一下她的手。她对他莞尔一笑,说:"好好醒你的酒吧。"

豁唇帮黑脸人把小树抽了出去,又为他重新紧了裤带,欲送他回屋。可黑脸人指着前方的小树林说他的家在那,豁唇就跟着他走。走了几十米远,见一个呈"人"字形的窝棚,黑脸人就一头钻了进去。豁唇连忙蹲下身子伸出手想拉出他来。然而这时忽然从里面钻出一条黑狗,它慢腾腾地越过豁唇站在窝棚外边。这时黑脸人突然说:"怎么我一来你就走?我不过多喝了两盅,你就这么嫌弃我?"

豁唇正担心这狗会张开大口扑上来咬他,这时炊事员提着盏马灯过来了。她手里端着一个发亮的白色铝盆。这下豁唇得以看清了那条狗,它形销骨立,耷拉着耳朵和尾巴,看上去毫无生气。

"怎么出来了?"炊事员对着狗说。

"有人进狗窝了。"豁唇指了指窝棚。

炊事员把马灯擎到窝棚口,向里一照,然后小声对豁唇说:"他睡了一个下午,还没醒过酒来?"

黑脸人已经很快进入睡眠状态,他的呼噜高一声低一声地响起。

炊事员将盆子放到地上,那条狗就蔫蔫地上来吃食。

"它怎么不叫唤?"豁唇问。

"它老实。"炊事员说。

"我就没见过这么老实的狗。"豁唇说。

炊事员没有再说什么,而是让豁唇看着黑脸人,她自己进屋去喊两个人来将他弄回去。走前她把马灯也留下了。豁唇不由得上前抚了抚狗的脑袋,然后又拍拍它空而扁的肚子。它仍然毫无反应地垂头吃食。后来豁唇索性把马灯举到它头顶,直直照着它的眼睛,想用强光刺激它,然而那狗依然呆呆地吃食。豁唇气馁地放下马灯,思谋片刻便将脚踩在它的一只前爪上,然后使劲向下踏。狗终于抬起头来,它使劲挣脱了那只被踩的爪子,然后万分委屈地走到窝棚前凄怨地看着豁唇。

这时炊事员已经喊来了小木匠和卖山货的,两个人不由分说将黑脸人从窝棚里拽出来。黑脸人由于挣扎而引起胃肠痉挛,他呕吐不止,弄得衣服上一片污秽。

炊事员提起马灯走在前面为他们照路。

那狗无精打采地回到窝棚。

王段长站在门口迎着他们。他见到被搀扶的黑脸说:"就这么点量?"

黑脸人唔唔噜噜地哼着。

"小家伙,塔纷好玩吧?"王段长拍了拍豁唇的脑袋。

"好玩。"豁唇说,"采了都柿,还看见雾中有个会飞的女人。还有,还有那条狗,它怎么像傻子一样?"

"会飞的女人?"王段长笑了,"你看见了?"

"我真的看见了。"豁唇说。

"这么美的事怎么不让我看见!"王段长依然笑着说,"你是童子嘛,童子是什么都看得见的。"

"那狗是怎么回事?"豁唇问。

"让我给打傻了。"王段长说,"晚上一有动静它就瞎咬,弄得段上的工人睡不好觉。"

"什么动静惹得它瞎咬了?"豁唇说,"是熊来了,还是兔子来占它的窝了?"

王段长哈哈大笑起来,恰好炊事员又提着马灯从里面出来,他就上前捏了一下她的脸蛋说:"她就是那头熊和兔子。"

炊事员有些愠怒地拂开他的手,说:"胡诌些什么。"

豁唇在两口子间常见到如此举动,所以他便认定他们是一家子。

黑脸人的衣裳被人给扒下来了。他光着肥肥的上身,像猪一样哼哼着,他身上的肤色也黑。卖山货的在翻黑脸人的旅行袋,打算为他找件干净衣裳换上。豁唇蹲在旅行袋旁看里面装了些什么东西。卖山货的先提出一瓶酒,跟着是一个装有熟的猪心和肠子的食品袋,再接着是一个沉甸甸的紫花布袋,里面盛着黄豆,还有一条有股馊味的毛巾。在包的最底部,是一个长条形的一尺多长的用油纸裹着的东西。那油纸泛出一股金子般的光泽。豁唇抢在卖山货的之前把它抓到手中,感觉到它很硬,他就一层层地展开那油纸,从油纸中心忽地蹿出一股银白色的光芒,原来是一把雪亮的刀!刀柄是乌木的,花纹格外漂亮。

"妈——"豁唇抽出那把刀来一晃,"快看,是一个刀!"

刀不是那种半月形的尖,它的刀尖呈"人"形,是一种有挑战性和力量的刀尖。刀身没有一丝瑕疵,一寸多宽,可以看出是上好的钢。豁唇用指甲试了试它的刀刃,结果指甲顷刻就被划出一道白痕,他不由得倒吸一口气嚷道:"真厉害呀!"

老女人三步并作两步走到豁唇面前,说:"快把它包起来,小孩子不能玩刀!"

"我喜欢它,"豁唇眼巴巴地看着刀说,"就玩一会儿不行吗?"

"割了手怎么办?"老女人威胁道,"你要是不听妈的话,明天我就把你扔在塔纷。"

"扔就扔呗,"豁唇嘟囔道,"回塔静也没意思。"

老女人夺过那把刀,把它重新放在油纸上包好,然后塞进旅行袋。卖山货的也把那些折腾出来的东西又装回去。

"没找着衣裳?"小木匠问。

卖山货的摇摇头,笑道:"就让他光着吧,把他的衣裳洗干净了,晾一宿就会干的。"

"谁给他洗那衣裳?"小木匠一撇嘴说,"吐得那么埋汰,看着都恶心。"

短发大嫂最先走出屋子,她说肚子还没好利索。孕妇现出力不从心、爱莫能助的神情。老女人看着皱成一团的弃在地上的那件衣裳,也别过脸去。最后是鹅颈女人一声不吭地从自己的包中取出一片已经磨得又薄又亮的肥皂片,捡起脏衣服走了出去。抱琴者吃惊地看着鹅颈女人的背影,小木匠则现出十分不满的神情。他追着鹅颈女人出去了,他说:"让我来给他洗吧。"

"这是女人干的活,"鹅颈女人说,"你们洗不干净。"

鹅颈女人蹲在房山头的水龙头下,认真仔细地洗起了衣裳。她对站在一旁发愣的小木匠说:"你老是跟着我干什么?你又伸不上手。"

小木匠伤心地想:"你怎么这么快就变脸了?先前在都柿丛中的那个人是你吗?"

豁唇满心不快地走出屋子。

鹅颈女人问豁唇:"你出来看星星啊?"

"星星有什么看头?"豁唇指着前方说,"那边有一个狗,它都不会咬人,我去看它。"

"我怎么不知道那儿有狗?"鹅颈女人直了一下腰,然后将污秽处打上厚一些的肥皂,打算浸一浸再搓。

"它不叫唤,咱们怎么能知道?"

"是吗?"鹅颈女人站起身说,"你领我去看看。"

豁唇就领着鹅颈女人沿着湿漉漉的小路朝前走。走了十几米远,鹅颈女人忽然又惦记起未洗完的衣裳,她对豁唇说:"你先去,我得先洗好衣裳晾出来,不然一宿就干不了。"

"那就让他光着,"豁唇说,"反正他也没长奶。"

鹅颈女人哈哈哈地笑得前仰后合,她点着豁唇的脑门说:"这么小,还什么都明白。"

豁唇去看那条狗。不远处屋子的灯光仅能将反射的光照亮一小段路,到了狗窝附近那儿就一片黑暗了。如果有又圆又白的月亮就好了,千万颗星星也顶不上一轮月亮的光芒浓烈。豁唇蹲在狗窝门口,揪了一下它的尾巴,然后一寸寸地薅出它来。黑狗转了一下脖子,微微偏起头看着豁唇。

"我看看你这么瘦,是不是嘴里少牙了。"豁唇边说边掰开狗嘴。他触摸到它那温热绵软的舌头了,而且发现它的上腭与下牙床之间豁了好大一个洞,他用手指查了半晌,判断出至少有六颗牙不知去向了。

"你有六个牙丢掉了。"豁唇说,"是给人打掉的吗?"

黑狗"唔"了一声,微妙地昂了一下头。

豁唇用手抚着它的嘴巴说:"你要是牙好多吃食儿,就能长胖;你一胖起来,就有力气咬人了,就能活蹦乱跳地四处撒欢儿了。你们这里特别奇怪,我今天在林子里还看见雾中飞着一个女人呢。"

黑狗晃了一下身子,用嘴巴轻轻地拱了一下豁唇的颈窝。

"嗨,小孩,你在跟狗说话吗?"有三个男人朝这里走来,他们手中的烟头一明一灭着。

豁唇看着他们,他们渐渐向他靠近。

"你们是干什么的?"豁唇问。

"我们是养路段的工人。"一个粗嗓门儿的人说。

"你们知道这个狗为什么成这个样子了吗?"豁唇问。

"你去问王段长。"另一个嬉皮笑脸地说。

"他说是他把它给打傻了。"豁唇说,"晚上一有动静它就咬。"

"你知道是什么动静吗?"他们讳莫如深地笑问。

"我怎么知道?"豁唇说,"把它打成这个样子,多可怜啊。"

"王段长天天晚上到做饭的那里去睡,他一去那儿,狗就咬个不休。狗一咬,我们就起来了,看见王段长蹲在做饭的女人的窗根下,他就生狗的气了。"

"这个狗也是,人家睡觉的事它也管。"豁唇说,"它不也得睡觉嘛。"

"主要那段长不是睡自己的老婆,狗当然就要管了。"那个爱说的以鄙夷的口吻说,"王段长有自己的老婆孩子,都在城里,人家不跟他来。做饭的是个寡妇,他就去占寡妇的便宜。"

"她乐意他去,"另外一个强调说,"不是占便宜。"

"这狗就被王段长一通暴打,当时打得尿都出来了,一口牙也碎了好几个。从那以后这狗就傻了,你就是勒死它,它可能都不哼不吭的。"

"别跟小孩说这些,"粗嗓门儿说,"他又不懂。"

他们又问那些旅客在干什么,豁唇就说有人睡了,有人醉着,有人在洗衣裳,还有的人就不知干什么呢。

　　三个人便朝有灯光的屋子走去。不久他们就见到了晾衣服的鹅颈女人。三个人都觉得她的身段是所接触的女人中最为出色的,于是就跟她搭讪,打听城里的物价、电影院、十字街头的交通岗、火车站的自鸣钟、厕所是不是白瓷砖的等等。鹅颈女人为了不扫他们的兴,就一一回答。正聊到兴处,王段长闻讯出来了,他仄着肩膀,对那三个人说:"晚上不好好睡觉,出来溜达个什么。"

　　"让雨给憋了一天,出来透透气嘛。"粗嗓门儿说。

　　豁唇与黑狗玩了一刻,忽然想起了黑脸人那把用油纸裹着的刀,他就进屋去取刀。碰到王段长时他故意用胳膊肘杵了一下他的腰,王段长"咦喝"了一声。那三个养路工人知其原委,不由得笑起来。

　　老女人见豁唇回屋了,就吆喝他洗脚睡觉。豁唇说这么早睡不着,他还要玩一会儿。老女人便接着就着亮去看女售票员的小儿书。小儿书离她的眼睛很远,她已经开始花眼了。黑脸人鼓着肚子在打呼噜,抱琴者心事重重地望着琴,孕妇倚着墙在想着什么。豁唇趁大家不备的时候从黑脸人的旅行包里抽出那把刀,将它从衣襟下送入内衣,手托住刀柄,这刀就隐遁了踪迹。他小跑几步出了屋子。王段长不见了,鹅颈女人晾在铁丝上的衣裳在滴答淌水,她随着那三人朝工人的住屋去了。豁唇得意非凡地把刀从胸中抽出,然后快步跑到窝棚。黑狗没有回窝,它仿佛在等待豁唇。豁唇把刀在它面前使劲晃着,说:"你看它多漂亮,它还很快呢。你信不信,它跟斧子一样能砍倒一棵树。"

　　黑狗"唔"了一声,这一声比上一声要弯曲一些,仿佛表示出它的怀疑。

　　豁唇便带领黑狗离开窝棚,朝着前方的树林走去。他选择了一棵蜡烛般粗的小树,几下就把它砍倒了。黑狗"唔"地叫了一声。豁唇便又去砍另一棵樟子松,岂料树脂粘住了刀,无论如何也用不上劲。豁唇用手一试刀锋,这才察觉刀已经完全卷刃。他自知惹祸了,于是败兴地对黑狗说:"这么不抗使,真没劲。"

黑狗由豁唇给送回窝里,然后他盘算如何把这把刀悄悄放回去。等到明天他到达目的地后,黑脸人发现也来不及了。

孕妇是城里文化局的一名干部。那是个清闲至极、无所事事的工作。平素她就搜集整理一些民歌。三年前她嫁给了外科医生陈夜。她的父亲是副市长,对女儿宠爱至极。孕妇记得结婚那天的盛大排场,很长的车队,她遵照司仪的安排换了八套衣裳,深夜入洞房后已经没有一丝的新娘的幸福感了。自她怀孕后,婆家和娘家的人更对她关怀备至,各种滋补品变着脸出现在她的床头。丈夫为她精心安排了每日食谱,就连睡眠的姿势、散步的时间等都有规定。尤其是产期临近,父亲一个电话打到医院,妇产科主任亲自登门为她检查胎儿情况,建议她提前住进医院。于是孕妇滋生了逃跑的心理。她相信无论她生儿还是生女,产后第二天一定会有许许多多人来到产房看她,他们会带来礼品,说着千篇一律祝福的话。逃离城市生孩子的愿望一旦产生,她就兴奋得不能自已。她想去一个山清水秀的地方,虽然小镇医疗条件有限,但接生婆的经验肯定会使她生产顺利。她对自己的体质也充满信心,她有很宽的骨盆,肺活量也不错。选来选去,她忽然想起在塔多有一个远房亲戚,是丈夫三姨的表妹,孕妇结婚的那天她曾到场了,穿一套簇新的蓝布衣裳,梳着又光又亮的发髻,一双黑布鞋,当时饭店大堂的门卫还不让她进来。孕妇对她的印象很好,和她多说了几句话,唤她为"姨妈"。姨妈说塔多只有一百多户人家,空气好,没有噪声,有一条河清澈见底,让孕妇烦闷时去那里走走。孕妇提早把出行用的东西打点好,刚好丈夫前一夜值夜班,她起床时保姆还睡着,孕妇得以从容走到长途汽车站。她在坐上汽车后觉得自己的决定是极其正确的,她的孩子就应该诞生在有树林的地方。只是她又为丈夫担忧,他看到她留的信后会不会急得到街上四处寻觅?他精神不集中撞了车怎么办? 身居要职的父亲也许会动用警察来寻找她,想起可能发生的这些后果,她不免又忧郁起来。但她去塔多生孩子的信心是不会动摇的了。尤其是旅途劳顿之后她竟能梦见一个会飞的女人,便使她对这片充满灵性的土地钟情不已。如果再有动听的民歌像星辰一样闪闪烁烁出现,她的出逃将更会圆满。

孕妇在遐想的时候看见豁唇沮丧地回来了。他紧张地看了看周围的人,然后飞快地从胸前把刀抽出来,放进黑脸人的旅行袋。一阵"窸窸窣窣"的声音响起,是油纸被折叠的声音。老女人不由得打了一个哈欠,合上小儿书对豁唇说:"你别乱翻别人的东西好不好?"

豁唇吓得一屁股跌在地上,然后他站起来摊开两手说:"妈,你看,我什么东西也没拿。"他说这话的时候牙齿打战,浑身发冷,他想自己怎么会害怕到这种地步呢?不过是弄钝了一把刀而已。

"你怎么哆嗦了?"老女人发现儿子有些不对头,她就起身去摸他的额头,"我的天!这么烫,你发烧了。叫你今天别跟着出去采都柿,淋了一下晌的雨,烧了吧,烧了吧,这么不听话。"

豁唇经母亲这一说,那种寒冷的感觉就更加强烈了。而且他觉得嗓子生疼生疼,看人时眼睛发涩。

"我这备着感冒药呢。"孕妇安慰老女人说,"别急,吃上药发一宿汗就好了。"

"你那有药?"短发大嫂神情激动地问,"有没有管拉肚子的?"

"你不是不拉了吗?"老女人觉得短发大嫂有点趁火打劫的味道,药这种东西也是占得了便宜的吗?

"有黄连素。"孕妇对短发大嫂说,"我给你一些。"

短发大嫂满脸堆笑地凑上前。老女人很后悔把豁唇的身世说给了她听。孕妇从旅行袋中取出一个半圆形的粉缎子拉链小包,然后从中取出一个硬塑的白药瓶,倒出几粒对老女人说:"这是消炎的,管退烧。"说完,她拧上瓶盖,取出一颗感冒胶囊,说辅助吃一些会有好处。短发大嫂全神贯注地盯着那个漂亮的药袋。这时孕妇又从中取出一个褐色的玻璃瓶,说:"这是黄连素。"然后从中倒出几粒递给短发大嫂,叮嘱道,"一次吃两粒。"短发大嫂将那黄色药粒兜在掌心,像看着金子一样充满激动。她有些吞吞吐吐地对孕妇说,明天她回到塔美,万一病要是重起来,那个憋死牛的地方连粒药都买不着。孕妇便善解人意地笑着往她的掌心又倾倒了十几粒。短发大嫂生怕这药会像蜜蜂一样嗡嗡跑掉,她使劲将它们攥在手心,讨好地问:"你是大夫?"

"我丈夫是。"孕妇温存地笑了,"我也就算半个医生了。"

老女人虽然为豁唇发烧的事而担忧,但她的警惕性仍然没有放松,她想,你自己的男人就是医生,干吗跑到塔多去生孩子?

"这里面什么药都有吧?"短发大嫂指着药袋问。

"常用药都有。"孕妇的语气明显平淡了,她大约也觉得短发大嫂除了斤斤计较之外,还格外啰唆,所以并不想与她多话。短发大嫂知趣地走开,她从衣袋里取出一小片皱巴巴的卫生纸,将药放进去包好,塞进衣袋。老女人已经把豁唇弄到炕上,然后用茶缸为他凉一些开水。这时炊事员进来征求大家意见,明天早晨是喝大米粥还是小米粥。老女人便问她灶上有没有姜,她想熬些姜水给豁唇驱寒。炊事员上来摸了一下豁唇的额头,说:"刚才还活蹦乱跳地和狗玩呢,怎么这会儿就烧起来了?"

"这儿有狗?"老女人说,"我怎么没听到它咬?"

"那是个傻狗。"豁唇吃力地说。

炊事员安慰了一番老女人,说小孩子发烧不碍事,来得猛,退得也快,她还存着一些干姜,马上就去灶上煮汤。

抱琴者也凑到豁唇面前,问他是否口渴得厉害。豁唇摇摇头,带着哀求的口气说:"我想听琴。"

抱琴者揉了一下豁唇的头发:"好吧,你想听什么曲儿?"

豁唇忽然觉得生病是件好事了,因为所有要求都成为合情合理的了。他说:"我不知道什么是曲儿,我只听过歌。你让琴响就行了,不管什么曲儿。"

"那就听《马兰花开》吧。"抱琴者说。

老女人已经凉好了水,她端着茶缸将药塞进豁唇的嘴里,然后让他用水顺下去。豁唇一仰脖子,那些药就被水冲进胃里了。

琴声悠扬地响起来了。抱琴者站在地中央动情地拉着。大家都默不作声地望着他。琴声跟灯光的触角一样纤柔,不一会儿女售票员就被吸引来了。跟着小木匠和卖山货的也进来了。他们相挨着坐在炕沿。黑脸人经过了睡眠的洗涤,头脑终于不糊涂了,他也坐起来听琴。抱琴者开始拉《伏尔塔瓦河》,旋律一起孕妇就湿了眼睛,因为这是她最喜欢的曲子。从门外不断地进来一些人,司机、老哑巴、王段长、炊事员纷纷凑了过来,他们一声不吭地听着,有的就席地而坐。窗户敞开着,湿润的微风传播着琴声。当《荒城之月》的旋律响起的时候,鹅颈女人和几名养路工人也进来了。鹅颈女人的紫花衬衣在灯光下像是刚刚流淌过的《马兰花开》的凝结了的音符,优雅灿烂。

豁唇长这么大是第一次听到琴声。他不明白那么小的一架琴何以发出如此开阔的声音。豁唇在大自然中曾领略过一些美好的声音,如叮咚的山泉声、清脆婉转的鸟鸣声、风折动树叶的沙沙声、雨洗劫大地的哗哗声……难道这琴里也藏着泉水、鸟、风和雨?豁唇躺在炕上看着大人们沉凝入迷的神态,他太为自己感到幸福了,因为是他的请求使琴声在黯淡的屋子里飞旋起来,他不由得淌出了大颗大颗的泪水。

抱琴者就这么尽兴地拉下去,豁唇觉得身上不那么寒冷了。他想要是黑狗能走过来听听琴声该有多好,养路段的工人说它被打傻后再也不涉足人住的屋子。豁唇想起黑狗,他的泪水流得就更凶了。而黑脸人则在琴声中回忆着自己的女人,他刚刚把她送进精神病院,离开的那天,她仍然唇角溅着唾沫星子跟黑脸人骂大伯子:"杂种操的,我不答应,他就说我偷施工队的钢筋,说我偷了五根!"她形容枯槁,头发纷乱如杂草,指甲的光泽也消去了,这是黑脸人外出一年归来所不愿看到的一个事实。黑脸人的哥哥在塔多养马场工作,他嫌那里挣钱少,就进城投奔弟弟。黑脸人在一家施工队为他揽到一个活,他理所当然住在弟弟家。恰好去年黑脸人的单位派他到河北驻寨,销售积压的木材,他就把妻子托付给了哥哥。黑脸人有一儿一女,儿子刚参加工作,不和父母住在一起,女儿则上中学。黑脸人也曾一度犹疑,让哥和妻子住在一起,会不会有人说闲话?但转而一想也就释然了,因为哥哥是亲哥哥,不住家里住哪里?何况家里还有女儿,哥哥只是晚上回家来住,不至于引起非议。而且哥哥在家也能相对照应一下妻子,买煤买粮的活能帮助做一些。然而一年后他从河北归来,妻子仿佛一下子老了十几岁,她变得很邋遢,目光呆滞,常常说一些似是而非的话。黑脸人一回来,哥哥就离开施工队回了塔多。黑脸人一度以为妻子是因为思念他而憔悴成这副样子。他就对她倍加温存,然而她易暴易怒,闲下来就骂黑脸人一家子没个好人。她常常把饭焖煳,洗脚水用过后不是倒进下水道,而是泼进正燃烧的煤炉。黑脸人便明白妻子的精神有故障了。待到她的忍耐力已经完全消失的时候,她便反复唠叨黑脸人的哥哥如此无耻,每天晚上都来推她的门,要占她的便宜。她给门上了两道闩,可还是害怕。女儿住在另一间屋子里,她又不敢和她说。以后每到晚间她就诚惶诚恐,她无时无刻不盼望着黑脸人早些归来。

"杂种操的!"妻子每逢申诉时总要来这样一句开场白,然后便唠唠叨叨地说,"我不让他占成便宜,他就诬陷我,说我偷了施工队的钢筋,说我偷了七根!"

在妻子的申诉中,唯独偷钢筋的数目在变戏法似的变换着。今天是五根,明天是七根,后天又是六根,令黑脸人大惑不解。哥哥生性憨厚,母亲过世后,黑脸人因为父亲的嗜赌而一度辍学,是哥哥把挣来的辛苦钱投到他身上,使他读完了初中。他便问妻子,哥哥是否真的对她动手动脚了。妻子就一脸正气地说:"我哪能让这杂种占成我的便宜?他倒是连我一根毫毛都没碰着。不过一到晚间他就来推我的门,我天天晚上都能听到那动静。白天他还装成个正经人,有时回来帮我干点活,迷惑我。这个杂种操的!晚上他推门的事就能这么算了?他就诬陷我偷了施工队的钢筋,说我偷了九根,杂种操的!"

黑脸人便去哥哥所在的施工队,问是否丢过钢筋。人家说只要一开始施工,无论钢筋、红砖还是水泥都会或多或少地丢一点,不过那只是九牛一毛,不值得大惊小怪,所以也未报过案。黑脸人询问女儿,生性腼腆的女儿只说有一天晚上大爷回来说施工队丢了几根钢筋,把他们每个人都问了一遍,说查出谁联络亲戚朋友来偷,就让他滚回家去。

"大爷没说妈妈偷过钢筋。"女儿说。

黑脸人不得不把妻子送到精神病院。医生分析了她的症状后说她属于抑郁型精神病,他们易于狂想,往往把自己置于受害者的位置而自我摧残。她的康复需要一段漫长的时间。黑脸人离开精神病院时,妻子依然面色青黄地跟他咒骂哥哥,颠来倒去只有那几句话,令他苦不堪言。他回到冷清的家后整整喝了一天闷酒,妻子不是个多事的人,他想也许哥哥真的打过妻子的主意,夜晚推过她的门。因为他第一次把妻子介绍给哥哥时,哥哥就拍着他的肩膀说:

"你什么都比哥哥强,娶个媳妇也比哥哥的俊。"

不管怎么说,哪怕真的是妻子暗自妄想哥哥每夜来敲门,她所听到的声音不过是幻觉而已,妻子的致病还是由于哥哥的到来。黑脸人便猛然萌生了谋杀哥哥的念头。他买了一把上好的钢刀,足足磨了一天一夜,使它锋利无比,然后又买上一堆熟食,带着几瓶酒上路了。一路上他不断回想以前他的家里如何温馨,而现在却四面楚歌。哥哥无异于一只吃人的老虎,生生地把他们的好日子给断肢解体了。他不能饶了他,不能让妻子白白疯了。他的勇气跟雨水一样渐渐旺盛起来。他设想着一到塔多,他直奔哥哥家,最好只有他一个人在家,他就得以从容下手。至于从哪一个位置下手最稳妥呢?脖颈、心脏还是肚腹?后来他决定由心脏部位入刀,这样致命的成功率更高些。然而车却意外被阻在塔纷,这使得哥哥可以多活一天。而他在喝酒看着睡醒后的孕妇的时候,孕妇那种无法言谈的美像人间的最后一缕温存的晚霞一样诱惑着他,使他杀人的勇气像退潮的海水一样波澜不起了。那一瞬间他想起了妻子,他杀了哥哥后自己也会偿命,谁还会管那个女人?还有他的孩子该怎么办?嫂嫂失去哥哥后是否也会像妻子一样精神失常？瞬间的觉醒使他格外后怕，所以他只能不停地用酒来打消恐惧。如今琴声使他再一次聆听到人间的至爱之音，他想好日子也许并未走到尽头。哥哥也许真的没有错误。黑脸人是个从不流泪的人，可他在塔纷这个琴声流淌的夜晚悄悄落泪了。

琴声终于戛然而止。没有任何人说话。人们默默地望着那架琴。炊事员忽然想灶上还烧着姜汤，她风急风火地赶到伙房，一股浓烈的姜味扑鼻而来，一锅姜汤已被熬干。鹅颈女人因为琴声的抚弄而有些伤感，她想出去透透新鲜空气。一出门她就发现一条黑狗站在门边，黑狗歪了一下脖子，现出耐人寻味的神态。鹅颈女人返身回屋对大家说：

"有条黑狗站在门边。"

"我就知道它会来的。"豁唇的眼里流出了泪水，"它是来听琴的。"

老女人走到炕沿摸了摸豁唇的额头，不知是药的作用还是琴声的滋润，那灼热如骄阳的感觉已经消去了。这使她长吁一口气。豁唇看着母亲，他哽咽地恳求："妈，我上学时让我去塔香吧，那里有这个琴，琴声可真好听啊。"

老女人说："妈给你攒钱，也买个琴回来，你就不用去塔香了。"

人们仍然沉浸在琴声中久久不肯离去。后来王段长提议每个人唱一支歌，不会唱的罚酒，老哑巴自然除外了。王段长带头清唱了一段京戏，是《空城计》的片断。小木匠大约受城市文化的熏染，柔情蜜意地唱了一首《其实你不懂我的心》。轮到赤着上身的黑脸人，他自觉地认罚了三盅酒。抱琴者音质纯正地唱了一首《三套车》。卖山货的既不想唱歌也不想喝酒，于是就学了几声狗叫。司机哼了一首台湾校园歌曲。老女人因为高兴而将乡下吆牛的声音当歌献出。售票员垂头唱了一曲《爱上一个不回家的人》。短发大嫂想想酒对痢疾有抑制作用,又可免去不会唱歌的窘态,于是就连声说"认罚"。唱得最有味道的是几名养路工人,他们哼的是流传于塔纷这一带的民歌,那音调沉郁凄婉,孕妇不由得抽出笔来记录它的歌词:"我坐在篝火旁怀念故乡,清凉的河水日夜在心头流淌。假若有一天我回不了故乡,但愿一只鹰能带上我的头发,把它送入故乡的河流中。"还有一首是:"我看见你举着蜡烛向我走来,夜色已昏,鸟儿归林了,你的红唇微微张开。我撩开你的长裙,你就像鸟儿一样飞起来。"

孕妇在"你就像鸟儿一样飞起来"这句下面画上一道横线。这时大家将目光转向她,她沉思片刻,说自己代表两个人唱歌,她和她即将出世的孩子。她唱了一首捷克民歌《牧童》。豁唇被认为生病可以特殊照顾。最后只剩下了鹅颈女人。

"唱个火辣的!"王段长说。

鹅颈女人微微一笑走到门边,然后她深深地吸一口气,长长的右臂忽地一甩,她的双腿便飞快地点着地,由门口旋至地中央。她的腰和胯蛇一样扭动着,双臂向上交叉时那件紫花上衣也跟着上浮,露出她柔韧白皙的腰肢。她是以舞代歌。大家看得目瞪口呆。抱琴者这时忽然俯身重新把琴拿起,他和着她的舞蹈节拍为她伴奏。鹅颈女人的脖颈显得越发绵长,她如醉如痴地旋转着,舞姿袅娜,变幻万千。她在舞蹈的时候觉得自己已经抚摸到了音乐老师的头发,那头发跟云彩一样柔软,散发着一股植物般的清香。

夜深了。人们不得不结束这场聚会。养路段的工人回自己的屋子去了,王段长和炊事员也走了。至于那条黑狗,它又安安静静地回窝去了。老女人在豁唇的百般央求下,陪着他去看了那条狗。狗伸出舌头舔他的手心,脖子一顿一顿的。豁唇兴奋地说:"这个伤狗变成好狗了。"

本来那铺大炕的中央是有一道白布帘子的,这样便虚张声势地隔开男女旅客。可是那白布帘子被炊事员给工人们做了棉裤里子了。大家便说关了灯各睡各的觉,挡不挡帘子都是一样的。短发大嫂却咕哝不休,说这样混在一起睡好说不好听。售票员的敌对情绪再一次勃发,她冲她说:"睡在外面的草地上倒是没有人,说出去也好听,只有星星能看见你,星星又不分公母。"短发大嫂并未被激怒,她只是将最上面的两个纽扣系牢了,然后抢占了炕头的位置,将脸侧向墙壁。小木匠非常渴望男女之间的接缝是由他和鹅颈女人来完成的。岂料这时司机忽然倡议道:"让老哑巴睡在中间不就得了!让他隔开男女。"卖山货的马上"咦喝"一声赞叹道:"就是,怎么我没想到,老哑巴就是现成的白布帘子,让他睡中间吧。"大家也都觉得这个主意出得好,于是就跟老哑巴比画炕的中间位置,示意他躺在那儿。老哑巴急得连连摆手,气得脸红脖子粗的。他跺着脚,用拳头捶打着炕沿,表示他的强烈抗议。然而人们却不以为然地各自躺下了。左侧是女人,她们是这样排布的:短发大嫂、孕妇、售票员、鹅颈女人、老女人。右侧的男人以豁唇为起点,跟下去是抱琴者、小木匠、卖山货的、司机、黑脸人。仍然待在地上的,只有手风琴、形形色色的旅行袋和老哑巴了。卖山货的伸出脖子看了看老哑巴,他木讷地看着炕上所有的人,看着属于他的那块地带,眼睛仿佛被水银给灌注了似的一动不动。司机倦意袭来,他吩咐可以摸到灯绳的短发大嫂:"关了灯吧。"

"老哑巴还没上炕。"有人说。

"关了他就上来了。"司机说。

只听"咔嗒"一声,灯绳颤动了一下,屋子里就漆黑一团了。黑暗使每一个人都有了疲劳感,他们想着明天将继续的长途旅行。

"咱们明天早晨几点出发?"孕妇问。

"五点。"女售票员说,"抓紧睡吧。"

"要是明天早晨五点走——"孕妇打了个哈欠,停顿许久,温存地说,"咱们在塔纷正好待了十七个小时。"

"我们有一次还待过四十多个小时呢。"女售票员也打了个哈欠,她说,"谁也别说话了,一说就精神了。"

只有孕妇和黑脸人知道老哑巴是什么时候上炕的。他又在地上站了一个小时。他就那么独自站在强大的黑暗中。这时候鼾声四起,人在睡梦中顾不得矜持了,有人"吱吱"地磨牙,有人肆无忌惮地放屁,还有人发出梦魇的"哼哼"声。孕妇是因为回味刚才的歌声而难以入睡,而黑脸人则在考虑明天他是否还去塔多。最后他想若是有从塔奎发来的长途车路过塔纷,他就搭车返城。最后老哑巴终于"窸窸窣窣"地上了炕,孕妇长吁一口气,黑脸人也欣慰地兀自"嗯"了一声,然后他们不约而同地进入塔纷丝绸一样光滑的梦乡。

凌晨四时许太阳就出来了。人们纷纷起炕。豁唇已经退了烧,他起来后就跑出去看那条黑狗。司机守着他的车愁眉苦脸地抽烟。女售票员上过厕所后便去擦给雨弄浑浊了的挡风玻璃。炊事员已经把早饭的桌子支好了,她有些难为情地说让大家每人交十元钱,这里包含住宿费和三顿饭钱。短发大嫂抽了一下鼻子,说:"我就剩下八块钱了。"

"少一两块也没什么。"炊事员说。

孕妇觉得过意不去,她指着短发大嫂对炊事员说:"她那两块我帮着垫上。"

鹅颈女人和老哑巴大约起来得最早,因为大家起来后发现他们俩不在。小木匠穿上鞋就去周围的森林去寻鹅颈女人,结果看见她抱着一大束野花回来了。她的头发上落着叶子,脸被蚊子叮红了几处,裤脚已被晨露蹚湿了。

　　小木匠问:"你没和老哑巴在一起?"

　　"我起来后他那儿就空着。"鹅颈女人说,"他比我出去得还早。"

　　大家洗漱完毕围聚到饭桌前时,老哑巴仍然没有回来。卖山货的便开玩笑说老哑巴可能到林子里去寻那个会飞的女人去了。想着吃过饭就要发车,司机便建议大家分头出去找找他,别把他丢在塔纷。老女人、豁唇和司机向东,卖山货的、售票员、抱琴者向北,黑脸人率着其余的人向西,大家分头寻找起来。只有向南的方向没有派人,因为鹅颈女人采花就是朝着那个方向,她走了很远,未碰到老哑巴。

　　阳光在森林中高高低低地寻找着栖身之处。落脚于松树上的阳光总是站不稳,因为那针叶太细小了,因而它们也就把那针叶罩得通体透明。而落在低矮的阔大榛叶上的阳光则一派平和心态,它们能美美地坐在上面而不洒落一线光芒,所以这样的叶片柔和宁静。各类鸟在雨后显得尤为活跃,它们啁啾着飞来飞去。人们的脚常常能踩着地下的浆果或者湿地的苔藓。司机忽然发现前方的林子极似老哑巴昨天画过的那片林地,只是并没有会飞的女人在半空中。那是一片针叶和阔叶的混交林,柞树和桦树也掺杂其中。沉甸甸的紫红色火柴头花随处可见。这时司机、老女人和豁唇几乎同时发现一棵褐色的枫桦树下吊着一个人。他的四肢僵直地朝下顺着,脊背微微弯曲。司机只觉得一阵头晕目眩,他简直不能相信他所看到的这个事实,老哑巴为什么要把自己吊死? 老女人惊叫了一声,然后紧紧地把豁唇的头抱在自己怀中,不让他去看那悬挂着的尸首。然而豁唇挣脱了母亲,他哭着跑到那棵枫桦树下,用拳头拼命捶打着树身,使这棵树哭了似的哗哗响动起来,老哑巴的身体也跟着如风中的干鱼一样摇来摆去。

枫桦树坚硬的树斑划破了豁唇的手,他大声地哭着对站在不远处的母亲说:

"妈,它是个坏树,是个该遭雷劈的树!"

1997 年

草　　原

　　我一直梦想着,有一天来到草原上,住在牧民的毡房里,喝奶茶,吃手抓羊肉,听马头琴。

　　这一天来了。

　　中秋节临近的时候,领导递给我一份传真,让我去满洲里参加一个东北地区的农机产品技术研讨会。

　　我来工厂四年了,出差了两次。一次是到北京,正赶上春日的一场沙尘暴,天昏地暗,街上的行人就像出土的兵马俑似的,灰头土脸的;另一次是去哈尔滨,大雪过后,街道因为撒了融雪剂,白雪成了黑雪,肮脏不堪,整座城市似乎散发着一股肠衣腐烂的气味,让人不爽。两次出差,都很无趣。

　　大约是因噎废食吧,以后又有两次出差的机会,石家庄和长春,我都婉拒了。

　　我是在沈阳读的大学,所学专业是机械制造。我毕业时,东北那些曾经无比辉煌的大工厂,正像衰朽不堪的老马一样,一匹匹地倒下。我求职困难,尝到了所学无用的苦恼。最后,齐齐哈尔的一家小型拖拉机厂接纳了我。齐齐哈尔旧名"卜奎",曾是古"黄金驿站"的起点,濒临嫩江。我的女友在地图上找到齐齐哈尔的时候,就像看到了一个大火坑,惊叫着说:"那地方太偏远了,靠近内蒙古了,我不能跟你去,你也不能去!"

　　我说:"那正好呀,我每天中午都可以越过省界,到草原上睡个午觉啊。"

女友果然没有跟我来,而我来了。女友嫁人了,我也娶了一位本地姑娘,她叫曲蔓玲,是个邮递员,我叫她"曲信使"。曲信使呢,她说我做事总是比别人慢半拍,又在拖拉机厂工作,叫我"王拖拉"。

除了开会,领导还交代给我一项任务,去还一笔债。那人是蒙古族牧民,叫阿荣吉,住在巴尔图附近的牧场,养羊。内蒙古的草场好,羊肉鲜美,每逢春节,我们厂子搞福利时,都会从那儿进羊肉。阿荣吉是厂子的老熟人了,每到腊月,他会雇佣一辆卡车,载来几十只活羊,把它们卖给厂子后,他会在齐齐哈尔住上一两天,办点年货,然后返回巴尔图。

去年厂子经济效益不好,所以阿荣吉卖的那批羊,没有拿到现钱。他只得了张白条子,声言不再给我们送羊了。可是拖拉机厂的人,如果年关没有提进家门一块来自草原的羊肉,就觉得年没了滋味。所以,上半年我们厂在郑州的一个农机产品展销会上拿到大把订单的时候,厂领导就兴奋地说,今年要让阿荣吉送最肥美的羊!

阿荣吉所在的牧场没有电话,他每次来,要先到巴尔图的女儿家,给厂子打个电话,问需要多少只羊。而我们想跟他联系,也必须通过他女儿。厂领导说,你到巴尔图找到他女儿,就找到阿荣吉了。要是不先把钱还上,他犯了倔脾气,以后真不送羊来了,咱们过年时还不得想羊肉想得生口疮啊?

领导嘱咐我,把这五千多块钱还给阿荣吉的时候,一定要跟他定下来,腊月时要送来五十只羊,让他别吝惜草料,把羊喂肥点,每斤多给他三毛钱。领导还带着歉意说,你开完会,要是当天往回赶,还能赶上节,可是去巴尔图还钱,恐怕就要晚一两天回来了。

我连忙说没关系,能在草原上过一个中秋节,是我的福气。

我不是说客套话。在我眼里,中秋节就像一匹雪青色的骏马,它落脚到草原上,才有神韵。我仿佛已经被它飘逸的鬃毛给拂着脸了,满心的激动。

曲信使去火车站送我时,趁乱用她粗壮的小腿钩住我的腿,说:"见到草原的牧羊女,可不能腿软啊。"

我"啊——"了一声,揪着曲信使乌黑油亮的长辫,说:"有这条鞭子在,我哪敢腿软啊。"曲信使咯咯笑了。

我乘坐的是齐齐哈尔到牙克石的慢车,为的是看风景。火车是正午出发的,它向着西北方向,像一匹吃足了草的老马,缓缓地行进着。天色湛蓝,没有云,天也就仿佛不存一丝心思,给人爽朗的感觉。沿途可见收获的情景,有的农人在割麦,有的则起着土豆。乡间路上,马车牛车辘辘而过,村落里炊烟袅袅。午后两点,火车到了扎兰屯,这儿已经是内蒙古的地界了,虽然还没有见到我期待的大草原,但牛羊明显多了起来。村路上马车载着的,也多半是干草。从扎兰屯到牙克石,经过的都是小站,哈拉苏、巴林、雅鲁、博克图等。小车站连缀的路线,大都有妖娆的风景,果然,草原一闪一闪地出现了。虽然那草低矮了些,而且经过一个夏天暑气的煎熬和牛羊的啃啮,有点憔悴,但它看上去是那么的安详柔美。透过车窗,我贪婪地呼吸着草原的气息,这气息是那么的熟悉,清新而温暖,带着股野味,它曾在哪里裹挟过我呢?哦,想起来了,新婚之夜,我从曲信使身上感受过这样的气息。

火车到达终点站时,夕阳正如一颗裂了的石榴,鲜浓欲滴地下坠。我下了火车,找家旅馆住下,到一家小饭馆喝了碗羊杂碎汤,吃了两个刚出炉的椒盐烧饼,然后在街上闲逛了一会儿,回旅馆的公用浴池洗了个澡,给曲信使打了个电话,就睡了。草原小城的夜晚太醇厚了,我有微醺的感觉,睡得很踏实。第二天清晨,我到早点摊喝了碗豆腐脑,搭乘一辆三轮车,先去看了免渡河,然后带着一身清凉之气,奔赴火车站,登上了开往满洲里的列车。

我不喜欢长驱直入草原,在我心中,生活是要有所停顿的,而美恰恰会在停顿的时刻生成,这就是我为什么要在牙克石停留一夜的缘由。果然,牙克石的夜露和免渡河上湿润的晨光,让我的心渐渐泛起了对草原的爱恋。当我路过扎罗木得,看着窗外如墨涌动的羊群,尽情地点染着草原这张柔软的宣纸,终于抑制不住心底的激动,在一张纸上写下了这样的话:草原啊,你就是我的神甫,当我的心灯因尘世而蒙垢,你总会用清风拂去尘埃,并用你那碧绿的汁液,为我注满生命的灯油!

满洲里的会期只有三天,第一天报到,第二天正式会议,第三天结束。报到的那天下午,我去了达赉湖。北方的湖泊大都有海的气象,苍苍茫茫,兴凯湖是这样,达赉湖更是这样。站在湖边,翻卷过来的波浪能把你的裤脚打湿。投映在湖水中的白云,就像翻滚在沸水中的饺子,被滔天白浪给搅得团团转。傍晚,我在湖边小食摊吃了新鲜的烤鱼和湖虾,喝了一瓶啤酒,然后心满意足地返回满洲里。满洲里是中俄边境一个较大的口岸,经商的人多,海关每日的过货量大,这儿也就有点国际都市的意味,灯火旺盛,酒吧林立。虽然天凉了,早霜已经出现,但在街头走过的那些俄罗斯女孩,却穿着时髦的吊带衫和短裙,露出雪白修长的大腿,像是一根根白炽的灯管,把黑夜照亮了。游人多,店铺关张得也就晚些,店里经营的多是俄罗斯的皮毛服饰和传统手工艺品。我踅进一家店,给曲信使买了一条杏红色羊毛披肩。

我的故事是离开满洲里之后开始的。

会议一结束,我就乘夜车去海拉尔,打算从那里去巴尔图。火车如果正点到达,是凌晨三点。我盼望着晚点,这样可以在列车上多睡一刻。果然,气喘如牛的慢行列车到达海拉尔站台时,太阳已经冒红了。这是中秋节的黎明,进出站的旅客行色匆匆,他们中的很多人提着月饼盒。我在车站附近的一家私人旅店洗了把脸,吃了碗热气腾腾的馄饨,然后又回到站前广场,搭乘去巴尔图的长途客车。

那是辆中巴车,大概是报废车辆改装的,看上去破烂不堪。这车有二十多个座位,本来说好九点出发,但因为还闲着几个座位,司机迟迟不肯发车,让售票员在广场喊人。那个肥胖的女售票员肿眼泡,哑嗓子,尽管她一遍又一遍地吆喝:"巴尔图了——巴尔图了——"可并没有什么人跟她过来。司机不耐烦了,他把手中的香烟摁灭在方向盘上,自言自语着:"妈的,以后得换个水灵的去喊客!"他跳下车,冲那胖女人嚷着:"上来吧,你这破锣嗓子不值钱,喊破了也没用!咱今天得赶回来过节,走吧!"

汽车一颠一颠地出了城。从海拉尔到巴尔图,是一路南行。我拉开车窗,呼吸着呼伦贝尔大草原的气息。每走一段,就可看见羊群。它们有的在草原上安闲地吃草,有的则团团簇簇爬过一带缓坡。天气晴朗极了,让人觉得天离自己很近,所以飘浮在天边的几朵雪白的云,几乎与大地的羊群连为一体,好像老天嫌羊群不够浩荡,要给它增添几只似的。汽车性能太差,一个半小时之内,它竟两次抛锚。司机每次下去修车的时候,总是气鼓鼓地踹它两脚,骂:"懒驴,有一天我发了财,非把你砸个稀烂!"车上的乘客开始发牢骚,说是这车走得比驴还慢,耽搁了时间,要求退一半的票款。司机开始沉得住气,但当汽车第三次抛锚,像无赖似的横在路中央的时候,他终于忍不住了,大吼一声,对售票员说:"给他们退票钱,今天背时气,不走了!"

汽车和车主都耍起了脾气,倒霉的就是乘客了,我们只有中途下车。汽车正停在伊敏河牧场,有人告诉我,前方九里,就是红花尔吉。那些要到巴尔图去的人,都候在路边,等候下一辆客车。而要去红花尔吉的,干脆步行,十里八里在他们眼里不是远路。我不知道下一辆去巴尔图的客车何时经过,想想还是先步行到红花尔吉稳妥,听说从那里去巴尔图,车就方便多了。

我还是上大学时有过远足的经历,参加工作后,人整天蛰居在楼房中,脚劲都弱了。能够沿着草原公路步行,让我有冲出樊笼的感觉,我甚至有些感激那辆把我们抛在半路的破车了。

伊敏河流域的牧场是肥沃的,草虽然不很高,但却密实,草色也比别处的看上去要鲜润。我行走的时候,不时听见羊咩咩地叫,我的鼻腔里充溢着草的清香。我得感谢牛羊的嘴巴,它们让草折腰的时候,也把它们体内的芬芳哑了出来,使它们成为空气中最迷人的分子。走了半个小时,一辆客车从身后驶来,它在经过我身边时停了下来,这车是去巴尔图的,先前被抛弃在路边的乘客,都搭上这辆车了。车严重超载,过道被人堵塞了,两人座的插着三人,三人座的则挤了四人。司机问我上不上车,我回绝了。我可不想再搭上一辆危车。

我没有走到红花尔吉,就中途停下了。正午时分,我看见了三座毡房,其中靠近公路的那座毡房飘着炊烟,门前停着两辆运货的卡车,我想那里一定是客店了。对一个饥饿的旅人来说,炊烟就是最动人的消息了。

我走向那座毡房。突然,一条黄狗朝我跑来,它在距我两米左右的地方停下,汪汪叫起来。它叫的时候晃着身子,摇着尾巴,更像是欢迎。随着狗叫,女主人出了毡房。她矮个子,黑红的扁脸,包一块蓝白花的头巾,小眼睛,塌鼻子,厚嘴唇,一望便知是蒙古人。她热情地冲我招了一下手,说:"吃晌饭了!"好像在招呼她的老熟人。我畅快地回答:"吃晌饭!"

毡房里肉香弥漫,三张桌虽然都没坐满,但没有闲着的。有一张桌坐着三个男人,还有一张是两个男人,这些人大概是跑长途的,蓬头垢面,正热火朝天地吃着羊汤面。另一张桌上,是一对青年男女,他们一身休闲装,模样斯文,男的正把筷子规规矩矩地摆在空碗上,女的掩着嘴剔牙,看来已经吃完了。我刚落座,他们就起身付账去了。我要了一碗羊汤面,这温润的食物立刻滋润了我的胃肠,让我筋骨舒坦。吃完面,那几个男人陆续走了,听得见毡房外卡车的引擎轰轰响着,看来他们要上路了。我乏了,很想睡上一刻,便问女主人,这里可以休息吗?女主人说:"你要是不过夜的话,别花那个冤枉钱,去草场躺躺不就解乏了吗?要是过夜,就去毡房,一宿三十块!"说完,她又告诉我,那对青年男女从城里跑来,包下一座毡房,就为了今夜看草原上的中秋月。

她的话让我心中一动。是啊,如果我不赶到红花尔吉,就在这儿过中秋,不是很好吗?我对女主人说,我先睡一觉,睡醒了不想走的话,就留下来。留与不留,三十块钱照付。

女主人大约觉得我怪异,她觑着眼看了我半晌,然后引我到门口,指着草原右侧的毡房说:"那座空着,门没锁,你去吧。你要是日落前走,不用给钱!要是留在这儿,睡醒了别忘了告诉我晚上吃什么,我好预备着!"

那两座毡房,相距大约百米,这大概就是牧民的客栈了。它们背后,是无边无际的草原。午后的阳光和微风大约觉得草原就是自己的舞台,它们在上面活泼地舞蹈着,草原上光影斑斓。毡房外有两摞风干的牛屎饼,还有一个闲置的辘辘车。我拉开北门,进到里面。这座毡房简单而整洁,东西南各放着一张床,南侧开着一扇小窗。中央是火塘和环绕着它的三个矮凳,床下有脸盆、拖鞋,我择了西侧的床躺下。睡在毡房里,感觉就是睡在一个毛茸茸的大蘑菇里。

我从来没有睡过那么长的午觉,足足有三个小时。我醒来的时候,夕阳已经给草原披上了一件猩红的袈裟。我站在毡房外,痴痴地看着落日。这样的落日我从没见过,红得炫目,带着股刚烈之气,它下坠时不是蔫头蔫脑的,而是蓬蓬勃勃的、一跳一跳的,像是在欢呼着什么,我被这样的落日感动了。正当我心潮激荡的时候,一阵马蹄声从背后响起,很快,一匹马从我身边掠过,没容我看清骑马人的容貌,他们就游鱼般轻灵地进入草原了。那是匹枣红马,很威武,它飘逸的长鬃轻抚着草原,有如一抹斜阳漫过。他们朝着夕阳奔去,离我越来越远。我想他也许是毡房的男主人,这是趁着黄昏,遛马去了。

暮色浓了,黄狗在前,女主人在后,朝我走来了。黄狗已经把我当作熟人了,它到了我跟前,温柔地叫着,用嘴嗅着我的裤脚,团团转。女主人对我说:"看来你是不走了,今儿过节,想吃什么?"

"手抓羊肉和奶茶。"我说。

"俺掌柜的刚宰了一头羊,新鲜着呢,你想吃哪块肉自己去挑!"女人说完,指了指草原说,"有个骑马人你见了没?他今晚也住这儿,跟你一个毡房!"

我这才明白骑马人也是个过路的。独自在毡房过节毕竟冷清了些,我很高兴有个同伴。我对女主人说:"好啊,一会儿他遛马回来,我问他想吃什么,可以一起吃嘛!"

太阳下去了,天色昏蒙了,草色也昏蒙了,骑马人还没有回来,让我疑心他们跟着夕阳一起落到草原下了。如果真是那样的话,一会他们也许会随着月亮一起升起来。

这家客店是男主内,女主外。在灶房忙活的是男主人,待人接物的则是女主人。专程来看草原之月的青年男女,他们要了手抓羊肉和清炒白蘑,用托盘盛着,端到毡房去吃了。他们离开的时候,女主人嘱咐着:"晚上要是嫌冷,就生点牛屎饼取暖。"不过刚一说完她又说,"你们两个人睡,想来也不会冷的。"她笑了,那对青年也笑了。他们的笑让我思念曲信使,我掏出手机,想告诉她,我要在草原上看月亮了。可是刚开机,女主人就撇着嘴对我说:"这地方没信号,那玩意在这儿只能当嘬嘴的骠子。"

客店外响起了马蹄声,看来那人回来了。草原的客店一般都为赶马人预备着马厩,所以一听到响动,女主人便对我说:"我得先去拴马,给它饮点水。"

五分钟后,女主人回来了,跟着她进来的就是枣红马的主人了。他看上去五十多岁,中等个,罗圈腿,据说草原上的好骑手,腿都会有些罗圈。他的脸很宽,五官分得又开,加之脸色泛着古铜色的金属光泽,因而看上去很硬朗。他进来后用手搓了搓脸,然后坐在桌前,问女主人:"有自酿的蒙古小烧吗?"女主人说:"跑长途的司机最爱喝这一口,能没有吗?"那人嘟囔一句:"怪不得卡车老是掉沟里呢。"

他的话把我逗笑了,我过去跟他搭讪,说我是和他住一个毡房的,想跟他一起吃晚饭,问他想要什么。他没有客套,说:"有手抓羊肉就是节日啊。"

我连忙吩咐女主人:"手抓羊肉,清炒白蘑,再来一个凉拌口条。"

那人补充说:"手抓羊肉别弄得太烂了,不入口,没嚼头!新鲜的白蘑还是清炖的好,汤汁是奶色的,鲜味打鼻子!"

女主人还没应声,灶房里传来了男主人的声音:"真是碰到会吃的主儿了!"

男主人一歪一斜地叼着烟出来了,他瘦极了,是个跛子。他扫了我一眼,然后对那男人说:"我打窗户望见了,你那马可真叫漂亮,削竹耳,悬铃眼,油光水滑,一根杂毛都没有,那马鬃飘起来像团火,晃人眼啊。好马都有个名,它叫什么?"

女主人嗔怪道:"马都把你跌成瘸子了,你还恋着!"

男主人说:"好男人伤在好马上,不屈啊!"

枣红马的主人似乎并不想谈马的事情,他淡淡地说:"它叫天驹。"

"天驹!好名啊。"男主人抽了一口烟,说,"我年轻时最爱的那匹马叫青云,菊花青,我那时好胜,骑着它参加旗里的赛马会,结果出了事。那天下着小雨,草地又湿又滑,青云跑得又急又快,转弯时摔倒了,把我的一条腿压在它身下。我要是不成了跛子,能娶个比她受看的呢!"他用烟头点了一下女主人,笑了。

女主人瞥了男人一眼,说:"当年青云要是把你的脑袋压在身下,你娶的就更丑了——地狱里窝憋着的女人,哪一个不是青面獠牙的?"

男主人哈哈笑了,说:"你怎么不说我上了天堂,娶的是仙女呢?"

女主人"呸"了一声,说:"你哪有那造化!你只配给我当个厨子!"

她的话大约提醒了男主人在家中的角色,他"啊"了一声,说:"我得捞手抓羊肉了,要不煮过了!"说完,提着腿赶紧回灶房。

他们满怀爱意的斗嘴让我更加思念曲信使。枣红马的主人大概看出我有些惆怅,问我:"你从哪儿来?"

"齐齐哈尔。"我说,"刚从满洲里开完会。"

"那怎么从这儿往回走?绕路了啊。"他说。

"我要去巴尔图办点事。"我说,"汽车坏在半道上,就在这歇脚了。"

他"噢"了一声,垂下头来。

我问他:"你去哪儿?"

"绰尔。"他说。

我们的手抓羊肉好了。它盛在一个青色的搪瓷盆中,冒着热气呢。我对同毡房的人说:"要不咱们也端回去吃?"

"好。"他说。

于是,女主人帮着我们,把酒菜拿到毡房。月亮还没升起来,草原好像让夜这张黑手给抹脏了,乌蒙蒙的。我付了菜钱,那人付了酒钱。女主人收了钱要离开时,那人又掏出五块,说是喝酒缺不了火这个伙伴,他得把柴草钱付了。女主人摆了摆手说:"今儿过节,我正愁没月饼送你们呢,就送点牛屎饼给你们烧吧!"

她的话把我们逗乐了。

那人抱了几个牛屎饼进来,放进火塘,熟练地生起火来。毡房里有马灯,可有了火,就不用点灯了。牛屎饼燃烧得很斯文,不像秸秆和劈柴,着起来轰轰烈烈的,它无声地发出暗红的光。

我们围着火塘开始吃喝了。我吃手抓羊肉的时候,离不开韭菜花、蒜泥等调料,那人呢,只是蘸少许的盐,他说羊肉像我那么个吃法,鲜味都糟践了。他说在家里吃手抓羊肉,他连盐都不蘸,那样更加妙不可言。出门嘛,骑了一天的马,出了一身的汗,要补充点盐了。我便问他从哪里来。他说:"辉河。"说完,便闷头喝酒了。

"我叫王子和。"我说,"我老婆叫我'王拖拉',您呢?"

"阿尔泰。"他说,"我老婆是个哑巴,从没叫过我的名字。她年轻的时候,喜欢用石子叫我。要是石子朝我飞来了,那就是她吆喝我呢。这几年她病倒了,就摇马铃叫我。"

阿尔泰告诉我,他有两个孩子,大的叫朵云,出嫁了;小的叫朵卧,是个男孩,二十岁,跟他放牧。他问我:"你有孩子吗?"

"还没有。"我说。

"得要孩子呀!"阿尔泰说,"一个家要是没有孩子,就像草原上没有牛羊,空落啊。"他放下酒杯,说是要看看他的马,起身出去了。

牛屎饼因为掺杂了煤渣,很经烧,半个小时了,还没有烧透,所以它们的脸看上去半青半红的。火塘边的食物,全都被镀上一层微红的光,白蘑成了黄蘑,杯中的白酒也被映成琥珀色的了。我想月亮大约快出来了,便起身出了毡房。果然,东方已经冒出了一点红。那对青年男女,相拥着站在他们的毡房外面,等待月亮升起。

秋天的草原之夜带着股寒露的气息,我穿着绒衣,还是觉得身上阵阵发凉。想到酒能暖身,便回毡房取酒,等我捧杯出来的时候,月亮已经冒出了一道弯曲的金边,活泼得像是一条游动的金鱼。这条金鱼越游越自在,顷刻间,它变肥了,成了一条大鱼,月亮探出头来了。我朝地上淋了几滴酒,算是祭月了,然后才把酒送入口中。想必这酒被月光勾兑过了,一股说不出的芬芳在肺腑间荡漾。而我祭给月亮的酒呢,大约它也欣享了,那半轮月亮一副微醺的模样,脸颊边抹抹嫣红。

月亮一旦露了头,就像新嫁娘上了花轿,虽然也羞怯着,但却是喜洋洋地出了闺门了。很快,半个月亮变成了大半个,草原上光影浮动,那股阴郁之气全然不见了。月亮升腾的速度比我想象的要快,眼见着它越来越高、越来越圆,终于,它撑不住自己的丰腴了,"腾——"的一声,与大地分离,走上了天路之旅。新生命的降临总是伴随着哭泣,月亮也一样,它脱胎换骨的那一刻,脸颊湿漉漉的。

草原被这盏举世无双的神灯点亮了。我觉得它的气息都变了,有股微甜的味道,看来月光把它身上的寒露驱散了。我觉得身上温暖了,特别想像马儿一样在草原上撒个欢儿,但我又怕踏碎了这大好的月色。正感慨着,背后传来马蹄声,阿尔泰策马过来,吆喝我:"兄弟,带你去草原上遛遛吧!"未等我答应,他已经下马了,身手是那么的敏捷。我连忙把杯中酒干了,将酒杯送回毡房,由他扶着上马。

这马实在剽悍,我的腿跨在它肚腹上,就像一双荡在水面的桨,下面的水是深不可测的。阿尔泰随之跃到马上,在我身后牵住缰绳。他对我说:"你不用害怕,天驹从不欺生,不会把你颠下来的。它快起来像旋风,慢起来就是一辆老爷车。"

我们走向草原了。

站在地上,觉得月亮就是一枚仙女们缝制时光用的金顶针,遥不可及;上了马呢,却觉得它近在咫尺,恍如摆在桌前的一面镜子。天驹一入草原,就朝东方走去,好像想帮着我们,把那银盘似的月亮摘回来,盛手抓羊肉。天驹大概怕自己的蹄子惊着了草的魂儿,微垂着头,走得小心翼翼的。开始时我有些紧张,连头都不敢歪一下,漫步了十几分钟后,我胆子大了,可以放松地看月亮了。

月亮已经把初升的羞红褪去了,它通体金黄,像是被蜜腌了千年万年。阿尔泰对我说,他哥哥曾经说过,月亮里也举行庙会,每月的阴历十五,月圆的日子,庙会就来了,这一天月亮里是最热闹的。阿尔泰轻声对我说:"不信你仔细瞧瞧。"

果然,月亮里影影绰绰的,仿佛有树,有河,有桥,有人,有房屋,有车马,有杯盘碗盏,有琴,有风中猎猎舞动的幌子,甚至有笑语和吆喝声,那里真的好像在举行庙会啊。我不由得对阿尔泰的哥哥产生了好奇,问:"他是做什么的?"

"喇嘛。"阿尔泰叹息了一声,说,"他走了好多年了,兴许他现在正在月亮里赶着庙会呢。"

我听他的语气有些伤感,就让他催马快走,我想飞驰的速度会像闪电一样,击落他心底的阴云的。阿尔泰勒紧了缰绳,"嘿——"了一声,天驹昂起头,"咴——"地回应了一声,向着前方奔跑起来。先前的草原在我眼里是静谧、安详的,现在它却突然变成一片涨潮的海了,我眼前的月光化作了涌动的波浪,层层地向我涌来,拍打着我,那么的湿润,那么的温柔,我落泪了。什么叫"喜极而泣"?我懂了。阿尔泰大约听见我的哭声了,他松了缰绳,天驹慢了下来。它真是匹好马啊,这通奔跑,并没让它气促,我只是觉得夹着它肚腹的双腿热燎燎的,好像它也刚喝了一顿烈酒。

天驹停下来,月光却没有停下来,它们仍然在草原上流转着。阿尔泰跳下来,像对待一个孩童似的,将我抱下马。天驹将头偏向我,大约想看看,刚才是谁在它身上洒泪。我这才看清,它的眉心处有道白,像是一弯水,明亮活泼。我伸手抚摩了它一下,它动着四蹄,感恩似的叫了两声。阿尔泰让我先回毡房,他要将马牵回马厩。

牛屎饼烧成了一汪红,我把盛着手抓羊肉的托盘放到火上。很快,羊肉就吱吱叫了,窜出香气。待阿尔泰返回,我已将酒菜都热了一遍。

我们继续吃喝。经过月光的沐浴,我的脾胃温和了,对辛辣的调料不那么依赖了,我也能仅仅蘸一点点盐就品尝出手抓羊肉的鲜美了。我们干了一杯酒,为月亮,为草原,为天驹,为毡房的这个夜晚。

我感动地对阿尔泰说:"这是我过的最美的中秋节了。"

阿尔泰说:"要是在我们家过,你会觉得更好。辉河的湿地太美了!那儿的草好,水好。到了春天,蓑羽鹤、白天鹅、灰背鸥都飞回来了,鸟儿在水草中扑棱着,你的心啊,跟喝了酒似的,醉了!"

"那你过节怎么不和家人在一起?你骑马去绰尔有急事?"我问。

他叹息了一声,说:"我跟人约好了,这是去卖马啊。"

阿尔泰的故事,就从马开始讲起了。

我们家原来在乌拉盖,我和哥哥都出生在那里。我父母是牧马人,他们很相爱。我哥哥十三岁、我八岁的那年初冬,母亲赶着马群过乌拉盖河,河水结了冰,但没有冻实,母亲走到河心时,冰裂了,她掉进冰窟窿,淹死了。从那以后,父亲就变了个人似的,他酗酒,脾气暴躁,喝多了不是鞭打马,就是打我们兄弟。媒人给他介绍女人,他连看也不看,只是说"我就喜欢掉进冰窟窿里的那个啊",说完就哭,所以没有哪个女人愿意进我们家。我和哥哥破衣烂衫的,跟叫花子一样。那时我们最怕的就是过年,父亲会抱着酒壶,带着母亲活着时爱吃的东西,跑到她的坟上,跟她一起守岁。我和哥哥就得去坟地把他找回来。有一年春节,我们把他找回来后,半夜他又出去了。等我们一觉醒来,发现他不在,去坟地找,他已冻僵了。他落下残疾,冻掉了两只脚,从此后只能待在毡房里了。他的精神变得不正常了,不是哈哈大笑,就是呜呜痛哭,有时一顿能吃掉一个羊头,有时三天也不喝一口水。父亲成了这样了,家就得靠哥哥了。有一年春天,牧区的马得了传染病,眼看着马一匹匹倒下,哥哥哭着拉着我的手说:"阿尔泰,母亲说死就死了,父亲说疯就疯了,马说瘟就瘟了,人世间的苦太多了,我不想受这样的苦啊!"他的话使我疑心他要自杀,我吓哭了。我不知道,那时他已做了出家的打算了。母亲去世五年后,父亲死了。有一天深夜,父亲从毡房爬出来,用一条绳子,一端系在自己的脖子上,一端拴在马身上。他用鞭子狠狠地抽马,马拖着他跑起来,把他活活勒死了!虽然马是无辜的,但从那以后,我见着马,说不出的憎恨啊!

阿尔泰说到这里,有点哽咽。他出了毡房,取了两个牛屎饼,把它们添到火塘里,跟我对饮了几口,心境平复了,接着讲他的故事。

父亲去世后,我和哥哥离开乌拉盖,到阿尔山投奔伯父去了。伯父原来在根河一带做皮货商,专收山林里的鄂伦春和鄂温克人猎获的皮毛:貂皮、鹿皮、狐狸皮、灰鼠皮、狍皮等等,所以他的家底子殷实。伯父在阿尔山开了家客店,我和哥哥去了以后,就在店里当伙计。哥哥下厨,我管理马厩。这样,我跟马又打上了交道。马很怪,它的脾性往往跟主人相随。只要你看到来的客人一脸横肉、吆五喝六、挑肥拣瘦的,那他的马也难伺候,你得小心对待着,别让它一蹄子给踢着;要是来的客人满面温顺、话语谦和、粗茶淡饭都不计较,那他的马也是温驯的,你不拴它,它也不会溜了。我那时十来岁,父亲的死对我的刺激太深了,所以无论好马坏马,我同等对待,把它们牢牢拴着,用草棍捅它们的屁眼,要不就捏一粒盐塞进马的眼睛里,让它们哗哗流泪。马被我折磨得乱跳时,我心里痛快极了。我的恶习,终于被哥哥发现了。有一天晚上,客人要吃烤全羊,伯父拖了一只活羊在灶房前宰杀,哥哥听不得羊临死的叫声,更闻不得血腥味,就躲到马厩来,正好撞见我把捉来的蚂蚁往马的鼻孔里塞呢。哥哥见了,打了我一巴掌,说:"阿尔泰,你这样干,是给自己积攒罪孽啊。"我说:"我想妈,也想爸,我恨马,我们为什么要靠它们活着呢?"我哭了,哥哥也哭了,他边哭边说:"马一辈子让人骑着,挨着鞭子;羊一长肥了,就得被人宰了吃肉了。阿尔泰,它们比人可怜啊。"

第二天早晨,哥哥不见了。伯父骑着马,把阿尔山的每一条街道每一座房屋都寻遍了,也没能找到他。

哥哥失踪的那几年,只要客店来了人,伯父就跟他们打听哥哥。那时我已经去牧区小学上学,伯父说将来不管干什么,总要识点字。我早过了上学的年龄,学习在我眼里是个苦差,不如在马厩有趣,所以只混了两年,学了没几箩字,又回到客店了。那时很多地方在闹饥荒,吃不饱的人多了。客店的生意越来越难做了,南来北往的人大都面黄肌瘦的,马都成了公家的,不让私养了,伯父一天到晚唉声叹气的。忽然有一天,客店来了一个老主顾,他跟伯父说,春天的时候,他到阿穆古郎的甘珠尔庙去赶庙会,在大殿见到一个年轻的喇嘛正在给佛龛添灯油,从侧面看很像哥哥。他当时正跪着磕头,想着起来后一定跟这个喇嘛说说话,套问一下他的来处。可等他起身后,喇嘛已不见了。伯父听了房客的话后,一拍大腿,说:"这人失踪了好几年,活不见人,死不见尸的,我当初怎么就没想到他出家了呢?他要真当了喇嘛,也是我们家的造化啊。"伯父当即打点行装,领着我去阿穆古郎。第二天晚上,我们到了那里。山门已经关了,我们找了家客店住下。第二天一早,伯父带着我直奔寺庙。

甘珠尔庙是座古庙,有一百多年的历史了,它还有个名字,叫"寿宁寺",是乾隆皇帝赐的名呢。这庙建得跟宫殿似的,很漂亮。伯父嘱咐我,一会见了开门的喇嘛,要低下头,以示尊敬。进了庙里不能踩门槛,不能大声说话,更不要吐痰,说佛门是清净之地。

我们没有料到,打开朱红山门的正是哥哥!剃度后的他看上去清瘦了许多,他穿着僧衣,原来眉宇间的愁云不见了,面色红润,目光平和。伯父见了他先是愣了一下,然后突然"扑通——"一声跪在哥哥面前,说:"这下我死了有脸见你爸爸去了。"哥哥早已不叫原来的名字了,他给自己起了个法名,叫"尘安"。哥哥看着我们,既不悲,也不喜,他扶起伯父,请我们去了斋堂。吃过斋后,他领我们在寺里逛了逛。我还记得,那是夏天,蚊子很多。蚊子落在我脸上时,我就"啪——"的一下将它拍死。而哥哥呢,他只是用手轻轻把蚊子拂去。我知道,我和哥哥之间已经隔着一条大河,我在这岸,他在那岸了。伯父问哥哥吃斋吃得惯吗,在寺庙里辛苦不辛苦。哥哥说,吃斋饭就像久病初起的人呼吸了一口新鲜口气,那种甘甜是说不出来的。在寺庙里,无论做什么都有兴味,怎么会觉得辛苦呢?他叫我们不要再惦念他了,赶快回阿尔山吧。说完,给我的手腕戴上一串菩提珠,就去大殿念经去了。我到底年少些,一见哥哥撇下我们说走就走了,就哭了。伯父对我说:"阿尔泰,不许哭,出家人都是有慧根的,你哥哥造化比你大,你要是哭,就为自己哭,为你哥哥,你该笑啊。"可我哪笑得出来呢。回阿尔山的路上,我看着什么都觉得没意思,绿草在我眼里成了枯草,远方的辘辘车在我眼里就是游动的毒蛇,每看到一条河,我都觉得河里流动的是尿水,想吐。我难过啊,我没了父母,就这么一个哥哥,他还出家了,我怎么就这么命苦呢?

"从那以后你就再没有见过哥哥?"我急切地问。阿尔泰叹了一口气,拨了拨火,吃了两口白蘑,把故事推向了高潮。

我不是说了吗?那些年闹饥荒。从甘珠尔庙回到阿尔山后,一到吃不饱的时候,我就想去哥哥那里。我十七岁的那年,是六月份,我把一张字条留在马厩,告诉伯父我已是大人了,要离开阿尔山了,请他不要出去寻我。我搭了一辆过路车,去找哥哥了。我不知道,喇嘛到了夏天,会云游。我去的时候,哥哥恰好去西北的寺庙了。寺庙的住持听说我是尘安的弟弟,就收留了我。寺庙周围开垦了一块地,喇嘛吃的菜,多半是自己种的。我每天在田里干活,挑水浇地,除杂草,捉害虫,菜地被我侍弄得很好。夏末哥哥云游归来,先是给伯父写了封信,告知了我的下落,然后把我介绍给一个姓胡的汉族人,他是个居士,在阿穆古郎做中医,哥哥让我跟他学医,说是做医生能为人解除病苦,行善积德。我在那里干了两年,就受不了了。我不喜欢闻汤药味,辨别不清山上的那些药材。针灸在我眼里比在戈壁掘井还难,把脉呢,跟探宝一样,哪把握得准呢。

我没有跟哥哥告别,就逃离了阿穆古郎,到辉河来了。毕竟是牧马人的后代啊,我本能地又干上了这一行。辉河的牧场很肥沃,马长得壮。我所在的牧场是旗里最好的,那里的人对我很好。我喜欢放马。夏天的晚上,我们会把马群赶到用柳条栅栏做的围子里,围子设在草原的高处,通风好,马群不容易受蚊虫叮咬,暴雨来了也不会受气。我们在围子边燃起一团火,这样狼就不敢来侵犯马了。吃过饭后,放马人喜欢唱歌,他们唱的不是酒歌就是情歌,这两种歌听了都让人醉。我在辉河待了三年后,觉得恋它恋得很,这辈子离不开这地方了,就想探望一下亲人,把我的想法告诉他们。我先到了甘珠尔庙看哥哥,然后从那里回到阿尔山看望伯父。伯父能原谅当年哥哥的不辞而别,在他看来那是一场壮举;可是对我的突然离去,他不能理解,他拍着桌子冲我吼,阿尔泰,伯父虐待你了吗?!我对伯父说,我跟哥哥一样,找到了自己想待一辈子的地方,伯父该为我高兴啊。他听了这话后,跑到马厩哭了一场,算是还认我这个侄子。我最后到的地方是乌拉盖,我去父母的坟上磕了头。走了这一圈后,回到辉河后我的心就踏实了。

我总以为哥哥最后的归宿是甘珠尔庙,他应该在那里圆寂,没想到,好端端的古庙,在"文革"中竟被毁掉了!哥哥没了栖身的地方,被迫还了俗。他还俗后依然吃素、念经,就是不穿僧衣了。他跟着那个胡居士在阿穆古郎学起了中医。哥哥对中医心有灵犀,一学就通。每年夏天,我会把他接到辉河来住一段日子。牧民在草原上生活,风吹雨淋的,多半有风湿病。哥哥来了之后,就会为那些患病的人针灸和拔火罐,然后采了草药捣成泥,敷到患处。他的这套医法很管用,治好了很多人的病。每年春天,草原的野花开了的时候,牧民就会说:尘安快来了吧。大家把他当作了自己的亲人。哥哥不吃荤,牧民们就给他用新磨的小麦粉做烤饼,还给他做豆腐,采集新鲜的野菜嫩芽做腌菜,生怕他身体亏着了。那时我已过了结婚的年龄了,可是家中这一桩桩突来的变故,让我觉得人生无常,所以尽管也有好姑娘看上我,可我没有成家的打算。哥哥一来,牧民就爱对他说,尘安,说说阿尔泰,他该有个窝了!哥哥只是笑笑,并不劝我。在他眼里,世上的一切皆是"缘",机缘不到,强求不得。可是随着年龄越来越大,我也觉得毡房里该有个知冷知热的人了。我看上了两个姑娘,一个长得一般,但她嗓子好,她唱起歌来,能把鸟儿引来。她性子泼辣,马骑得比男人还好,酒量和饭量都大,她常给我送吃的。还有一个长得俊俏,但她是个哑巴,比我大两岁。她性格温顺,能吃苦,手巧,她偷着给我织过羊毛袜子。可就是因为哑,没人娶她。现在我不说你也明白了,我把那个哑巴迎进毡房了。我拿不定主意的时候,去问哥哥,他对我说,那个爱唱歌的姑娘好嫁人,可那个哑巴,你要是不娶她,她会一天天老下去,枯萎了。他这一说,让我觉得如果不娶哑巴,就是犯了天大的罪孽!我娶哑巴的时候,爱唱歌的姑娘还在我的婚礼上为我们唱喜歌,她的歌声虽然美,但听起来有点凄凉的味道。我知道她难过,而我也喜欢她呀。看来人生是没有两全其美的事情啊。

我和老婆过得很恩爱,我们生了俩孩子,儿女双全了。可是好日子不禁过,它们就像草原雨后的彩虹,虽然美,可是一眨眼,就不见了。朵卧两岁时,我哥哥去世了。他是为救一只蓑羽鹤死的。有年夏天,哥哥到草原来,一天傍晚,他出去散步,发现一只受伤的蓑羽鹤在河水中扑通,要沉下去的样子,他就跳到河中去救。那年雨水大,水流急,哥哥不会水,他被急流给卷走了。草原的牧民,都喜欢哥哥,我们把他葬在河边的草地上了。

朵云朵卧一天天长大了,我们却是一天天变老了。前些年牧场可以承包了,我就包了一片,放马养羊。这行当其实也是靠天吃饭,有一年,我们的羊染上了瘟疫,死了多半,把家底赔掉了。朵卧跟我一样喜欢放马,他嗓子好,爱唱歌。他跟着牧人,学了很多民歌,还会拉马头琴。他跟我小时候一样,不爱上学,初中毕业后,就跟着我放牧了。我老婆最高兴的事情,就是坐在毡房里,喝着奶茶听朵卧拉琴、唱歌。凡是听过朵卧歌声的人,都说这小伙子在草原上可惜了,应该把他送到城里去,让搞音乐的人好好带带他,他能唱红全中国!前两年,电视上不是搞青年歌手大赛吗?我们那儿的人看了,都跟我说,阿尔泰,你该让朵卧去北京唱啊,他站在舞台上,只要一张口,咱草原的白云、清风、奶茶味,就跟着飘过去了!我想也是,我问朵卧,愿不愿意去北京唱歌?朵卧说,他没上过舞台,灯光一打,可能会害怕。我说,草原这么大的舞台,太阳和月亮这么大盏的灯,你都不怕,还怕人造的?朵卧被我这一将,说,那我就去试试。于是我就找旗文化局的人问这事,怎么个报名。一打听,还挺麻烦的,要层层选拔,先得在旗里唱,然后再去自治区唱,这两关都过了,才能上北京。而且,参赛报名要花钱,做演出服要花钱,这些钱都得自己出。我老婆几年前得了怪病,钱都花空了。有天晚上,月亮好,她出去解手,很长时间没回来。我着急,出去找,发现她昏倒在毡房外的草地上。我把她抱回来后,她醒了。她跟我比画着,说是撞见了一个在草地上发光的东西,她凑过去看时,那东西突然飞了起来,把她给吓昏了。出事后,她躺着没事,一站起来,那就等于要她的命了,晕得直吐。我们牧区的人都说,她是撞上了飞碟，外星人把她的骨头给弄软了。这几年，我背着她去了好几个大城市的医院，都说她身体没毛病，说是脑神经出了问题。我就对她说，你没病，不过想像小孩子一样耍赖，不愿起床，那就给我好生躺着吧，我养活你！她听了直笑。我给她的枕头旁放了个马铃，要是有事情，她就摇铃叫我。朵卧要去北京唱歌的事，我跟她说了，她很高兴。可是我们差在钱上，她就让我卖天驹。我家的马，就这匹最值钱。去年，从绰尔来了个贩马的，他在牧区看了个遍，就相中了天驹。说是有个做大买卖的人喜欢马，不惜花大价钱收罗好马。他当时给我出的价儿是八千，我没舍得。我出去放牧，最爱骑的就是它啊。它看护羊群最有经验，它远远一望，就知道哪片是草质差的夏牧场，哪片又是优质的冬牧场，知道把羊群带到哪里。它对天气也通晓，暴风雪来临前，它就会阻止我把羊群往远处和低洼处赶。你不是牧民不知道，得到匹好马，就跟娶了个好媳妇一样，让人受用啊。可是为了朵卧，我得卖天驹了，别的马卖不上价钱啊。我给绰尔的马贩子打了个电话，他一听说我要卖天驹，特别高兴，不过他说这马又长了一岁，牙口如不如从前好他不知道，他会买，但要看了它以后再定价，说是不管怎么着，也不会低于五千块的，让我尽快把马带到绰尔。我对马贩子说，中秋节一过，阴历十六我就能把天驹送到。兄弟啊，我实话跟你说吧，我为什么选这个日子？我知道天驹身体的秘密啊，一到月圆的日子，它就兴奋，我择这个日子卖它，就是想让马贩子看它精精神神的，肯出个好价钱啊。刚才你也见了，它在月亮下不是一般的马了。它就是地上的灯，明得晃人眼啊。现在你要是由着它的性子跑，它都能跑到月亮里去啊。

阿尔泰讲完了故事，借着幽幽的火光，我发现他的眼里闪烁着泪花。我给他斟了一杯酒，他颤抖着接过，一饮而尽，说："朵卧跟我说了,他明年要是在北京唱红了,有了钱,他就去绰尔,再把天驹买回来。别看他是大小伙子了,心思有时跟小孩子一样呢!他以为天驹去的是当铺,想抵就抵,想赎就赎,这小子啊!"阿尔泰笑了,他的笑是颤抖的。我轻声问他:"那个爱唱歌的姑娘后来怎么样了?你们还有联系吗?"阿尔泰似乎不愿意过多地透露给我关于她的消息,只是敷衍着说:"女人嘛,最后总得嫁人啊。"

我放下酒杯,跟阿尔泰说要出去小解,出了毡房。月亮正在中天,如果说夜空是座王冠的话,那么月亮就是王冠上的一颗明珠。我站在飞舞着月光的草原上,把兜中的钱摸出来。信封袋里装着即将还给阿荣吉的欠款,共计五千二百三十六元,我把零头抽出来,又从自己带的钱中点出八百,塞进信封,凑足六千,回到毡房。我把那个信封口袋递给阿尔泰,说:"这是六千块,你拿去给朵卧用吧,天驹就不要卖了。将来你有了钱,可以还我。就是不还,能让天驹留在你身边看护羊群,能让朵卧去参赛,我也觉得值了!"

我以为阿尔泰要么会自尊地拒绝,要么会感激涕零地接受,然而他只是平静地接过那个口袋,掂了掂,又递给我,说:"兄弟,把你的地址留在这上面吧。"

我掏出笔,凑近火塘,把单位地址写在信封口袋的背面,交给他。阿尔泰把它揣在怀里,对我说:"乏了吧,早点歇着吧,明天你不是还要到巴尔图去吗?"说完,转身出去了。我听见毡房外传来哗哗的水声,他在解溲。这泡尿很长,好像他憋了很久。我有些怅然若失,因为刚才把钱交给阿尔泰时,他没有丝毫的激动,这就仿佛是看一出戏,高潮没有出现,就平淡地结束了。我确实累了,躺倒睡了。夜里我被扰醒了两次,一次是阿尔泰帮我盖毯子,他那有力的大手像铁一样碰疼了我的肩膀;还有就是凌晨时,我被毡房顶上一阵扑棱棱的声音扰醒,阿尔泰也醒了,他嘟囔道:"哪只鹰起得这么早啊。"

我和阿尔泰起床时太阳已经出来了,毡房里洋溢着一股牛屎饼燃烧后留下的气味,我们一起去吃了早饭。当我要结算食宿费时,被阿尔泰抢先了一步。客店的女主人说好了不收牛屎饼钱的,可她现在却沉下脸,非要收十块钱。阿尔泰没有跟她计较,和颜悦色地把钱交了。我跟阿尔泰去牵马时,男主人打着晃儿跟到马厩。他不好意思地说,他太喜欢天驹了,为了闻闻好马身上的体味,昨夜他睡在马厩里。他说:"我老婆这人有个说道,平常你不理睬她没事,但凡年节儿的,你得搂着她睡。这大八月十五的,我守着马来了,她恨天驹,就怪罪它的主人了,这才收牛屎饼钱。她原本不是个小气的人啊。"男主人说着,从兜里掏出十块钱,递给阿尔泰。阿尔泰打趣道:"兄弟你留着吧,要是她发现你兜里少了十块钱,还不得让你天天睡马房啊。"我们三个男人一起笑起来。

我和阿尔泰牵着马来到公路边。阿尔泰说,他要等我搭上了去巴尔图的车后才走。他从挂在马鞍的羊皮袋中取出一样用黄色丝绒布包裹的东西,慢慢地展开来,一只细腻光洁、花色斑斓的海螺号现身了——它看上就像一个大大的惊叹号!阿尔泰说,这是他哥哥留下的诵经的法器,蒙古人称它为"冬"。这个"冬"来自甘珠尔庙,他哥哥生前一直带在身边。阿尔泰说:"出自古庙的法器,能给人带来吉祥,你收下吧!"这礼物我很喜欢,但我知道它对阿尔泰来说是多么的重要,一再推辞。阿尔泰急了,他说:"你不收下'冬',就是让我卖天驹啊。"我只得把海螺号小心翼翼地接过来,放入背囊。

我们截到了两辆运货的卡车,一辆是到柴河去的,不顺路;另一辆倒是去巴尔图的,可是车上的货物看上去超载,极不安全。这样一直等了两个小时,终于迎来了昨天坐过的那辆坏在半路的中巴车。司机见了我猛地一踩刹车,探出头来哈哈笑着说:"兄弟,咱们有缘啊,上车吧,今天这驴子脾气好!"说完,得意地按了按喇叭,让它发出滴滴的叫声,好像让这头驴子跟我打招呼似的。我在上车的一瞬突然想起了在列车上写的那几行诗,连忙把它翻出来,递给阿尔泰,说:"这是我进到草原写的,送给朵卧吧!他要是喜欢,就给它谱个曲儿,唱一唱!"

我和阿尔泰就此告别了。我上了车,坐定后回头张望,阿尔泰和天驹已经无影无踪了。好马和好驭手就是这样啊,来去如风。

我没有钱还给阿荣吉了,打算着到了那儿以后,跟他撒个谎儿,就说是路遇强盗了,请他宽限几日,等我回到齐齐哈尔,立刻把钱汇来。

到了巴尔图,我先给曲信使打了个电话。她正在熙熙攘攘的大街上,投递途中。我问她中秋节过得好吗,吃月饼了吗。不知是市井的喧闹之音削弱了她声音原本的清脆,还是她没有休息好,她恹恹无力地说:"昨晚这里下雨,没见月亮。月饼呢,太甜腻了,我只吃了半块。"我告诉她,我已经到了巴尔图,办完事会尽快回去。她"哦——"了一声,挂了电话。

吃过午饭,我便去找到阿荣吉的女儿。她在巴尔图为一家奶站收牛奶,常跑下面的牧场。听说我是去找她父亲的,她热情地对我说:"刚好我要下牧场去,路过那儿,你跟着走吧。"

那是一辆小型卡车,看上去挺新的。阿荣吉的女儿坐进驾驶室,而我踮着车轮,爬到卡车的大厢上。车上装着几十个圆肚形的奶渍斑斑的塑料桶,几个脸膛黑红的牧民,靠着车厢头抽烟。他们见我上来,甩给我一棵烟。我跟其中的一个人刚对着火儿,车就开了。如果天气好,坐在卡车上实在是一种享受,无边的风凉。这一带大概霜来得早,草黄了,而且草质也不是很好,常常会看到一块块的沙地,好像草原生了疮疤。我问牧民们生计可好,一个说"凑合",一个说"现在草原沙化得厉害,畜生没的好吃的,人也就没的好吃的啊"。他的话惹得大伙笑起来。车开得飞快,我们不时被颠起来,叫着。头顶的白云张着雪白的翅膀,一片片掠过,好像在跟卡车赛跑。阿荣吉所在的牧场离巴尔图确实不远,也就半个多钟头吧,卡车停下来,阿荣吉的女儿从驾驶室跳下来,吆喝我:"小王,到了!"

顺着她指的方向,我步行了十来分钟,到了阿荣吉的牧场。牧场上有两座毡房、一处圈牲口的围子。远远的,就见阿荣吉在垒草垛,看来这是为羊储备冬草。我喊了他一声,他扔下手中的耙子,朝我走来。想想他每年去厂子送羊时,见到的人多了,对我可能模糊,我连忙做了自我介绍。阿荣吉"哦"了一声,拍着自己的后脑勺说:"难怪我见你眼熟呢。"

阿荣吉把我让进毡房后,取出一只海碗,拎过暖水瓶。我以为倒出来的会是白开水,谁知竟是滚烫喷香的奶茶!他说,他老婆今早起来时,说是昨晚梦见一条大蟒蛇爬到毡房前,啪啪地拍门,判定今天家里要来客人了,所以出门前煮好了奶茶,灌到暖瓶中。

阿荣吉的毡房很零乱,被子叠得七扭八歪,脏衣服像乌云一样堆在地上,桌子上是没刷洗的碗盘和筷子,苍蝇嗡嗡地飞舞。幸好坐人的草墩还算干净。阿荣吉不好意思地对我说:"我老婆子在草原上自在惯了,不爱收拾家。"我连忙说:"太干净了我还不敢坐呢。"

喝了一碗奶茶后,我跟阿荣吉说了来这儿的目的。一听说是代表厂子来还钱的,未等我讲下文,他就兴冲冲地打断我的话,说:"你们领导真是好主儿啊,如今四处都是讨债的,哪还有主动上门还钱的?小王,今晚咱得好好喝一顿啊。"说完,撂下我出去了。

我尴尬地坐在那儿,心想自己若是孙悟空就好了,立马把那沓钱变出来。在这种气氛下,不管我找什么理由不还钱,都是难以启齿的。

我离开毡房,去找阿荣吉,想把话说透了,让他别空怀着希望。

阿荣吉正弯着腰,从地窖往上提东西。草原的牧民,一般会在毡房外挖一个地窖,地窖通常三五米深,三米见方。地窖冬暖夏凉,是天然的保鲜箱。夏天的时候,牧民喜欢把鲜肉藏入地窖中,他们嫌下窖周折,一般是用一根绳子,一端拴着肉,另一端拴在窖口的木桩上,将肉吊在窖中。取肉的时候,只需把绳子拉上来就是。果然,阿荣吉提上来的是半扇羊肉。他把它掼在草地上,问我:"你喜欢肋巴扇的前撒还是后撒?"说着,从兜里掏出一把弹簧刀,"咔——"的一声打开,刀锋像雪线一样晃着了我的眼。我惊叫着:"这是管制刀具啊,你怎么有?"阿荣吉说:"集市上卖它的多了,我们买它图的是方便、好使,又不去杀人,怕啥嘛!"他蹲下来,把刀刃逼向羊肉,等待我选择。我觉得自己没有资格享受羊肉,于是咬了一下嘴唇,对阿荣吉说:"我从满洲里开完会回来,昨晚在一家客店过夜,半夜毡房里窜进来一个强盗,把我带给您的钱抢走了!"阿荣吉握着刀子的手抖了一下,他一屁股坐在地上,呆呆地盯着那扇肉,半晌才缓过神来。他抬头看了看我,然后在羊肉上动着刀子,转眼间就切割下一块肉。他把余下的肉吊回地窖,拎着卸下的对我说:"钱没了,口袋亏了,不能再亏着嘴啊。"我连忙表示,我一回到齐齐哈尔,就会把钱汇来。他这才舒了一口气,说:"你丢了钱,就得自己赔吧?"我说:"那是啊。这事千万不能让厂领导知道,影响不好,好像我是个废物,以后领导哪还敢交办我事啊。"阿荣吉叹息了一声,说:"你也真够倒霉的,五千多块可不是小数目啊。"

我们回到毡房,他把羊肉放在案板上,怕苍蝇叮咬,上面罩了一块泛黄的纱布。阿荣吉坐在草墩上,卷起一支烟来抽。那烟很冲,他吐出的烟是青蓝色的,直呛嗓子。我坐在阿荣吉对面,发现鞋带不知什么时候散了,低头便系。这一倾身,手机从上衣兜滑落下来了,我顺手把它捡起。等我直起腰的时候,发现阿荣吉瞪着眼睛,愤怒地看着我。他额头的青筋一蹦一蹦的,喘着粗气,我不明白自己怎么惹恼了他。

阿荣吉抽完烟,将烟蒂狠狠地扔在地上,用鞋子碾了又碾,突然站了起来,指着我说:"小王,你撒谎,你看我们牧人好糊弄是不是?"

我不知他这话从何而来,连忙说:"怎么可能,我尊敬您,我确实遇见了强盗。这样吧,我今晚就往回赶,我不把钱汇来了,我亲自把它送还给您,三天之内!您看行吧?"

阿荣吉冷笑了一声,说:"你看看你吧,手机揣着,手表戴着,强盗怎么单单喜欢我的钱,没把你身上这些值钱的玩意一家伙打劫了?你分明是撒谎!你们这些年轻人啊,我也听说了,出门时爱寻个刺激。那些在满洲里做生意的男人,爱找俄罗斯小姐。你一准是把钱都扔在她们身上了!"不容我辩解,他接着数落,"小王啊,你也是有老婆的人吧?女人帮咱守着家,容易吗?"

事情到了这地步,我只好实话实说了。我拣紧要的说,阿荣吉边听边皱眉,他似乎对我的真话也起了怀疑。果然,听完我的讲述,他说:"小王,你说的这个事情要是真的话,你可上了大当了!你知不知道,这几年,草原上出现了一种骗子,他们骑着马,四处游走,专门找那些客店去行骗。他们不打劫,就是编些瞎话来骗人,比方说是家中人得了绝症了,比方说牛羊得了瘟疫吃不饱饭了,花样多着了,让人可怜他,给点钱。像你这样的,一家伙被人骗掉好几千,是没有过的啊!"

我说:"这绝不可能,我知道他住在辉河,他叫阿尔泰。他还让我留了地址,我猜他将来会还我钱的。"

阿荣吉"哼"了一声,说:"他骑着马,说是哪儿来的就是哪儿来的。草原上叫阿尔泰的人,跟羊群一样多。我问你,他给你打欠条了吗?"

"没有。"我说,"我没要求他。"

"那他怎么会还你钱,做梦去吧!"阿荣吉说,"我手里要是没攥着你们厂子给我打的欠条,领导能打发你来吗?"

我没有跟阿荣吉争辩,但我不相信阿尔泰是个骗子,一个骗子怎么会讲出如此感人的故事呢?

阿荣吉继续数落我:"他的故事一听就是假的,什么母亲掉进冰窟窿,父亲让马拖死,老婆是哑巴,哥哥是喇嘛,儿子要去北京唱歌,他要卖马,怎么都赶上他一家了?你稍微长点脑子,都不能信啊。"

见我耷拉着脑袋,阿荣吉大概动了恻隐之心,住了嘴。他见蒙着肉的纱布上落了苍蝇,便取来蝇甩子,拂赶着。

我起身告辞,对阿荣吉说:"要不我再给您写个还款保证书?"

阿荣吉生气了,他一把将我按回草墩上,说:"你给我好好坐着,远道来的客人,我要是让他空着肚子走,我老婆回来还不得剥我的皮啊。你消停待着,今晚就住这儿了,我煮羊肉去!"

我说:"我还是走吧,没把钱送到,我一会儿也没脸见大婶。"

"你这人啊,真是小心眼!我说了你几句,是为你好!如今骗子太多了,你不能不防啊。你要是走,那笔钱我就不要了!"阿荣吉说,"要是你留下来呢,这事我给你保密,跟我老婆子一字不提。她又不知道你是来还钱的,我只跟她说,你是顺路来玩的,这还不行吗?我也看出来了,你是个善心人,那笔钱呢,你回去后不用寄来,等我年底去齐齐哈尔送羊时,你请我喝顿酒,把钱还我,不就结了吗?"

阿荣吉的一番话令我感动,我答应留下来。

他开始生火煮肉,我问他能帮着做点什么。他说:"你要是闲得慌,就帮我垒草垛去,也不知道你会不会使耙子。"

"猪八戒都会使,我有什么不会使的?"心里一轻松,我开起了玩笑。

阿荣吉说:"你可别小瞧了猪八戒,人家的前世可是天蓬元帅啊!"说完,他笑了。

草垛可不是那么容易垒的,这跟女人用棉花絮冬衣一样,是个手艺活。要想让草垛圆润挺拔,须转着圈絮,而且得均匀,哪一耙多了,哪一耙少了,可能会使草垛像害了中风似的歪斜,弄不好就倒了。我虽然是在沈阳上的大学,但家在农村,少年的时候,类似的活儿也做过。秋末的时候,我们会把夏天打的草挑起来,攒成草垛,冬天用来絮猪窝。虽然多年不使耙子了,但我熟悉这活儿,做起来得心应手。随着一耙一耙的草的挑起,草垛越来越丰满,它就像微缩了的故乡,无比亲切地伫立在我身旁。我干了一个小时,又一个小时,这时太阳已经向西了,我出了一身的汗,脱下外衣,坐在草地上歇息。阿荣吉提着暖水瓶和碗过来了,他远远地吆喝我:"快穿上外衣,可不能图风凉,秋天的风可邪性了,万一把你吹感冒了,我的罪可就大了!"见我套上了外衣,他一边给我倒奶茶,一边夸我干活挺像样的。我对他说,我们厂子今年效益好,领导说了,让他把羊喂肥点,每斤多给他三毛钱。阿荣吉说:"现在想把羊养肥不那么容易了!你也见了,这干草枯瘦枯瘦的!买精饲料呢,没那么多钱,喂不起啊。我刚承包牧场的时候,草还不赖,这几年呢,牛奶走俏了,养奶牛的多了,奶牛吃草才疯呢,这附近的草场退化得厉害,我这儿也受了牵连。说到底,不是牛羊的嘴巴害了草原,是人的嘴巴害了草原啊。人要喝奶,要吃肉啊。"

我一边喝着奶茶一边说:"我看了报纸,说是为了保护草原,政府禁止在有些地方放牧了。就是不禁止,也限制数量了。草场怎么还会退化?"

阿荣吉说:"你还相信报纸上的话?他们对外是那么讲的,对内呢,多养一头牛他们多收一份税,双方都有油水,你说限制得了吗?比方说我这片牧场,他允许我养三百只羊的话,我私下给他俩钱,我养五百也没人管啊。"

我无语了。我知道,生活中埋藏着许多我所不知道的真实。从这个角度来说,我们其实生活在虚构中。

太阳落得真快,滚滚的,它在天上赶了一天的路,脸都饿黄了,要奔回家大吃一顿的样子。阿荣吉说,他老婆快赶着羊群回来了,他得去给她烧点热水洗脸。他说:"你别看她不爱收拾家,她爱收拾自己,她放羊都得穿着袍子,进毡房就要洗脸洗手。"

我问:"你怎么让女人放羊?"

阿荣吉说:"她这人爱在草原上唱歌,放羊能让她唱个痛快啊。每年夏天,她都要离开我几天,说是找地方唱歌去。"

"她也不跟你说她去哪儿了?"我好奇地问。

"她不说,我也不打听。在我想来,男人的心事就跟小河里的石头一样,一眼能望穿;女人的心事呢,就是大海里的鱼,不好捉摸呀。"阿荣吉叹息了一声,说,"不过她对我挺好的,给我养活了一儿一女呢。"说完,他提着暖瓶回毡房,烧水去了。我呢,赶紧把余下的那点干草挑到草垛上。

干完活儿,太阳已经落下了,暮气像鞭子一样抽打着草原,把它的身子打青了。在这伤痕般的青灰色中,突然涌现出一团团的奶白,是羊群归来了。羊群在前,阿荣吉的老婆在后,远远一望,羊群像是翻卷的波涛,而人就像一条颠簸的小舟。阿荣吉说得没错,他老婆的确好嗓子,我从她吆喝羊归围子的声音中听出来了,清脆透亮,像正午的阳光。羊群进了围子后,她把门关好,朝毡房走来。

她穿一条过膝的蓝色斜襟袍子,立领上绲着几圈红黄相间的花边,盘扣上镶嵌着一颗圆润的珠子。她中等个,微瘦,不像别的蒙族妇女包着头巾,虽然她的头发已有白的了,但她将头发中分,梳着两条辫子。她的脸布满皱纹,上宽下窄,眉毛稀疏,有点夹眼角,这使她本来就小的眼睛更显小了。她的下巴微翘着,可是唇角却有点下陷,这使她的神情看上去有点苦楚。我正要跟她打招呼,阿荣吉从后面走过来,向她介绍说:"这是齐齐哈尔拖拉机厂的小王,打这路过,来看看咱!"

她"噢"了一声,问阿荣吉:"你给客人做了啥?"

"他已经喝了两碗你煮的奶茶了。"阿荣吉说,"晚饭呢,也妥了,烤羊排,羊汤烩萝卜,还有芝麻盐烤饼,我这一下午都没闲着。"

女人"哼"了一声,说:"你让客人帮你挑草,瞧他的头发,像冬天的猪刚从窝里拱出来。"

她说得非常地形象。冬天的猪从窝里拱出来时,确实满身的草屑。我连忙哈着腰,抖搂身上的草,对她说:"大婶,是我自己想干的,我在城里待得腿脚软了,想干点活儿长长力气。"

女人这才不说什么了。阿荣吉在前,她在中间,我在后,我们一起朝毡房走去。她走路风快,话语很少,到了毡房,只问了我一句:"你是头回来草原吧?"

她果然爱收拾自己,进了毡房,就拿过一把小笤帚,通身扫了一遍。然后将辫子解开,抓起一把牛角梳子,理顺了发丝,重新编起辫子。最后,她才洗脸洗手。阿荣吉已经把饭食摆好,除了他说的那两道主菜,还有皮蛋、花生米和奶酪,他说这都是平常他和老婆下酒的小菜。落座前,阿荣吉点起了蜡烛。

我们三人围在桌前吃喝了。阿荣吉手艺不错,他烤的羊排外焦里嫩,滋味醇厚。他跟我说,草原有一种草可以用来做肉食,草结籽后,会散发出香气。每年他都要采回一些草籽,在石板上碾碎,装进罐子。烤羊排的时候,撒上一些,特别入味。我连啃了三块羊排,赞不绝口。牧民一般都有好酒量,阿荣吉和他老婆都很能喝。阿荣吉喝酒时发出响亮的声音,他的话也多,从春天的大风说到夏天的旱情,从夏天的旱情又说到秋天的早霜。他说:"老天爷坏了脾气了,夏天不来雨,草旱得长不高;秋天呢,霜又来得早。这等于是使出两把刀子,要断牛羊的口粮啊。"他发牢骚的时候,他老婆一声不吭地喝酒,吃肉,她的牙齿真好,啃羊排速度快,而且啃得也干净。我喝了三盅酒后,人就有些飘飘然,我给这女人敬酒,说:"我听说大婶的歌唱得特别好,能不能赏脸唱上一曲?那我就没白来草原一趟啊。"

阿荣吉的女人将一根刚啃完的羊肋骨撇到阿荣吉面前,阿荣吉就像古代的士兵接到出征的令牌一样,赶紧对我说:"她这人啊,唱歌不能在毡房里,得到外面。小王,要不我给你来一个?"

大概怕我尴尬吧,阿荣吉张口就唱,他的歌儿音色不美,但吐字清晰,他唱道:"我脚下的土地啊,是我们牛羊的天堂;我头顶的天空啊,就是我们牧人最后的家园。"

他的歌声刚落,一阵雷声轰隆隆地响起,雨说来就来了。阿荣吉嘟囔道:"旱了一夏天,秋天倒来雨了。我打的那点干草,可别给沤烂了。"

雨声越来越响,阿荣吉的老婆似乎很喜欢雨,她边喝酒边用手指有节奏地敲击着桌子,很逍遥的样子。她的酒下得很快,阿荣吉得不停地为她添酒。她越喝越活泛,越喝越灿烂,目光灼灼,面如桃花。她对我说:"小王,我这辈子,最盼着谁抢婚把我抢去了,可是没有啊!"我知道蒙族人有抢婚的习俗,像铁木真的母亲柯额伦夫人,本是外族人赤列都的女人,但铁木真的父亲也速该,却把她抢到自己的部落。如果没有这场抢婚,也不会有一代天骄成吉思汗的出世了。

"我是见天地盼着有人能把你抢走,省得一天到晚伺候你!可是你跟我过了几十年了,头发白了,腰也不直了,一脸的老褶子,也没人来抢你啊。"阿荣吉打趣道,"兴许你走的那天,有人来抢你?那我是愿意啊,省得我花钱打发你上路。万一打发不好,你在地下还不得给我这牧场一天来一场暴风雪啊。"

阿荣吉的女人被逗笑了,她不顾我在场,起身表达爱意。她把阿荣吉的头抱在怀里,抚摩着,一迭声地叫着:"哦,我的阿荣吉,哦,我的阿荣吉,你真是个好人呐。"

阿荣吉不好意思地拔出头来,拉着老婆的手,哄小孩子一样地说:"你坐回去好好喝啊,今年我再上齐齐哈尔送羊时,给你买两块好料子,再买上几团鲜亮的丝线,你多做两件袍子穿!"

"他们不给你现钱——"阿荣吉的老婆指着我说,"你拿什么买?"

"领导这不让小王带话来了嘛,去年欠的和今年的一起都给咱,给现钱!我要是再拿不回钱的话,你看我身上哪块肉好,割下来下酒!"阿荣吉撒开老婆的手,拍着胸脯说。

"你身上没有哪块肉是我得意的。"阿荣吉的老婆拍了一下她男人的肩膀,坐回来,嘟囔道,"要不我早割了下酒了!"说完,哈哈笑了起来。她的笑声是那么富有穿透力,似乎能击碎外面的乌云,还天地以晴朗。

我醉了,话不连贯,视物模糊。蜡烛快尽了,阿荣吉要送我去另一座毡房休息时,被他老婆阻止了。她说:"我去那儿,你跟小王留这儿。下了雨,他喝多了,要是晚上一个人出去撒尿,万一滑倒了怎么办?"

阿荣吉的老婆从床下拽出一只脸盆,将木梳和毛巾放进去,端着它出了毡房。门一开,一股清新的湿气飘了进来,沁人肺腑。雨已停了,月亮出来了,所以湿气是裹挟着奶白色的月光的。我支持不住了,躺倒在床。阿荣吉一边收拾桌子一边跟我嘟囔:"我这老婆子啊,一喝多了酒就抱怨自己这辈子没被人抢婚。我真想休了她,等她跟别人成亲时,再骑着马把她抢回来,让她圆了这梦!可是她这把年纪了,我不要她,谁要啊?"

我无力回答他,蜡烛帮了我的忙,它颤抖着熄灭了。从门跨进来的月光蓬蓬勃勃、飘飘洒洒、白白亮亮的,好像老天送给阿荣吉家的一条哈达。阿荣吉嘟囔道:"不点蜡了,我也睡,明天起早收拾。"

我醒来时,已经快九点了,只觉得浑身发软,头昏脑涨的。正穿着鞋子,阿荣吉进来了。他"嗬"地叫了一声,说:"小王,你到底年轻啊,觉真大!我起早收拾东西,没弄醒你;苍蝇往你脸上飞,也没弄醒你。我老婆都出去放羊了!刚才我姑娘路过这儿,问你走不走,要是回去的话,她晌午收完奶回巴尔图时,把你捎上。"

我说:"我得回去了。"

阿荣吉说:"我也不拦你,你有工作啊。再说,你想老婆了。昨晚你说梦话,一个劲地叫'曲信使',曲信使是你老婆吧?"

我不好意思地点点头,阿荣吉呵呵笑了。

正午,我离开了阿荣吉的牧场。坐在装载着牛奶桶的卡车上,闻着从桶内飘逸而出的浓浓的奶香,我觉得自己就是一只温驯的羊。短短几天,我被草原驯服了。

在火车上颠簸了一夜,我在凌晨回到了齐齐哈尔。回家时,顺路买了早点。尽管我是轻轻开门的,曲信使还是被惊醒了。她从被窝中钻出来,倚着床头,穿着纯棉的白地蓝花睡衣,静静地望着我。她一言不发的样子让我很奇怪,以往我出差归来,她会大叫一声"王拖拉——",朝我奔来,在我身上又踢又踹的,以她的方式撒娇。我放下行囊和早点,奔向她,而她却一缩头钻回被窝去了。她用被头蒙着脸,说:"你不能碰我,我现在身上正'倒霉'呢!"原来如此!我心安了,隔着被子拍拍她说:"这不是你'倒霉',是我倒霉啊。你再眯一会儿,我先去洗个澡啊。"

等我洗完澡,一身清爽地从浴室出来时,曲信使不见了。床铺她已整理过了。她没有吃早点,也没有跟我打招呼,这么早就去上班,一定是发生了什么事情。我连忙拨打她的手机,可她关机了,这分明是躲避我!我百思不得其解:自己究竟做错了什么事?

我来到单位,先跟领导汇报了一下会议的情况,然后说我去了阿荣吉的牧场,钱已还了。领导问:"他的羊养得怎样?"我说:"挺肥的!"领导笑了,咂了一下嘴,说:"咱们拖拉机厂的人今年可以过个好年喽。"

从领导那儿出来,我去了办公室。办公桌上横着一封来自沈阳的信,信封上那娟秀的字迹让我一惊:这是大学时的女友写来的啊!算起来,我们已四年没有联系了。这样一封信,就像一座老屋,我不知打开它后,飘荡出来的是暖洋洋的旧物气息呢,还是呛人的尘土气息?

我拆开信,打开老屋的门。

子和:

你好!

虽然四年没有和你联系了,但我一直牵挂着你! 去年,我在北京碰到长善,他告诉我,你结婚了,娶了个邮递员。不知怎的,我当时眼泪就流下来了。我知道自己对不起你,你在情感上受了委屈!

你现在过得好吗?有孩子了吗?我儿子两岁了,正淘气的时候。先生忙于公司的业务,每年大约有半年是在外地。在沈阳的时候呢,只要他回家,总是深夜,而且醉醺醺的。这个时候,我常常会想起你来,想起你身上的清爽气,想起爱,想起我们一起度过的那些好时光。

我比过去瘦了,你呢?说真的,我很想去看看你,又怕你突然看见我,会不高兴。你常出差吧?如果你不想让我去齐齐哈尔看你的话,能不能在出差时告诉我你的目的地,我也赶到那里?现在孩子有保姆带,单位的事又比较清闲,我随时可以出去。

随信寄上大学的暑假我们俩在故宫的合影,记得你手里没有这张。那天的太阳真毒啊,你一个劲儿地往我这儿靠,说是要借我凉帽下的一点阴凉。

你收到这封信时,中秋节也快到了。愿花好月圆。

林廷

林廷在照片背后,用圆珠笔,工工整整地写着她的手机号码,并在这号码后缀了一句玩笑话:我二十四小时待机啊。

我明白了,曲信使为什么会对我这种态度。这封信一定是中秋节前就到了。婚前,我曾跟她说过,我在大学交过女友。曲信使没问太多的细节,只是说:"那她现在做什么呢?"我把林廷在沈阳的单位告诉了她。

我爱上曲信使,正与信函有关。刚来齐齐哈尔时,每到新年,我都会收到同学们寄来的明信片。我们厂子,正在曲信使分投的片区。记得有一天下着小雪,我路过传达室,门半敞着,我听见里面有个姑娘在大声说:"你们单位这个王子和,怎么有这么多人给他寄明信片,昨天分拣这些烂纸片,把我的胳膊都累酸了!"她的牢骚听起来像是雨过天晴的阳光,是那么的清新可爱。我推开传达室的门,只见一个穿着墨绿色邮服的姑娘,正气鼓鼓地把信报往桌子上掼。她中等个,挺直的鼻梁,圆润的唇角,微黑的圆脸上的一双眼睛格外明亮。传达室的老师傅冲她眨眼睛,说:"这就是王子和,你跟他说,让他那些朋友往后少给他写明信片,你好少挨累!"曲信使的脸红了,她怯怯地看着我。我对她说:"以后我告诉那些同学,少寄这些烂纸片!"曲信使笑了。这个笑从此让我茶饭不宁,我想见她,常常以看信的名义,在她快来的时候,去传达室。次数多了,连传达室的老师傅都看出我的心思来了。有一回他在我屁股上踹了一脚,说:"看上人家还磨蹭个啥?请顿饭,把话说透了不就得了?你再磨蹭,人家嫁了人,你不干瞅着吗!"

老师傅的话,给了我勇气,我约曲信使吃了一次饭,饭后看了一场电影。之后我又请她吃了一次饭,饭后逛了龙沙公园。当我第三次邀她吃饭的时候,她说:"你要是想娶我的话,我得为你省着点,去饭馆太贵了,不如在家自己做,好吃、便宜、又卫生!"她此言一出,我还有什么好犹豫的?我们很快领取了结婚证。洞房之夜,曲信使依偎在我怀里俏皮地说:"王拖拉,我是你的一封信,今儿你要给我盖上一个邮戳了。这封信盖了你的戳儿,一辈子只能投你这儿了!"我紧紧地抱着曲信使,泪水悄悄滑过脸颊。在经历了爱的背叛后,我是多么感激上苍赐予我这样一位健康善良的好姑娘啊！

　　婚后，凡是我的信函，曲信使都直接带回家中，我再也没有在单位看到过署名"王子和"的信。

　　林廷寄来的这封信，可谓精心设计。她在信封的收信人一栏写着"王子和亲收"的字样，背面又标记着"内有照片，请勿折"。林廷大概从长善那里知道我娶的邮递员分投我们厂子的信件，她这样做，用意很明显，她巴不得曲信使打开信，让她看到那张亲昵的合影。其实她完全可以从长善那里，获知我的电话号码啊。

　　我气坏了，掏出手机，想立刻给林廷打个电话，我要告诉她，我在情感上没有受到委屈，我爱我的曲信使，我永远不会背叛她！号码才拨了一半，有人敲门，是财务室的出纳员小杨。她问我钱还给阿荣吉后，厂子打给他的那张欠条收回来了吗，她下账要用。我懊恼地说忘记朝他要欠条了。小杨说："那他掐着欠条再朝厂子要一回钱怎么办？"我火了："你怎么这么想阿荣吉？我告诉你，草原的牧民是不会干这种下流事的！"小杨"砰——"的一声摔门而去。

　　这"砰——"的一声，让我平静下来。我觉得没必要跟林廷通话了，我不想听到她的声音，只给她发了条短信。

　　　　林廷：函悉，我刚从草原归来。我非常爱我的信使妻子，如果说一个人的生命中必得有一盏灯陪伴的话，她就是我的那盏灯！祝你幸福！王子和。

　　我将这条短信连发三次，确保万无一失。

　　下午，我很早就离开单位，去菜市场买了曲信使爱吃的鲫鱼和排骨，回家做了豆瓣烧鲫鱼和排骨炖豆角，焖了一锅米饭。晚上，曲信使回来时，饭菜已经在餐桌上了。我把林廷寄来的信，当作餐巾,摆在她的餐具旁。曲信使坐定后,用颤抖的手抚着那封信,抽噎着说:"王拖拉,这封信我都看了,这封信到我们局时,根本就没封口啊。我记得你跟我说过,过去的女友在沈阳工作,我猜是她写来的。我往出抽信和照片时很费劲,信瓤里有透明胶带粘着它们,所以信才没在半道掉出去啊。我看过后,把胶带小心揭下来,又把信和照片放回去,给它封了口,投递到你单位去了。"曲信使大哭着,"王拖拉,你是大学生,我配不上你啊。我偷看了你的信,我犯了法,不是个好信使了!"

我没有想到林廷竟是如此地邪恶,她故意用胶带粘着信,不封信口,分明是向曲信使洞开一个虎口啊。我心疼地抱住受了伤害的妻子,为她揩去泪水。

那个夜晚,我和曲信使紧紧地依偎在一起。我给她讲在草原所经历的一切,她本已不哭了,可是阿尔泰一家的故事,又让她流出泪水。她说即使真像阿荣吉说的那样,阿尔泰是个骗子,我们也不后悔。曲信使还说:"王拖拉,年底阿荣吉来送羊时,咱除了还他钱,还得给他买点礼物,他这人多通情达理啊。"

我把阿尔泰送我的海螺号捧给曲信使,告诉她蒙古人称它为"冬"。曲信使把它放在唇下,轻轻吹起来。屋子里立刻回荡着一股幽幽的乐音,如同春风在敲窗。

曲信使放下海螺号的时候说:"咱们要是有了儿子,就叫他'冬'。"

"如果是女儿呢?"我问。

曲信使想了想,说:"要是女孩的话,就叫她'冬冬'!"

秋天过去了,冬天来了。冬天一来,年也快跟着来了。曲信使听我说草原的牧民大多患有风湿病,就亲手给阿荣吉夫妇各织了一副护膝,她还给阿荣吉的老婆买了一块宝蓝色的织锦缎子,让她做蒙古袍。

腊月十九,阿荣吉用卡车载着羊来了。那天下着雪,卡车驶进厂院,正是下班的时候。人们围聚过来,看阿荣吉卸羊。这批羊毛色洁净,体态丰腴,仿佛来自天庭。它们大约知道自己难逃被宰杀的命运,哀怜地叫着,叫得阿荣吉直叹息,很舍不得的样子。这批羊卖了个好价钱,阿荣吉拿到了比以往要多的现钱,很高兴。我约他去酒馆喝酒时,他拍着胸脯对我说:"小王,今年挣着了,我回牧场时,得多给老婆子买点东西啊。"

我选的是一家小酒馆,这儿可以大声说话,而且菜做得也地道。

喝酒前,我先向阿荣吉转赠了曲信使送给他们的礼物。他抚摩着护膝感慨地说:"小王,看来你老婆是个知冷知热的人,你好福气啊。"接着,我掏出一个信封口袋,把它交给阿荣吉说:"这是那五千多欠款,您点点。"

阿荣吉拿过信封,将信封袋放到自己眼皮底下,袋口冲上,觑着眼朝里看了看,呵了一口气,说:"待在里面怪好看的。"那语气就像在说藏猫的小孩子。他问我:"那个阿尔泰,是不是一直没有跟你联系?"

我点了点头。

阿荣吉这次没有用痛心疾首的语气教训我,他把信封袋摆在桌上,开始一张一张地往出抽钱,就像捉偷懒的孩子似的,每抽一张他都要说一句:"给我出来啊——"我以为这是他的数钱方式。然而抽完第十张,他住手了。他把一千元钱码到一起,递给我,说:"小王,这钱你收下吧,算是我跟你打个赌!你走后我寻思了又寻思,那个阿尔泰,也未见得是骗子。能够在草原上骑好马的人,脾性不应该是坏的啊!这样吧,他有一天跟你联系了,有了音信,证

148

明他不是骗子后,你再把这一千块钱还我!"

"要是他永远没有音信呢?"我问。

"这一世要是没有音信的话——"阿荣吉停顿了一刻,叹了一口气说,"下一世他悔过了,也会有音信的。"

我感动地接过了那一千块钱,我觉得接过的是希望。

阿荣吉和我碰杯的一瞬,忽然想起了什么,他笑了一声,放下酒杯,从裤兜里摸出一个纸球,递给我说:"这是欠条,你走后,我以为它没啥用处了,就团了扔掉。后来一想万一人家朝你要呢,又捡了回来。你们单位要是用它,就让他们自己揉搓开。"

我把纸球揣进兜里,说:"这可是颗大珍珠啊。"

我们在开心的笑声中将杯中酒一饮而尽!我向阿荣吉打听大婶可好,她喝多了酒的时候,还跟他唠叨"抢婚"的事吗。

阿荣吉说:"她呀,每月不说上一两回'抢婚'的事,就好像没过日子似的,我也听习惯了!我估摸着她岁数再大些,心也就收回来了!离群太久的羊,滋味也不好受啊。"

我和阿荣吉喝着,聊着,不知不觉夜深了,酒馆打烊了。我们喝醉了,相互搀扶着走出酒馆。阿荣吉住的旅馆离酒馆不远,我送他回去。阿荣吉边走边唱,他每唱一句我都叫一声"好",畅快极了!到了旅馆,我发现曲信使站在门口,这真让人喜出望外!我连忙把她介绍给阿荣吉。阿荣吉在曲信使的脸蛋上掐了一把,说:"够瓷实,像咱草原的牧羊姑娘!"曲信使被掐红了脸,她帮着我,把阿荣吉扶回房间。

出了旅馆,曲信使说,她猜到我和阿荣吉会喝多,不放心我一个人回家,知道我会送阿荣吉回旅馆,所以来这儿等我。她说:"开始我想去酒馆了,又怕扫了你们的兴,以为我看着你们喝酒来了,再喝不痛快。"我感动得直想哭,我伸出手,像阿荣吉一样在她脸蛋上掐了一把,说:"真是个好姑娘!"

年说走就走了。

春天了,曲信使怀孕了。每天晚上,我都要在枕畔,为她吹海螺号。一个夏末的傍晚,曲信使一进家门,就兴冲冲地叫着:"王拖拉,年底你能把那一千块钱还给阿荣吉了!"她举着一张汇款单,喜滋滋地奔向我。这单子是从内蒙古辉河发来的,署名是朵卧,汇款金额是三千元。这么说,阿尔泰确实不是一个骗子,我欣喜若狂!可是为什么寄款人的署名不是阿尔泰,而是朵卧呢?曲信使说:"阿尔泰不是识字少吗,他去邮局填不明白邮单,当然得朵卧代劳了!"我觉得曲信使说得在理,也就打消了疑虑。

汇款单到了一周后,有一天曲信使又带回家一个小巧的特快邮包。

邮包是朵卧寄来的,里面有一封信,还有一盘磁带。

我们先看信。

王子和叔叔:

您好!

我叫朵卧,我的爸爸是阿尔泰,去年中秋节,爸爸去绰尔卖马的路上认识了您。爸爸回来告诉我和妈妈,他碰到了好心人,所以天驹没有卖。他拿出六千块钱,说是您给的。爸爸对我说,朵卧,不管你将来唱不唱出去,这笔钱咱一定要还王叔叔!

去年冬天,我到旗里跟着专业音乐老师学习了两个月,文化局的人说我嗓子好,他们推荐我,帮我报了名。回来后,爸爸带着我,去裁缝铺做了两套演出服,是蒙古袍,用的都是最好的料子,一件是大红的,另一件是天蓝色的。可是春天的时候,我正要代表我们旗去自治区参加选拔赛,爸爸出事了!

草一绿,吃了一冬干草的羊就撒欢了。它们早晨出去,晚上不爱回来,所以春天放羊是最累的。有一天,爸爸赶着羊群回来时,月亮都出来了。我帮着他把羊圈进围子后,一家人开始吃晚饭。晚饭后,爸爸妈妈睡了,我去马厩给马填了点草,也睡了。半夜时,我被一阵羊叫惊醒,我以为狼来祸害羊了,赶紧叫醒爸爸。我们打着手电筒跑出毡房,发现一辆卡车停在围子旁,两个男人正扯着羊,站在明晃晃的大月亮地里,往卡车上装呢。手电筒的光扫到他们身上后,他们知道主人出来了,扔下羊,跳上车,开车就逃。爸爸跑到马厩,骑着天驹去追。我呢,骑了另一匹马,也跟着追。天驹一到月圆的日子,就成了神马,它跑得飞快飞快的,眼看着要追上卡车了。我想我们的羊有救了!可就在这时,卡车上的人冲天驹连打了三枪,天驹倒在地上,爸爸被甩出好远。

王叔叔,出了事后,我连夜骑着马离开牧场,进城去报案。公安局的人天亮前在沿途的路口设下卡子,拦截卡车,可是它还是逃走了,案子到现在还没有破。爸爸死了,天驹也死了,我们失去了二十多只羊,我的心都要碎了。唯一能给我安慰的是,爸爸在时,妈妈起不来床,爸爸走了,妈妈想爬起来送送他,没想到竟然站了起来,又能走路了!

我不想去唱歌了,可是都花了钱了,报了名,演出服也做了。爸爸在时,是那么希望我去唱歌,我不想让他的灵魂不安,这样,埋葬了爸爸,我还是在旗文化局的人的陪伴下,到了自治区。我唱的两首参赛歌曲都是草原上的牧歌,可是我上了舞台,想起天驹,想起爸爸,我一个劲地流泪,一句也唱不出来!我失败了,回到了牧场。我以为只是站在舞台上唱不出来,面对草原,我仍然能用歌声让羊群回家。可是我虽然能唱出歌来,但那声音是嘶哑的,我的嗓子废了!但我并不难过,这样我能永远留在草原上了,陪伴着妈妈,陪伴着羊群。

我先还王叔叔三千块钱,余下的,我会慢慢还清的。爸爸回来时,还带给我一首您写的诗,他对我说,朵卧,你王叔叔说了,你要是喜欢,就给它谱个曲儿,唱一唱。我喜欢这首诗,可惜我不会谱曲,但我有一个婶婶,她虽然也不懂曲子,但她看几遍歌词,就能唱出歌来。这个婶婶是爸爸的好朋友,每年夏天,她都要来我们的牧场,唱几天歌。她今年来后,知道爸爸死了,难过得到他坟上唱了一天的哀歌。我知道爸爸不在以后,她是不会来这儿的了,就把您写的诗给她看,求她帮我唱成歌。她答应了。我用录音机,在草原上录下了她的歌声。我的嗓子不行了,但琴声还行,我拉了一曲马头琴,也录在里面,献给叔叔。我为参赛准备了两首牧歌,一个叫《牧歌的黄昏》,一个叫《牧歌的早晨》。我给您拉的是《牧歌的早晨》,《牧歌的黄昏》有点悲伤,我怕您不喜欢。

最后祝愿叔叔身体健康,工作顺利!有一天您来我们的牧场,我给您做手抓羊肉,爸爸说您很喜欢吃这个。

朵卧

读完信,我和曲信使已是泪流满面。曲信使边哭边拍打我的胸脯,说:"王拖拉,老天怎么这么不长眼啊,阿尔泰一家人的命为什么这么苦啊!"我抱着曲信使,抽泣着,无言以对。

我们没有吃晚饭,把那盘磁带插进录音机,听来自草原的声音。

马头琴奏响了《牧歌的早晨》。它是那么的清澈、柔软,如一缕春风,在暖化着坚冰。我仿佛又回到了草原,回到了和阿尔泰离别的那个早晨。朵卧是忍着哀痛,用一颗感恩的心为我们演奏啊。曲信使本已不哭了,可是这令人心动的乐曲又催下了她的泪水。琴声袅袅消失之后,是一段短暂的空白,我的心狂跳着,因为即将出场的,将是一个生长在草原的女人,为我即兴写下的诗所做的演唱。还没等我做好心理准备,随着一声舒缓而苍凉的"草原啊——"的叹息似的独白,歌声开始了,或者说是一条大河带着湿润之气,滔滔向我奔流而来了。我从来没有听过这样美好的清唱,低回婉转,刚毅而柔美。

  草原啊,
  你就是我的神甫,
  当我的心灯因尘世而蒙垢,
  你总会用清风,
  拂去尘埃,
  并用你那碧绿的汁液,
  为我注满生命的灯油!

  那个夜晚,我和曲信使反反复复地倒着磁带,一遍又一遍地听着琴声和歌声。子夜时分,曲信使刚刚躺下,便腹痛难忍。半个小时后,在去医院的路上,她流产了。她痛惜失去的孩子,哭个不休。想到孩子可能是男孩时,她哭的时候叫着"冬";想到流掉的孩子可能是女孩时,她叫着"冬冬";而想到她怀的很可能是一对龙凤胎时,她哭叫的就是"冬、冬冬啊",听了令人心酸。为了让她淡忘失去的孩子,我陪她去扎龙自然保护区散心,那儿是丹顶鹤的故乡。在一片芦苇丛中,我们发现一只丹顶鹤孤独地站着,时不时迎风展开翅膀,发出阵阵哀鸣。饲养员告诉我们,这只雌鹤的伴侣,因为吃了农民施用了农药的玉米,不久前死去了。丹顶鹤对爱情格外忠贞,一只鹤去了,另一只鹤绝不会再觅配偶。丹顶鹤的寿命可以与人类相等,失去了伴侣的鹤,意味着漫漫余生只能与清风明月为伴了。曲信使指着那只鹤,泪涟涟地对我说:"朵卧的妈妈,以后就是这样的鹤了。王拖拉,你可要好好的,别让我成为这样的鹤。"我紧紧地握着曲信使的手。

又到了年底,又到了阿荣吉来我们厂子送羊的时令了。我为他准备了一份新年礼物,是一个袖珍录音机,里面插着的磁带,是我转录的朵卧的琴声和那个不知名的女人的歌声。

阿荣吉看上去比以前瘦了一些,但人却很精神,他穿着一件簇新的羊羔皮皮袄,腰间别着一个绣花的烟荷包。他得意地告诉我,皮袄和烟荷包,都是他老婆今年秋天特意给他做的。

阿荣吉依然住在老地方,我们也依然约在老地方喝酒。他来酒馆的时候,提着一袋晒干了的草原白蘑,说是送给曲信使的。

我们要了一个烧羊蹄、一个辣子鸡丁,外加四个下酒的小菜:萝卜皮、笋尖、海带丝、豆腐干。干了一杯酒后,我从兜里掏出一千块钱,递给他。阿荣吉惊叫着:"怎么,那个阿尔泰真的有消息了?"

我点点头,把整个故事慢慢讲述给他。我想平静地讲,可是最后还是没有控制住感情,我哽咽了,阿荣吉也哽咽了。他把钱揣进兜里,流着泪对我说:"小王,朵卧是好孩子啊,他有志气! 有志气的孩子是不会接受别人施舍的,他还回的钱,我们不能不收着啊!"

我擦干眼泪,把袖珍录音机拿出来送给他,说:"我把朵卧寄来的磁带转录了一盘,您带回去和婶子一起听吧。"

阿荣吉揉着眼睛说:"现在就给我放吧,我要听听那个女人唱的,赶不赶得上我老婆子!"

我帮阿荣吉戴上耳塞,摁下放音键。磁带在里面轻柔地旋转了,我见阿荣吉眯起眼睛,神色开朗了一些,并且用手指轻轻叩着桌子,看来是朵卧的琴声感染了他。可是听着听着,他突然打了个激灵,嘴唇颤抖着,眼里泛起了泪花。根据时间判断,他该听到那个女人的歌声了。能让阿荣吉惊魂的歌声,一定是他生命中的至爱啊。直到这时我才醒悟,那个年年夏天来阿尔泰家牧场唱歌的,是阿荣吉的老婆子啊。

2008 年

观 彗 记

天上要出现大事故了,而这事故的发生地就在我的出生地,这真让人惊喜又令人忐忑不安。想想吧,1997 年的 3 月 9 日,晴天白日中,忽然有 2 分 46 秒的黑暗骤至,跟着,一颗拖着长长彗尾的彗星飞过天际前来"幽会",那该是如何激动人心的瞬间啊。

科学家的预测一经公开,便在社会上掀起了轩然大波。一些善于捕风捉影的报纸早已把那场景绘声绘色地勾勒出来。它们像妖娆的广告,弄得人眼花缭乱;更像温柔灯光下一桌丰盛的晚宴,搅得人馋涎欲滴。

一进入 3 月我便坐卧不安了。我不断地想象 3 月 9 日的漠河,当日全食发生的时刻,那颗被称为"世纪彗星"的海尔·波普彗星果真会浪漫地划过天际吗?它的彗尾是蓝色的还是淡黄色的?

我最早看见彗星,是在童年时一个夏天的夜晚。当时家人在院子中叫嚷:"出扫帚星了!"于是便跑出屋子去看。彗星闪闪烁烁着,又白又亮,的确形如扫帚。现在想来,它更像一株开满梨花的树。彗星给我留下了很美的印象。只可惜以后的岁月,我再无缘与它相见。日偏食倒是见识过两回,只不过觉得天稍稍暗淡一些,很有些阴雨的气象,而圆满的太阳很快又复现出来。有一年看过月全食,当时父亲还健在,他是从墙上挂着的日历中得知月亮将要消失一刻。于是当夜全家人在那个时刻站在晴朗的院子中看那轮奶色的圆月如何一点点地被蚕食,仿佛真有一只天狗把月亮当成面饼吃掉,而且吃得那么干净利索,一丝残渣都未留下。刹那间强大的黑暗像奔腾的烈马一样长嘶而至,我们体验到了什么是真正的黑暗。记得父亲当时返屋后感慨地说了这样一句话:"算得可真准啊。"

他指的是关于月全食的准确预测。他进而攻击喜欢算命的母亲,说天上都没有什么秘密可以躲过人的眼睛,那么人的命运不过是白纸一张,无非生老病死,算来算去也逃不出这几项,没什么玄妙的。不过父亲对人造卫星上天抱有微词,认为天上的星星够多的了,它们各自拥有固定的轨道。人造卫星上了天,就是抢占其他星星的位置,就是侵略,早早晚晚没有好下场。他大约是把那卫星当成了希特勒。我当时想,卫星要是掉下来,别砸着我窗前的稠李子树和院子里的黄狗就行。稠李子树开白花,春天时花朵繁盛得罩住了我的窗口,香气一波一波地滚来,就像狗舌头在一下一下地温柔地舔我的手心,让人爱惜得不行了;而黄狗是我最忠诚的伙伴,它们于我来讲是难以割舍的。

老人们说月全食就是天狗吃月亮。天狗什么样?我没见过。问其他人,也都说没见过。我想没见过的东西便可以随心所欲地梦出来,可在梦里也没见过它,哪怕能梦见它的舌头也好啊。看来天上的狗就是不同凡响,不肯轻易入凡俗人的梦中。

至于彗星,老百姓都认为它是一种不吉祥的星。比如一种生得像水杉树一样纵横的眉被称为"扫帚眉",相书上说长这种眉毛的人一生坎坷、厄运不断。而若哪一家的儿媳进了婆家门,使婆家祸事连连,别人便称这儿媳为"扫帚星"。

天狗吃月亮不要紧,因为它是在黑暗中偷偷地吃,吃时黑暗,吃过也是黑暗,虽然黑暗的深浅和轻重不同。但天狗吃太阳可就不一样了,因为它是在光天化日之下明目张胆地吃,把好端端的一个白天就突然给吃黑了。想必在白天吃太阳时,天狗便会原形毕露了吧。若是它吃急了,噎着怎么办?若是那太阳太炽烈了,烫着它的舌头怎么办?若是那太阳里藏着几条银白的骨头,硌着它的牙又如何使得?这不知好歹的天狗!我倒要去瞧瞧,看你如何吃掉满面灿烂的太阳。也许当彗星横空出世时,它会吓得落荒而逃。

漠河上空即将出现这样的大事故了,我不能在哈尔滨冷眼旁观,于是马上打电话给神通广大的水艳,求她从速给我订一张去大兴安岭的卧铺票。水艳当时就说:"你要去看彗星吧?这几天去那的票紧张得要命,全是去看彗星的!"

我说:"日全食与彗星同时出现,这可是千年不遇的事。你务必给我搞到一张票,硬座也行!"

水艳毕竟是那种做事所向披靡的人,所以她很快送来了一张3月5日的软卧票。她打趣我:"担心天狗吃撑了掉下来,咬掉你的鼻头!"

我笑了:"那它还不吃得满嘴的大鼻涕!"

登上火车后我便有了一种初恋赴约时的感觉,甜蜜、激动,魂不守舍。仿佛与日全食相邀的不是那颗日夜兼程向我们飞来的彗星,而是毫无星光色彩的我。包厢里已经有两名旅客了,是一男一女,他们偎在一起咕咕低语。男人很胖,穿棕色皮夹克,满脸的肉褶,塌鼻子,眼睛倒是比较大。左手除大拇指和小拇指,并排戴了三只硕大的金戒指,除了让人无法判断他是否已婚外,还让人觉得那只手招摇得令人恶心,三枚隆起的金戒指就像是腆着肚子的蜜蜂一样蜇着他,让人为他疼得慌。直觉判断,他应该是一个商人。那女孩看上去比男人小许多,虽然天色还冷着,但她却穿着短皮裙,水红色的羊毛短上衣上缀着一条很粗的金项链,坠子是心形的。耳环则是线形的,很长,质地也是金子的,它们垂向肩头的样子就像是两缕童子尿。女孩的戒指戴在中指上,使我明白她未婚。

正在我一边悄悄打量他们一边喝水的时候,那男人忽然笑着问我:"小姐,你是去加格达奇的吗?"我笑着点点头。

"请问你是上铺还是下铺?"他依然满脸堆笑地问我。

"上铺。"我说。

那男人和女孩都现出极其失望和沮丧的表情,我明白他们的铺肯定是一上一下,他们想把另一张上铺调到下铺,这样晚上亲昵时不必爬上爬下地费周折。

开车铃声响起来的时候,包厢里最后一名旅客才汗流满面、气喘吁吁地进来。他又矮又瘦,肩上手上大包小裹的,戴一顶惹人发笑的彩色儿童绒线帽,鼻梁上一块红印,觑着眼看我们,说:"九号铺在这个包厢吧?"

胖男人连连说着:"对,对,九号铺就在这儿。"他指了指我坐着的地方,并且殷勤起身帮助这位旅客安顿行李。我注意到他带着全套的摄影器材。这时火车剧烈地抖动一下,缓缓离开了站台。矮瘦男人趔趄了一下,腰撞在茶桌的边缘上,他捂着腰"哎哟"叫着,说:"北方人开车怎么这么冲?"其实他不用这语言表达他对北方人的不满,我也能从他的言谈举止中看出他是南方人。放好行李,他一屁股坐在铺位上,拧开一瓶矿泉水咕嘟嘟地喝起来。他擎矿泉水的手哆哆嗦嗦的。喝过水,他仔细地把矿泉水的盖子拧好,然后起身撩起窗纱看了一眼窗外,嘟囔了一声:"这么黑了?"然后又坐回原处,哆哆嗦嗦地从绿色羽绒衣口袋里取出已经一分为二的眼镜,它显然是被摔碎的,正断在鼻梁的位置。我便恍然大悟他为什么要觑着眼看人,而且也明白了他鼻梁上的红印是终年戴眼镜卡出来的。

"你们谁有胶布?"他环顾左右地问我们。

我们都说没有,他极其失望地叹了口气。这时恰好服务员进来换票和登记。他又问她,服务员热情地说有针线和常用药,不过没有胶布。他耸了一下肩膀,大约觉得服务员的那番话纯属多余。服务员煞有介事地把每个人的身份证上的姓名和号码登记在一个天蓝色硬壳本子上,然后告知茶炉的水再过半小时就会烧开,说着转身出去了。

南方人万分沮丧地看着手中断了的眼镜,就像车夫看着跟随自己多年的旧马车上朽了的车轮一样充满怜惜。

胖男人大约觉得该是提出换铺的时候了,于是就递了一支烟给他,说:"抽一支,解解乏。"

"谢谢。"南方人说,"我不吸烟。"

"你近视得厉害吗?"胖男人问。

"左眼五百度。"南方人突然打了一个喷嚏,他停顿了一下,然后用浓重的鼻音说,"右眼也恢复到五百度了。"

"你这是去漠河看日全食吧?"胖男人又问。

"对对。"南方人以为遇到了同路人,很兴奋地问,"你们也是去看日全食的吧?"

"不是,我们是回加格达奇。"胖男人不无炫耀地说,"我在加格达奇开了一家大饭店。"接着他指了指身边的女孩说,"她在储蓄所工作。她嫌在加格达奇吃不到活的海鲜。我说这有什么,咱们到哈尔滨吃去。你知道吗?她在大富豪酒家一口气吃下一只当天从广州空运来的大龙虾,还吃了四个螃蟹,玉儿,你说是不是?"

被唤作玉儿的女孩娇羞地把头靠在胖男人肩上。

南方人沉下脸,继续摆弄那副破眼镜。

胖男人自知无趣,所以就咳嗽了一声问南方人:"让我来看看你的眼镜,如果是塑料框的,我就用打火机燎一燎,把它们粘在一块。"

"不是塑料框的。"南方人冷冷地说。

"咳——"胖男人又咳嗽了一声,低声下气地对南方人说,"跟你换一下铺行吗?"他拍了拍身边的女孩,说,"她有心脏病,爬到上铺不方便。"

"那你跟她换不就行了吗?"南方人说。

"我也不能到上铺,我得在下铺照顾她。"

"不换。"南方人干脆利索地说。

"我知道下铺比上铺贵。"胖男人说,"补偿给你50元怎么样?这一张票也不过180块钱。如果你嫌少,100怎么样?好了,就100了,说定了!"

"不换!"南方人愠怒地起身拉开包厢的门出去了。

胖男人没有好气地说:"这人怎么这么死心眼,大傻×一个!不叫这么多傻×去漠河看鸡巴日全食,没多少人坐软卧,咱们就可以像上次一样包下个包厢。"

"你说日全食有什么看头?"女孩附和道,"跑这么远来看那玩意,真有闲心!"

"看他那模样,肯定是个傻×记者!"胖男人毫不忌讳地骂,"浑身刮不下二两油来。"

"算了。"女孩用鼻音说,"熬一夜就到站了。"

他们不仅骂了南方人,而且连带着把我也骂上了,因为我也是去看日全食的,这真令我怒火中烧。我觉得这两位不惜花重金去哈尔滨吃活海鲜的家伙才是不折不扣的傻×!于是南方人回来后我便热情地同他打招呼,说自己与他同路,也是去漠河的。

"听说漠河的住宿相当紧张,老百姓家都住满了,是这样吗?"他风急风火地问我。

"你放心,我有亲戚在漠河。实在不行你就跟我去亲戚家住。"

南方人喜出望外地一抬胳膊说:"太好了!"

"你从哪儿来?"我问。

"今天上午从上海飞来的。"他说,"不过我不在上海工作,是离那比较近的一个小城。我在那个小城的报社当记者。"

"噢。"我说,"今天下了飞机就能搞到软卧,看来哈尔滨有熟人?"

"哪里哪里。"南方人说,"我是第一次来北方,没想到这么冷,下飞机时我还穿着单裤。赶紧叫了辆的士进城,可的士不打表,进了城硬朝我要200元。我一看司机又粗又壮,很凶,就把钱给了他。我先进商场买了羽绒衣和帽子,听人说漠河冷时能把人的耳朵都给冻掉了。下午我吃过饭后就到火车站买票,可是连坐票都没有了。我就朝票贩子调票,本想弄张硬卧,我报销不了软卧,可等来等去都是软卧,我一看再不决定就要误车了,就要了软卧。谁承想上车时一挤,眼镜掉在地上碎了,真晦气!"

他这番话使我明白了他先前说话的语气中所流露的对北方人的不满。

"票贩子多要你多少钱?"我问。

"150。"

"为了去看日全食——"我故意竖起大拇指大声说,"值!"

"我觉得也值。"南方人显然高兴了,他滔滔不绝地说,"这次不仅能看到日全食,还能看见彗星。找看了一份资料,说是历史上日全食与彗星同时出现,只有三次记录。一次是1882年5月17日在埃及,一次是1947年5月20日在巴西,还有一次是1948年11月1日在肯尼亚。这次是有史以来的第四次,千万年不遇的机会,我们怎能错过呢!"他对资料如此准确的引用,除了说明他记忆超群之外,足见他对此次观测活动心仪已久。

"就是,绝对不能错过。"我兴高采烈地说。我想我和南方人对日全食无与伦比的迷狂足以气煞那两个在灵魂里认为我们是傻×的人。

南方人变戏法似的从羽绒衣的大口袋里摸出一个蜜橘,递给我说:"吃一个解解渴吧。"

我愉快地接过蜜橘,对他说:"把你的眼镜给我,我能帮你把它粘上。"

"你怎么弄?"他问。

"你甭管了。"

我拿着断裂了的眼镜去了广播室。我说有一位记者去漠河采访日全食的观测活动,不小心摔碎了眼镜,他近视得很厉害,如果不戴眼镜就容易把电线杆当人,而把人当成衣架看待,广播员听后笑起来。按照我与列车打交道的经验,我还把此人说成是《人民日报》的名记者,我杜撰这点是很重要的,因为他们对著名新闻单位记者的热情总是像正午的阳光一样奔放。

广播员果然很快用使人昏昏欲睡的软绵绵的拖腔广播了需要胶布的消息。大约十分钟后,有一位步履蹒跚的旅客朝广播室走来了,他六十上下,胡子拉碴,戴一顶黑呢毡帽,探出的鼻毛湿津津的,给人一种脏兮兮的感觉。他哑声哑气地问:"谁要胶布?"

"是我。"我连忙笑着迎向他。

"你要干啥用?"他又问。

"粘一副眼镜。"我说。

他开始把手伸向裤兜里摸索,并且对我说:"我没有胶布,不过这个跟胶布差不多。"他摸出来一贴风湿止痛膏,说,"我是老寒腿,膝盖常常疼,一出门我就得带着它。我估摸它也能粘住眼镜。"

我连忙接过风湿膏,并且频频向他致谢。他说:"出门在外,谁还没个难处？不用谢。我知道近视眼要是离了眼镜,就跟驴被蒙上眼罩一样两眼一抹黑！"

我和广播员都笑了。我把风湿膏撕成条状,将眼镜黏合在一起。虽然说外观看上去不太雅观,但总算能用。

南方人迫不及待地戴上了眼镜。由于胶布裹得太厚,他说有些硌鼻梁,不过他仍然兴致勃勃地说戴戴就习惯了。他武装上眼镜后神情马上活跃起来,不再觑着眼看人,而且说话时语气也平和了。而我看他的样子却有几分滑稽,他鼻梁上的那块白得使人联想到京剧中的小丑。我忍不住暗笑起来。

"我叫王无寺。"南方人心情很好地对我做着自我介绍,"无是'有无'的无,寺是'寺庙'的寺,是我母亲给取的名字。"

"这名字挺怪。"我说,"你母亲是读书人？"

"哪里,她只是个乡下女人,识不了多少字。"王无寺说,"我有个大舅,叫牟云台,他特别英俊,还上过大学。全家人都指望他光宗耀祖,可是有一年7月他却突然剃度为僧,在灵隐寺出家了。我母亲姊妹四人,只我舅舅这根独苗,可他不想给牟家传宗接代了。气得我外公吐血而死。外婆倒是活了下来,可她精神不好了,天天晚上都要扶着门框说'我儿云台怎么还不回家'。我母亲恨死了舅舅,说他自私,咒他来世下地狱去。所以我一出生她就有些慌张,说不管我将来怎样,只要不当出家人就行。"

"所以就叫你'无寺'？"我问。

他点点头,说："我师专毕业刚分到报社,母亲就从乡下领来一个姑娘让我定亲。那女孩只读过三年小学,我说不能娶她,我母亲就说她要上吊。"

"后来你娶了她？"我问。

"没有。"王无寺说,"不过为了免她担心,我很快结婚了。"他的语气有点低沉,似乎不愿意再继续这个话题,所以他话锋一转问我,"你家怎么会有漠河的亲戚?"

"因为我就是漠河生人。"

王无寺霍地站起来,他大声说:"你怎么会在漠河出生?"听他的口气,仿佛漠河不应该是诞生人的地方,而从那里出来的人就会给人一种天外来客的感觉。

我笑了:"我怎么不能在漠河出生?"

"噢,我不是说那地方不好,"王无寺解释道,"我只是听人说,漠河那一带的人都矮矮矬矬的,肤色特别黑,喜欢喝酒打猎,跟爱斯基摩人差不多。而你却不像他们所说的那种人。是不是因为你离开的时间太久了呢?"

"其实漠河一带水土特别好,那儿的姑娘肤色白净。"我揶揄王无寺,"不见得比你们的苏杭女子差。"

"漠河冬天那么长,人们吃什么?"他问。

"仓房里有粮食,地窖里有秋季时储藏进去的蔬菜,主要是土豆、大白菜和萝卜。"我说。

"'地窖'是什么东西?"

"到时我领你一看就知道了。"我说。

王无寺又打了一个喷嚏,这下他打下一串清鼻涕,他有些难为情地去找手绢,而手绢一时又不知掖到哪里去了,那串鼻涕顺势发展,越伸越长,马上就要越过嘴唇了。他窘迫地起身冲出包厢。大约五分钟后,他和颜悦色、干干净净地回来了,鬼知道他是怎么处理了那串鼻涕。

"这地方简直太冷了,已经3月了,真想不到。"他说。

"你大约要感冒。"我说,"南方人初来这里一般都不适应,你赶快吃点药,不然旅途发起烧来会很麻烦。"

"我一下飞机就吃了病毒灵和维C。"他说,"没想到还是没预防好。"

"多喝点白开水,睡一觉就会好的。"我说。

对面那对男女拿出牙具出去洗漱了,包厢里只剩下了我和王无寺。王无寺小声对我说:"我看那女孩是被那男人给包下来的,你说那男人跟猪一样难看,这女孩跟他真是可惜了。"

"各取所需嘛。"我解嘲道。

"你结婚了吗?"王无寺突然小心翼翼地问我。

"还没有。"我说。

他立刻兴奋地说:"你太英明了,不结婚太好了。我告诉你,婚姻实在跟旧时代女人的裹脚布一样臭。"他突发灵感地指着窗外说,"结了婚的日子就跟外面的天色一样暗无天日,而夫妻双方又都像坐上了一列只有终点的火车一样身不由己,只能由着它走下去。"他跺了一下脚说,"别指望那终点是天堂,它跟地狱没什么区别。"他那副痛心疾首的模样,仿佛他老婆是传说中的恶魔,生生把他放在油锅上大煎特煎了一通。而我则不喜欢一个男人当着女人的面发婚姻的牢骚,经验告诉我,这样的男人往往缺乏温情而又朝三暮四,一事无成。所以我有些败兴地说着时候不早了,也起身出去洗漱了。

我们各就各位后是胖男人把灯关掉的。包厢的门并不严丝合缝,从门下探进来一缕昏黄的走廊的光线。车轮"咔嚓、咔嚓"的前行声在消去了人语的包厢中显得格外清晰。才过9点,我毫无睡意,意识清醒如一潭清澈见底的清水。我想起了一座又老又旧的茶楼,可惜它叫什么名字我已忘记了。茶楼是木制的,楼梯很窄,桌椅下面铺着苇席,墙上装饰着风干的麦穗、谷穗和狗尾草,收银台一侧的木架上陈列着形形色色的茶具。那是P城的一家茶楼,是一位与我只有一面之交的朋友带我去的。我们初次见面是在由哈尔滨开往上海的火车上,也是入夜时分,我去洗脸间洗漱,见一个男人满嘴溢着牙膏沫在刷牙。由于列车有些颠簸,所以他看上去摇摇晃晃的。他手中提着一只轻飘飘的白色牙缸,见我要进洗漱间,就用空牙缸指了指水龙头,然后竭力地摇头,我便明白水已经用光了。他依然一丝不苟地刷牙,唇角溢出的牙膏沫越聚越多,一股清香味撩人地飘浮着,仿佛他使用的牙膏是用青草榨成的。他那不惊不诧的表情赢得了我的好感。只有心境平和、生性宽厚的男人在处理此类尴尬事时才等闲视之。我不知道他最后如何处理那些牙膏沫,所以回到车厢把喝剩的半瓶矿泉水拿过去。他一见我过来,就主动把牙缸伸过来,很自然地让我把矿泉水咕咕地倾倒进去,然后俯身在洗脸池前,飞快地把口腔冲洗干净。

他直起身来湿着嘴对我说的第一句话是:"你这矿泉水是假的。"

我本以为他会诚恳地谢我,想想吧,生活中谁会舍得用矿泉水刷牙呢?用了人家的东西还要挑毛病,真是不识好歹。我不无挖苦地问:"如果我不给你拿来矿泉水,你就这样干刷下去?"

"反正坐火车也挺无聊的,多刷一会儿牙还能消磨时光。"他说,"至于水嘛,你慢慢等,说不准它什么时候就会来。"

我恶毒地想,只要蓄水用完了,在火车上,你只有等到火车停靠大站上水后再用。你若等不及,而又没有存下的水救驾的话,除非用自己的尿水来解燃眉之急。

"你去哪儿?"他问。

"上海。"我说,"去开个会。"

"开会是最无聊的事。"他眨眨眼,自嘲地说,"不过我也常常这样无聊。"

"听你的口音不像是哈尔滨人。"我问,"来哈尔滨出差?"

他摇摇头,说:"是为私事。我姑姑病危,父亲半身不遂,派我来看她。我本以为病危的人挺不了几天就会死,想在哈尔滨料理完她的丧事再回来。谁料我等了一周,她还没有死的意思。我单位一大堆事,不能再等了。"

他的话使我忍不住发笑,我问:"你姑姑多大年纪了?"

"71了。"他不无鄙夷地说,"照我看活得也够本了。"

"等你到了71岁也会和你姑姑一样,越活越想活,"我说,"这是规律。"

"也许吧。"他有些落寞地说。他接着告诉我他姑姑在他离开医院时大骂他是个不肖子孙,咒他乘坐的火车出轨或者在通过桥梁时一头栽进河里,还说最好他在火车上感染上伤寒或鼠疫,即使到达目的地也会被隔离起来。

"真够歹毒的。"我笑着问,"她没文化?"

"是个从事自然科学的高级知识分子,50年代曾在苏联留过学。"他慨叹道,"她在病床上躺了五年,人已经完全变态了。见到我姑夫跟女护士说话,她就说他在勾引女人,你想我姑夫已经是快80的老头了。"

"咳——"我叹了口气说,"人活到这份真没意思。"

"那怎么办啊?"他一摊双手说,"总得活下去啊。"

我们离开洗漱间到车厢里聊天,我知道了他叫周方庐,在P城一家广告公司工作。他穿一件土黄色圆领羊绒衫,下身是条灰色水洗布裤子。他本来个头就不高,加上那裤子上忽东忽西地吊着五六个口袋,且口袋都鼓着,给人一种下坠感,使他显得更矮。他很健谈,喜欢打手势,他抨击时弊时一副义愤填膺的样子。他一会儿从裤子的口袋里掏出一盒烟,一会儿又摸出个袖珍录音机,让我听一首歌。那是一首女中音演唱的音域浑厚有些苍凉的歌曲,在嘈杂的列车上能戴着耳机倾听这样一首歌曲,的确使人的心底漫起了一股浓浓的乡愁。我赞美了那首歌。他就不无得意地嘬着嘴说:"当然了,这是柯华的歌儿,不可能差的!"

虽然我并不是风起云涌的流行歌坛的一名追星族,但还是觉得柯华的名字实在陌生。在我的追问之下,他说柯华是他老婆,写歌唱歌只是业余爱好,而且她的歌只唱给周围的朋友们听。她这种人不可能进入歌坛,但她却是最纯粹的音乐人和歌手。他对妻子毫不掩饰的赞赏使我吃惊不已,因为中国男人基本不在公众场合赞美妻子,大约与他们把妻子当作私有财产看待有关,而私有财产是不宜张扬的。这使我更增加了对他的好感,因为能够承认妻子出色的男人在品质上一定是优秀的。讲过柯华,他又从裤兜里掏出一个小巧的、用白桦木做成的工艺品,是座有着层层叠叠小空间的迷宫,看上去很别致。他举着它对我说:"这个不错吧。在你们哈尔滨的一家木器商店买的,周久一定喜欢它。"

"周久是谁?"我问。

"我儿子。"他不无得意地说,"他9岁了,特别淘气。是我此生最出色的作品。"

那列由哈尔滨开往上海的列车到达P城是次日傍晚。周方庐下车时送给我一张名片,并且把手机号码添上,嘱我有机会到P城时给他打电话。周方庐下车的那个夜晚我失眠了,而又一日凌晨到达上海时又恰好赶上灰蒙蒙的梅雨天气,我愁肠百结,一副丧魂落魄的模样。我很恐惧这种突如其来的情感,因为它带有自戕的色彩。所以会议期间我把夜生活安排得很满,不是到外滩纳凉看灯火,就是到城隍庙喝茶。然而这无济于事,只要稍有空闲,周方庐的影子就像清晨骤然拉开窗帘时那一瞬间的天光一样破窗而入,温柔的亮色笼罩着我的周身。

　　下铺的胖男人悄悄起来了,他站起身。火车刚好停靠在一个小站上,包厢被月台的灯光映出一片奶色,他将手伸向女孩的被窝。那女孩也许正在等待这个时刻,她探过头来,两个人如醉如痴地亲吻着,亲昵声就像婴儿漾奶的声音。我连忙翻了个身,将头扭向靠木隔板的那一侧。火车大约停了五分钟,他们也就忘我地缠绵了五分钟。大概后来兴犹未尽,所以过了没有多久,那女孩就从上铺溜到下面了,很快又传来了一片莺歌燕舞的呢喃声。我听见王无寺不停地翻身,最后他大约实在忍不住了,于是主动要求和女孩换铺位,还迫不得已找出一条理由,说他感觉火车很脏,恐怕会有老鼠流窜,万一爬进他的被窝可不得了。胖男人和那女孩在黑暗中连声感谢,王无寺以败将的身份爬到上铺,他安顿下来后微妙地叹息了一声。火车大约在爬坡,所以觉得车速有些慢,车轮声也格外浊重。这种时刻,我是迫切希望过道里人来人往,那样的话会有络绎不绝的脚步声能够掩饰下面的亲昵声,然而过道里只是偶尔有人走过。

　　王无寺突然在黑暗中大声说话了:"哎,你看过彗星吗?"

　　他判断出我也没有睡,而我也觉得和他继续聊天是缓释紧张气氛的一种最好办法。于是我连忙回答:"看过。"

　　"你知道彗星是由什么组成的吗?"他问。

　　我搜寻着自己有限的天文学知识,然后说:"彗星是由彗核、彗发和彗尾组成的。"

　　王无寺毫不掩饰地笑了:"你就像小学生在回答老师的提问。"他说,"你知道吗?彗星的核心部分是由含有很多尘埃的冰雪球组成的,其实也就是脏雪球。"

　　"不可想象。"我说,"我总是固执地以为,发光体的核心部分也是凝聚的光。"

"其实我也是为了此次观测活动准备资料时,才比较详尽地了解了彗星。"他说,"有的彗星是蓝尾巴,而有的泛黄。你说海尔·波普彗星的尾巴是蓝还是黄?"

"我可猜不出来。"我说,"就像旧式婚姻一样,你只有撩开新娘的红盖头,才会知道她长得什么模样。"

王无寺又一次笑了,他声音很大地说:"你这人说话真有意思,不过我希望这颗彗星是蓝尾巴,我喜欢蓝色。我小时候见过一次彗星,是黄尾巴的,样子就像有一只大松鼠在天上跑。你见过的彗星是什么颜色的?"

"好像是白色,"我说,"它的尾巴很大。"

"你如果感觉是白色,那其实就是黄色彗尾的彗星。"他说。

"也许吧。"我说。

"漠河现在估计能有多少度?"他有些忧心忡忡地问,"我这一身衣服顶得住吗?"

"绝对没问题。"我说,"白天时也就零下二十几度,早晚时大约会有零下三十度,不过那时又不出门。"

"那里能发传真吗?"他又迫切地问。

"我估计在漠河县城发传真不成问题,若是在漠河乡可能就比较困难。"

"什么什么?"王无寺急了,"漠河有两个?"

"漠河县城所在地是西林吉,而真正的漠河乡在北极村,它们相距百里。"

"那你亲戚家在哪一个漠河?"

"乡里。"我说。

王无寺叫道:"我喜欢乡里,我要跟你去乡里!"

我和王无寺亮着嗓门儿大约谈了半小时的话,我觉得口干舌燥,但又不便下去取水喝,于是就主动不说话了。王无寺察觉到了,他问:"你累了?"我哼了一声,他也就再不说话了。然而我仍然无法入睡,周方庐的影子又像池塘上的夕阳一样动人地出现了。而包厢下面的那对男女仍然时时制造出一种使人心惊肉跳的声音。他们绝对不会白白浪费这样一个飞驰的夜晚。

"唉,去漠河乡还是不行,不能发传真怎么办?这不是把正经事都耽误了吗?"王无寺自言自语地说。

我佯睡着,没有搭腔。

"咳,这风湿止痛膏的胶布药味可真大!"王无寺又一声喟叹。

这下我差点笑出声来。我想王无寺这个人也真蠢,既然那膏药味如此浊重,何必还把它架在鼻梁上受苦?晚上睡觉时把它摘下来不就行了吗?可我懒得提醒他。

包厢的门忽然被人给敲响了。我就像听到新年钟声一样为之一振,王无寺也敏感地翻了一下身,并且欣喜地说:"是敲我们的门吧?"敲门声越来越响,我听到下面一片忙乱声,胖男人气喘吁吁地说:"稍等一下。"然而过道里的人大约没有听到他的声音,仍然持之以恒地敲,这样大约又过了两分钟,胖男人才把门打开。走廊的光像淘气的小狗一样"汪——"的一下溜进来,我探出头,见是手中掂着一个橙黄蜜橘的广播员。胖男人穿件短袖T恤,满脸流汗。而女孩则蒙头在被窝里。王无寺也探过头来。

"你好——"我对广播员说,"是找我吗?"

广播员抬了一下头,她发现了我,嗔怪道:"你看你,刚才拿着这个蜜橘去征集胶布,走时忘把它带回来了。"

"一个橘子。"我笑着说,"你吃了不就算了。"

"你要是丢下苹果我可能就吃了,可我一吃橘子就上火,嗓子疼。"她说着走进包厢，把它放在茶桌上，然后问，"那位记者的眼镜能戴了吗？"

"能戴了，能戴了！"王无寺连忙指了指自己的眼镜。

广播员大约也觉得他戴眼镜的样子有些滑稽，于是就哈哈笑了，说："西林吉有眼镜店，先这么将就一路，到了那应该配副好的。"

王无寺说："没关系，能戴就行。"

广播员又说："我是刚刚停了广播，不然早就把它送过来了。你们怎么睡得这么早？"

"主要明天一大早还要换车。"我说，"只有半小时的换车时间。但愿它不要晚点。"

"反正现在是正点。"广播员安慰道，"放心吧，准保能让你换上去漠河的车。"

广播员离开包厢时，我求她把那个橘子递给我。所以包厢又陷入黑暗后，我就躺在被窝里无比舒畅地剥橘子。橘皮汁液浓厚，溅得我脸上一股甜香气。而且橘肉也格外饱满，没有核，吃得我仿佛嗅到了江南绿意蒙蒙的烟雨气息。我想胖男人和女孩一定败兴至极，他们会在心底骂广播员是个惹是生非的傻×，一个橘子还值得送回来吗？而我并不知道她如何找到了我的包厢，但这一切并不重要，反正一个橘子落肚后我满嘴清香，而且有一种强烈的睡眠欲望。这时王无寺突然问我："你吃了橘子不刷牙就睡？"

"嗯，不刷了，下去刷牙太啰唆了。"

"怪不得你的牙那么差。"他叹息一声，仿佛我那一口有碍观瞻的坏牙败坏了他的情绪。

3月6日凌晨的加格达奇给人一种流放到西伯利亚的苍凉感。

站台上飞雪漫卷,风尖利地号叫着,使本来就突出的寒冷越发嚣张。开往西林吉的列车已经出库,绿色车体上镶嵌的玻璃窗一律蒙满白霜。我找到了地委宣传部的一位女同志,按照事先联系好的,由她把我接到软卧车厢。王无寺提着大包小包浑身打着哆嗦,狂风中我无法开口跟他说话,只能打着手势让他跟住我。然而到了车厢口,他却被服务员挡在下面。我连忙向接我的同志解释说,这是我的一位记者朋友,也是去采访日全食的。宣传部的人便说"欢迎欢迎"。虽然乘务员开恩为他放行了,还是申明软卧的所有包厢都已客满,再无铺位可补了。

车上闹哄哄的。有一股霉味裹着温热气像旧时代老鸨的暧昧笑容一样迎面而来。我知道是过道那条又脏又破的红地毯发出的气味。每个包厢都开着门,而里面几乎都塞满了人。我们一直走到尽头,才挤进最后一个包厢。王无寺进去后积极地把所有人的东西搬到上铺的行李台上,然后他跳下来对每一个人讨好地微笑。

"我们以为你是一个人回来,所以只留了一张铺。"宣传部的同志对我解释,"不过不要紧,反正是白天的车,你的这位朋友就不用补票了,大家换着歇歇。你们昨天乘的是卧铺吧?"

"是卧铺。"王无寺抢先答道,"是软卧呢。"

宣传部的同志说:"这就好,今天就不会觉得太累。大家说说话,打打扑克,一天很快就能混过去。"

"太谢谢了,太谢谢了。"王无寺点头哈腰地说。

王无寺的表现令我失望。我讨厌过于卑躬屈膝和多嘴多舌的男人。宣传部的同志还要下车去接另外两个人,包厢里只剩下我和王无寺。王无寺指着窗外说:"这地方简直太冷了,这种地方怎么能活人呢?"

"可我在这儿生活了五年。"我冷冷地说。

"五年?!"他大叫道,"你真了不起!"

现在我越发觉得自己只因一时头脑发热,为了同仇敌忾对付胖男人和那个叫玉儿的女孩,而错误地和他结成统一战线。我还大发善心地为他粘上了眼镜,否则这个家伙现在肯定在狂风呼啸的站台上跌跌撞撞地不知所措。看来为着某种共同利益结成的统一战线极不可靠。我甚至打算到了西林吉后就找借口把他甩掉。

宣传部的女同志又笑吟吟地带进来一对中年男女和一个男孩。她向我介绍说,他们是从北京来的一对夫妇,从事文化工作,专程陪12岁的儿子来漠河看日全食的。

"那不耽误功课吗?"王无寺饶舌地说。

男孩将背包扔到铺位上,摘下帽子,咧嘴一笑说:"我把每门课都提前学了一周,课程落不下我。我不落它就算不错了。"男孩厚嘴唇,两颗门牙又大又白,给人一种方方正正的感觉。而且两颗门齿间豁着牙签般粗的缝儿,他笑的时候那两颗门牙就像两个阳光充足的窗口,给人一种分外明朗的感觉。

"你们也是刚下从哈尔滨来的这趟车吗?"我问。

女主人说:"不,我们是昨天来的。昨天车晚点,没有赶上这趟车,我们只好在加格达奇停一天。"

男孩接过话兴冲冲地说:"能停一天多好呀,要不我就不知道加格达奇什么样,也不能去嘎仙洞了。"

"你们去了嘎仙洞?"我说,"那得到阿里河。"

"我们昨天下午领孩子去的。"女人说,"开始听人介绍时还有些疑惑,很难相信拓跋鲜卑祖先居住在那里,看了洞内西壁的石刻铸文,我才知道那是真的。"

"刻几个烂字就能当真吗?"男孩说,"没准是谁闹着玩瞎刻的呢。不过那个洞可真是了不得,那么长,那么宽,又那么高,并排跑三辆大卡车也没问题。"

"刻在石壁上的字怎么能是假的呢?"男孩的妈妈说,"不许胡说八道。"

"我要是活在那个朝代,就给它胡刻一气,反正洞里的石头挺多的。"男孩一说完,他妈妈就满面愠色地瞪着他。男孩撇了一下嘴,从背包里取出一个望远镜,到过道去了。

男孩的爸爸站在上铺的脚踏板上,准备把旅行包一一摆上去。可是王无寺的包侵占了大部分空间,他就把它们往一起挪。这时王无寺像企鹅一样伸着脖子紧紧盯着,他的手指又开始哆嗦不已。他说:"麻烦你轻点,这套摄影器材是单位最好的,十几万元呢,我签了字担了保才带出来的。它是日本原装的相机,我要用它拍日全食和彗星的,它要是出了问题,我这一次就白出来了。"王无寺喋喋不休地说着,这真使我大为汗颜。虽然我与他相识只有十几个小时,可在别人眼里,他毕竟是我的朋友。

我对男孩的爸爸说:"我的包不怕压,你可以把包放在那上面,是黑颜色的皮包。"

"慢慢地轻轻地挪一挪,还是能腾出空儿的。"王无寺说,"让我来。"

待行李和人都完全安定下来,火车也就开了。宣传部的女同志从旅行包里掏出一袋袋食品,茶蛋、猪蹄、五香花生米、面包、鸡胗、豆腐干等,然后召唤大家一起吃早餐。她又去硬卧车厢喊来同单位的另外两名年轻的男同事,大家挤在两张下铺上吃喝。言谈中得知已经有一列从北京发来的专列先行到达漠河了,七位中科院的院士亲临现场。各路记者蜂拥而至,新闻大战已经开始。我连忙询问最近几天的天气情况,若是像今天这样飞雪弥漫,3月9日的观测岂不成了海市蜃楼?

"据气象部门提供的消息,这两天可能仍会有雪,可到了八九号肯定晴天。"宣传部一位姓丁的同志说。

"万一9号只阴一会儿天,而阴天的时间又恰好是日全食的时间呢?"我说。

"不会那么倒霉吧?"大家七嘴八舌地说,"别把事情往坏处想,想好事不应验,坏事往往一想就灵。"

早饭后,宣传部的女同志带着她的两名干事去照应火车上另外的一些记者。男孩的妈妈到上铺去休息。包厢里松快了许多。我开始和那个调皮的男孩说话,他说他叫毕亮,从五六岁时就喜欢看星星。他随之告诉我天上哪颗星最亮,哪颗星又比较暗淡,而星星的亮度也是有等级的。他说他最喜欢太阳系内的第七颗行星——天王星,因为它的名字充满霸气。他还告诉我,英国科学家预测,1998年11月人们将可以看到流星雨,届时估计每小时将有上千颗流星划过夜空,它是每隔三十三年发生的一次狮子座流星雨。他还说此去漠河,除了能看到日全食和海尔·波普彗星外,还有希望看见水星。

"水星?"我说,"我没见报道中提到这颗星。"

毕亮说:"3月11日24时是水星上合日,那么在这前两天,3月9日的时候,水星应该位于太阳西侧,虽然它很挨近太阳,但在日全食时,它肯定跟黑夜中猫头鹰的眼睛一样亮。"他打着手势很激动地说。

我很惭愧,因为我不懂什么是水星的上合日。

毕亮的爸爸笑着插话说:"这孩子为了这次能来漠河,提前半年就跟我和他妈妈商量。他才12岁,这么大老远的,我们不放心他一个人来。原来是说他妈妈陪他,一个女人家带个孩子,我还是觉得不太安心,就跟单位请了一周假,全家都来了。"

"我们班的同学还到火车站送我了呢。"毕亮说,"老师让我好好观察,回来写篇作文。不过我讨厌写作文,我倒是愿意用嘴讲给他们听。"

王无寺说:"那你可要认真观察,不然就传达不准确。"说完,又抑制不住地打了个干嗝。早餐他比别人吃得急,面包曾把他噎了一刻,结果餐后他时不时弄出一串串干嗝声,仿佛要给单调的旅程增加些噱头。也的确。他一打干嗝,毕亮就会嘿嘿地乐。他爸爸就会故意板着脸呵斥他一声:"毕亮——!"而结果他自己也跟着笑起来。

毕亮为了治好王无寺的干嗝,曾跟他开个玩笑,说王无寺刚才裤子的拉链开了,以为按民间传说的吓他一跳会使他呼吸流畅起来。结果王无寺十分孩子气地说:"我知道你是在吓唬我,我是吓唬不了的,我长这么大还没有忘拉裤子的拉链,这是个很关键的地方,马虎不得的!"

我当时笑得几乎气噎,觉得王无寺性格中又有单纯可爱的东西,对他的不满也就落潮了一些。干嗝虽然是一种不良和可笑的声音,然而只要它的主人不把它视为可耻,大家都会觉得这是一种美好的声音。只是他打干嗝的样子有些可怜,脸抽搐着,鼻子和嘴揪到了一块,像是寡妇吊丧。

火车行驶了三小时后,天色明朗起来,随着包厢里温度升高,玻璃窗上的霜花也渐次融化。毕亮便趴在窗口看外面的风景,他一会儿惊诧那树林如此浓密,一会儿又叹息经过的房屋太少。这时有人敲包厢的门,我拉开门,见是一位三十几岁的梳平头的男人,他冲我们笑着,说:"对不起,打扰一下。我这里有天球仪,是充气型的,携带很方便,你们需要吗?"

我听出他是北京口音,便问他在什么部门工作。他回答说是天文馆。接着他出示了一页广告和一个样品。样品是一块萎缩的天蓝色塑料,他寻到充气芯,将它含在口中,鼓着腮帮子呼呼地吹起来。顷刻,天球仪又鼓又胀,球体上描绘的12个星座的动物形象便栩栩如生地展现出来。毕亮首先叫道:"真漂亮,我要买一个!"

"多少钱一个?"我问。

"15元。"那男人温和地说,"中小学生用最方便了,上学时可以把气放掉塞到书包里,到课堂需要时再吹起来。"

"就是一块塑料嘛。"王无寺说,"15元太贵了,我看不值。"

"那我给你们软卧的人卖12元,怎么样?我刚才在硬座车厢可卖的都是15元,卖了不少呢。"

"如果我们每人买一个,再便宜一些吧。"王无寺说,"10元吧。"

"10元太少了。"那人说。

"我们是记者,可以为你做免费宣传的,你多给我几份广告单。"王无寺说,"肯定不吃亏。"

"那就10元吧。"那人微笑着妥协了。毕亮自己要了一个,还央求父亲又多买了两个,说是回去送要好的同学,我和王无寺各要了一个。那人一收过我们的钱,然后从背后的黄背包里取出货,又散发了几张广告单,这才谢着离去了。

"王先生还真厉害,一下子讲到10元钱。"毕亮的爸爸说。

"那他也是挣。"王无寺说,"他不可能赔着卖给我们。"

也许一番讨价还价的紧张争执,王无寺不再打干嗝了。他自己也意识到了这一点,十分兴奋地拍了一下胸脯说:"嗝没了!"

我们都笑。王无寺叹息了一声:"真是商品经济社会了,知识分子也做起了买卖。从北京一路卖到漠河,又看彗星又有了收入,真是两不耽误。"

毕亮一直爱不释手地旋转着天球仪看,他忽然指点着一处对我说:"阿姨,你看,我就是这个星座的。"

我和王无寺都伸过头去看,原来是双子星座。那上面描绘着两个并排躺着的男孩,虎头虎脑的样子,煞是可爱。只是相邻的巨蟹座的蟹将触角伸到双子头上,给人一种恐怖感。

"你是什么星座的?"王无寺问我。

"双鱼。"我说,"你呢?"

"天蝎座。"王无寺说。

"噢,你们俩的星座离得太远了。"毕亮忽然冲口而出,"我看你们俩成不了一家人。"

"毕亮——!"他爸爸又是一声严厉的呵斥,"怎么又胡说八道?这么没礼貌!快跟叔叔阿姨道歉!"

"别别——"我刚好能找到一个恰当的机会解释我和王无寺的关系,"其实我们昨晚在一个包厢里才认识,交谈中知道都是来看日全食的,又是同行。"

"是这样。"毕亮的爸爸释然一笑说,"不过毕亮也不该这么说话。"

"你怎么说星座离得远的人成不了一家人呢?"我问。

毕亮旋转了一下天球仪,颇为认真地说:"听说同一星座的人脾气相似,要爱哭都爱哭,要爱笑就都爱笑。要是星座靠得近,性格也都差不多,互相都能说得上话。要是隔得远,就互相看不顺眼,这样怎么能成为一家人呢?"他颇为精辟地推理着。

我们忍不住大笑起来。毕亮红了脸,他嘟囔道:"这都是杜若琳告诉我的。"

"你是不是要把一个天球仪送给她?"父亲笑着打趣儿子。

毕亮对着父亲嗔怪地"哎呀——"一声,然后走出包厢。

"杜若琳看来是个女孩子?"我问。

"嗯,他的同班同学,住我们家楼下。他们一二年级时天天一起上学,到了四年级就不一起走了,说是这样不名誉。你说他知道什么是名誉啊。"

正说着,那个总是笑吟吟的宣传部的女同志回来了,她手中拿着一沓彩印广告和一些观测卡,给我们每人发了一份。广告是地委宣传部策划编印的,印刷质量一般,色彩很怯,但内容却丰富。封面赫然写着"漠河'3·9'天象奇观向你走来"。第一页是"注意:三千年走来一回",介绍海尔·波普彗星与日全食的世纪幽会。下面是一幅"春临兴安"的摄影作品,一条从冰雪中脱颖而出的河流,岸上是经冬后仍显深褐色的针叶林。由于色彩失真,河水一派碧绿,美是美,不过这太不像大兴安岭的河水了。接下来是有关漠河的简介和日全食的科普知识,配有"北极村白夜"的照片。最后两页是"广而告之:不要直接用肉眼观看日全食"和"日食彗星消失后,还有奇观供你赏"。前者记叙了一个事例,说是几十年前,因为直接用肉眼看日食,德国有几十人双目失明。这是因为,太阳光以及其中看不见的红外线中含大量热能,被物体吸收后会产生大量的热。当你对准太阳看时,太阳的热能就会聚集在眼底的视网膜上,如果时间长些,视网膜就会被烧伤失去视力。接着向大家介绍了几种观测日全食的正确方法。而最后一页是对北极光的诗意介绍,所配发的照片不像是北极光,倒像是原子弹爆炸后腾起的巨大蘑菇云。

"这广告创意挺不错的。"我浏览一遍,对宣传部的女同志说,"完全可以当科普知识手册出售。"

"我们主要以宣传为主。"她告诉我,刚才她带着两名干事挨个车厢做日全食观测的宣传活动,结果有一半的当地人并不知晓3月9日的天象奇观。知道的也无非是说,不就是天狗吃太阳吗?天就黑那么一会儿,一晃儿就过去了,有啥看头?有个老大爷还说,现在的人太趁钱了,竟舍得花钱天南地北地聚到漠河看这种事,他说:"看来看去,还不是那个老日头?天狗吃了它又吐出来,又不把它攒到肚子里,怕啥?"

我们听后大笑起来。

时值中午,宣传部的干事又送来了一摞康师傅碗面和一塑料袋橘子。干事说一些记者已经开始采访工作,他们有很多人在硬座车厢与当地老百姓聊天。王无寺一听有些急了,他连忙翻出采访速记本,也寻新闻去了。王无寺一走,宣传部的女同志就问我:"他要一路跟你去北极村?"

"不知道,他怕北极村不能发传真。"我说,"其实我刚认识他不到20小时。"

"我后来看出你和他是萍水相逢的。"宣传部的女同志说,"我们部里的人今天都到劲涛下车,因为大部分记者都住在那里,西林吉已经安排不下了。不过你们到了西林吉后会有人接待的,事先已经打好了招呼。大概只能安排到私人旅馆。"

"只要能凑合一宿就行。"我说,"第二天我就去北极村。"

"部里有一个记者接待处,设在旅游局楼里。有人一直在那守着。"宣传部的女同志很周到地说,"你去北极村找方便车可以去那里,返程的日期最好提前跟他们讲好,不然车票紧张,恐怕会顾不上你。"

我连忙说没关系,我此次回大兴安岭,完全是私人性的,不带任何采访任务,可以说一身轻松。而且到了北极村我便住在外婆家里,若是车票紧张,我可一直住到所有观看日全食的人全部离开后再走。

火车停靠塔河站台时是中午12时40分。我的母亲和姐弟全家人均在这里,一个月前我还回去同家人团圆过除夕。所以当我在出发前夜打电话给母亲,告诉她我要去漠河时,她便有些埋怨我:"早知道这样,你不如一直待在塔河。折腾回哈尔滨没多少天,又得回来。真就为了看彗星?"她问。我说:"对,就为了看彗星。"我想那一刻母亲一定对我失望至极。因为我春节差点不打算回家了,想体验一下独自过年的滋味,但想来想去觉得这样对待母亲过于自私,于是又匆忙赶回去。母亲也许会认为她在我心目中没有一颗一闪即逝的彗星重要而黯然神伤。

我站在过道的窗前,望着乱哄哄的塔河站台。那一刻风很大,人们都缩着头,男人的帽耳和女人的围巾端头在风中给人一种飞翔的感觉。我没有看到一张熟悉的面孔,于是火车重新启动后,便很失望地回到包厢泡了一碗方便面,吃下后爬到上铺去休息。

等我昏昏沉沉醒来时,天已经黑了。只觉得四肢绵软无力,似乎起床的力气都没有了。这个漫长的午觉没有给人彻底松弛后精力倍增的感觉,反倒像是被抽筋断骨了一般虚弱。包厢里静悄悄的,好像人都走空了,这使我格外诧异,连忙探头看个究竟。原来王无寺和毕亮的爸爸都在,他们一本正经地各自看报。

"噢,你醒了。"王无寺把报纸放到茶桌上,说,"宣传部的同志刚刚带着一大帮记者在劲涛下车了。他们本来要跟你打招呼的,看你睡得太死,就没忍心,让我跟你说一声。"

我翻身下铺,到卫生间洗漱。然而水龙头里的水已经枯竭,所以只能梳梳头。火车全速向西林吉飞驰,所以感觉到有些颠簸。窗外夜色滚滚,那一瞬间我蓦然想起了周方庐,仿佛又看见了他手提空牙缸镇静自若站在洗漱间刷牙的情景。这一联想立刻使我的眼睛湿润了。昏黄的灯光照着水渍斑斑的洗脸池,不远处厕所横溢的尿臊味扑鼻而来,这种尴尬的处境更加使人内心最深切的情感有一种要泪如雨下的委屈感。

"阿姨,你怎么了?"毕亮忽然出现在我身后。

我抖了一下,忙说:"没怎么的,我要洗脸,可是没水了。"

毕亮说:"你刚才好像要哭的样子,我还以为和你一起来的那个戴破眼镜的叔叔欺负你了呢!"

毕亮告诉我,他整整一个下午都在硬座车厢里听当地人讲传奇故事,什么黑熊把小孩抱进树洞呀,什么会说人话的狐狸呀,好听极了。我问他妈妈在干什么,他说在厕所里,已经进去 20 分钟了。

"怎么这么长时间?"我说,"要不要让列车员打开门看看? 可别晕在里面!"

"没事儿!"毕亮嘻嘻一笑,"她从北京一出来就拉不出屎来,憋了三天了,弄得她都不敢吃东西了。她说一坐上火车她的生理就失调!"

我笑了,随着毕亮回到包厢。不久他妈妈回来了,面目表情有些苦楚,看来难题仍未得到解决。

毕亮的爸爸看了一眼她的脸色,说:"今晚到了漠河弄只死老鼠放在你的饭碗旁,保你上下通畅。"

毕亮的妈妈瞪了他一眼,说:"天狗吃太阳时,最好顺带着把你也吃掉,省得老惹我心烦。"

"那我不就没爸爸了吗?"毕亮说。

"妈再给你找个好爸爸。"

"让天狗给你当后爸。"毕亮的爸爸哈哈笑着说。

西林吉已经近在眼前了。灯火在窗外像流星一样簌簌划过。

列车员笑吟吟地过来把车票换给我们。王无寺跳到上铺把行李一一取下。我对着他那些形形色色的包说:"不全是照相器材吧?"

"还有一台传真机。"他说,"我担心来的记者太多,发传真可能要费周折。你知道新闻要是不及时传送出去,就没有价值了。"王无寺不无得意地告诉我,他的第一篇新闻稿已经完成。

我能想象得出,无非是他在火车上的一些见闻,所以也未深问。他有些担忧地问我,他一路未买票,能否出得了站台。我这才想起他是坐了一路蹭车,便告诉他这种小站的出站口跟中立国一样欢迎任何来客,他尽管大大方方往出口走就是了。王无寺便说:"我省了这一段的车费,那么从哈尔滨到加格达奇的软卧单位就能给我报了。"

他的话又激起了我要甩开他的欲望。所以一下火车,我就径直飞快地往出站口走。天很冷,不过夜空晴朗,因为我看见了星星。出了站口,见有一辆记者接站车,连忙钻了进去。机器盖上坐着一个手拿表格的女孩,她问我的名字和单位,我一一报上,她就唰唰地翻着表格,然后目光停在一处说:"噢,找到了。给你安排的是旅游局旁边的私人旅店。"接下来又有几位外省记者上来,他们一律瑟瑟缩缩的样子,不停地抱怨天气太冷。我提心吊胆地看着窗外,希望王无寺彻底脱离我的视野。然而我很气馁地发现他朝这辆车走来了,他气喘吁吁,步态摇晃。他一踏进车门,就冲我说:"你怎么走得那么快,也不知等等我。"一副俨然我丈夫的口气,弄得我哭笑不得,只好做出大度从容的样子去接他身上的包。

搞接待的女孩问王无寺:"你是哪家报社的?"

王无寺含糊其词地说:"我是从上海来的记者。"

"叫什么名字?"

"王无寺。"

"事先登记过要来漠河采访吗?"

"没有。"王无寺指指我说,"我是跟她一起来的。"

女孩未再深究,她摆摆手对司机说:"开车吧,人差不多了。"

面包车驶上一条土路。两侧是荒芜的田野,间距很远的路灯给人一种孤魂游荡的感觉。大约十分钟后,我们进了城。城里灯火很盛,一看便知是有意装点的结果。街道上车流很大,十字路口还有交警在执勤,以往的漠河即使在春节也没有如此热闹过。车停在旅游局,接待员照着表格点着几位记者的名令其下车,然后将余在车上的我们四人送到一座门口有着个冰湖的私人旅馆。

老板娘已经候在门口,她对接待员说:"来了——"

"来了——"接待员对我们说,"到了。"

我们四人下了车,接待员就随着车离去了。走前她说第二天会送来记者采访证和有关活动安排的日程。

老板娘将我们让进屋子,然后让我们一一登记,交过押金后领取房间的钥匙。轮到王无寺,老板娘说并没有他的名字,房间早在三天前就订满了。我连忙为其说情,说他是上海人,来这里人生地不熟的,求老板娘想想办法。

"那就让他跟我孩子挤在一个屋里睡。"老板娘说,"孩子上中学,功课很紧,他要起早学习,所以睡得早。不知你能习惯吗?"

"我也累了,想早点睡觉。"王无寺喜出望外地说,"早点关灯没问题,而且我不打鼾,不会影响他。"

我们每人领到一把钥匙和一个痰盂。房间在楼上,而楼梯不在屋里,要绕到外面。铁质扶梯上凝结着冰雪,走上去嘎嘎直响。房间虽然不大,但极暖和,被褥还算干净,不过枕头有些油汪汪的。这样的旅馆没有厕所,痰盂便是夜间解手的设施。与我同屋的记者要乘第二天由哈尔滨发来的专列到达,所以我很幸运地能独自享有一间屋子，虽然它不过七八平方米的样子，但因为能独自拥有，便有一种说不出的满足和温馨。放好行李，我到楼下的大缸里舀了半盆水，然后到昏暗的洗脸池前洗漱。洗漱间挨着厨房，我见老板娘在白色哈气的包围中忙着。这时另外两名记者也下来洗漱，却独独不见王无寺。

　　老板娘按每人 10 元的标准为我们准备了晚饭。大米粥、馒头，外加两个炒菜，完全是家常饭，所以吃得人很舒服。老板娘告诉我，王无寺去邮局发传真了，因为他的传真机在这家旅馆派不上用场，这里唯一的一台电话是分机的。我们的饭桌刚撤，六个身着草绿色制服的交警就上了桌。他们边吃边开着一些肆无忌惮的玩笑，声言要打牌打到天亮。老板娘在一旁告诉我，住在她这里的，一部分是记者，一部分是交警。交警都是从各个县抽调来的骨干，白天时在各个路口维持交通秩序，因为拥进漠河的车辆越来越多。她还说像我们能住在她这里的算是幸运的，许多被组委会从各县调来的车的司机才遭罪呢，他们自带行李，住在硬板通铺上。由于没有车库，车只能停在外面，怕车冻着，半夜还要起来发动一次。气得司机们都大骂天狗，老板娘绘声绘色地学道："吃什么不好，偏要吃太阳，害得我们受苦。"

　　我也笑了，说："你不会骂天狗吧？它帮助你生意兴隆。"

　　"从这旅馆开张到现在，这是头一回客满。"老板娘笑了，"要是天狗每个月都吃上他一回，我就更有赚头了。"

　　"那可不行。"我开玩笑说，"那该把太阳给吃没精神了。"

　　王无寺 9 点左右回来了，他看上去神采飞扬。他说传真发过去了，报社的副总编在值夜班，当场看了稿子，觉得这个序幕写得不错，让他在这里加油干。尤其叮嘱他要用独特视角追踪报道此事，要把日全食的整个过程完全拍下来。从初亏到食既，尤其是

"日冕"的情景要精心抓拍。报纸已经登出了消息,说是特派了记者去漠河现场追踪采访,他们将在每天辟出专栏连续报道。据报社估计,这一周报纸的销量将迅速呈上升趋势,而且更为关键的是由此可为一家小报创点名气。

"看来你责任重大。"我戏谑王无寺,"如果你报道成功,会给你调资还是升官?"

"房子!"王无寺血淋淋地叫道,"我最需要的是房子!我结婚七年了,现在还四处打游击。老婆一天把我骂得抬不起头来。她总觉得嫁给我倒霉透顶。可我觉得论她的条件,能嫁给我算她前世道德高尚!"

"这么说报社暗示你报道成功会为你分房?"我问。

"当然!"王无寺说,"报社编委已经一致通过,这次我若是采访成功,7月份的那批房子就会分我一套!"

"重赏之下必有勇夫。"我笑了,"所以你千里迢迢赶来?"

"我自己也想着日全食。"王无寺说,"人间的事我们知道得太多了,该了解了解天上的故事了。你听没听说,科学家说火星的表面与地球有相似的地方,很可能那上面存在着另外的生命。没准日全食时,跟着彗星一起飞来的还有外星人!"

王无寺经常在正式的谈话中流露出天真的情感,这大约也就是他让人觉得还不那么无可容忍的关键原因吧。

走廊的灯被老板娘关掉了,我随之关掉了房间的灯。对面的交警果然凑在一起打牌,不仅有吆喝牌的声音传来,还有灯光投映过来,所以我的房间并不是彻底的黑暗。我又一次想起了周方庐,想起了P城那座又老又旧的茶楼。去年年底我再一次出差去上海,控制不住自己,中途在P城下了车。我甚至不知道周方庐是否在P城,只想碰碰运气。P城是座规模不大的文化古城,马路不宽,高楼也很少,而且房屋以青砖为基调,给人一种年代久远的感觉。护城河呈带状从城中穿过,河很宽,岸边的树看上去有些单调,因为树叶早已凋零。我住进宾馆后马上拨通了周方庐的电话。恰好是他接的,他在办公室。他在抓起电话后仍然与朋友聊天,我听到他说"这怎么可能呢",然后他就大声冲着听筒问:"喂,哪位?"我自报家门,他沉吟一刻,含糊其词地说:"噢、噢——"我只好窘态万分地充分提示他我们是在由哈尔滨至上海的火车上相识的。周方庐这才恍然大悟地叫道:"噢,是你呀!你在哪儿?"我说在 P 城。他又问:"停几天?"我说:"明天就走。"

"那我今晚请你吃饭。"他问,"想吃什么?"

"随便。"我说,"我只想和你聊聊天。"

晚上我和周方庐在一家潮州菜馆吃饭。他看上去黑了许多,他说不久前刚陪几个外国人去西藏归来。他抱怨工作太忙,就连他最喜欢的钓鱼和游泳的时间也难得挤出来。他眉飞色舞地跟我讲他儿子的一些趣事,我只能做出很乐意听的样子。那家餐馆大约在 P 城很有名气,所以食客很多,嗡嗡嘤嘤的说话声始终萦绕着。在那期间他的手机响过两次,一次是一位朋友求他帮忙办理汽车驾驶执照;一次是他老婆在家中问他白醋放在哪,她要做糖醋萝卜,怎么也找不到。

"在家常下厨房?"我问。

周方庐一点也不觉得男人下厨房有失体面,所以他很无所谓地说:"当然了,成了家的人不下厨房说不过去吧?"

我笑了:"厨艺如何?"

"当然不错了。"他说,"我老婆说我做的菜比大饭店的都好吃。"

"这是女人鼓励男人为她们做奴隶的一种手段。"我与他开着玩笑。

"不能这么说吧?"周方庐说。

我们从餐馆出来已经是9点左右,周方庐问我是否很累,我说还好,他便有些神秘地说:"那我带你去一个好地方。"

他叫过一辆的士,我们在一条泛着白光的石板路口下了车。大约又行走了五分钟,一座又老又旧的茶楼出现了。我们攀着狭窄的木制楼梯来到楼上。茶楼灯光暗淡、梵音缭绕,茶香像青草一样动人。我坐在矮矮的木椅上脚踏苇席的那一瞬,有一种置身乡间的闲适感。我们要了一壶碧螺春,相对而坐,无言品茶。茶楼里人很少,再加上没有一个茶客是大声说话的,所以给人一种格外寂静的感觉。周方庐关掉了手机,不停地为我续茶。我再也找不出一句话来跟他说,只觉得满身都被清茶浸润着,有一种置身月夜下白沙海滩的感觉。那一瞬间我甚至想,如果一个人的血管里流的不是血,而是碧绿的茶水,那么也许人人都会生活得心平气和。鲜红的血在赋予人激情和热情的同时,也给人一种危险和心浮气躁之感。不过反过来一想,若我的血管里流淌的是清爽的茶水,也许就不会如此痴情地来P城寻周方庐了。

我们喝干了一壶茶,然后唤小姐续上,不久把第二壶茶也喝净了。在那期间,我们只是彼此对望,有时偶尔互相笑笑,那时我觉得时光像银子一样清脆灿烂。从茶楼出来,夜色已深,茶楼前的青石板路因为路灯的照耀依然泛着奶色的白光。周方庐突然挽起我的胳膊,引我走向护城河边的一条蓑草萋萋的小路。我们绕着护城河走了很久,始终没有找到一句可以告别的话。那时已经没有任何行人,河面灯影寥寥,凉爽的风像福音书一样飘来。周方庐突然停住脚步,将我拥入怀中。他抚摸着我的头发,吻了一下我的额头。我明白他在以最独特的语言与我委婉告别,因为他肯定看穿了我的心思,而我也喜欢不把事情说破的告别。

第二天早晨醒来已经是 8 点多钟。我收拾好行李,打算到楼下吃点东西后马上去组委会找车去北极村。老板娘见我下来,笑着说数我起来得最晚,交警早就上岗执勤了。她说王无寺给我留了话,他去漠河"5·6"火灾纪念馆参观,然后到县三中采访关于日全食现场直播的筹备情况,中午回旅馆来吃饭,让我最好等他回来后再走。

"你那位朋友订了一个飞龙汤和一条炖江鱼,说是中午和你一起吃。"老板娘说,"他今天 5 点多就起来了,7 点多回来吃饭时,鼻涕都冻出来了。"老板娘笑道,"南方人真不抗冻。"

我要了一碗面和一个煮鸡蛋,吃过后唤老板娘连同住宿费一起为我结了。老板娘说:"那你不等你那个朋友了?"

"我急着去北极村,我姥姥在那里。"我说。

"那你的朋友不是白白订了好吃的东西?"老板娘急了,"他一个劲儿地嘱咐我,不让你走的,我怎么跟他说?"

"你就说是我自己着急要先走的。"我说,"他订的午饭要多少钱?"

"起码得百儿八十块。"老板娘说,"你不知道,一只飞龙在市场上卖 60 元,一斤江鱼是 35 元。这是咱这儿的特产,南方人来这儿就要尝尝鲜。我不会朝他多要钱的。"

"你最好为他减掉一个菜。"我说,"他一个人吃不掉的。"

老板娘不由得唉声叹气地说:"你看你,吃下午饭再走不一样吗?"

我出了旅馆,只觉得阳光格外明朗,门前的冰湖熠熠闪光。到了旅游局二楼的组委会,发现那里面烟雾腾腾。四张办公桌拼在一起。两台电话机此起彼伏地响着。墙上挂着的一面小黑板写着有关今天的日程安排。有两名记者要采访中科院的院士,正在积极联系。我见有一个人歪在沙发上吸烟,并不时跟接电话的人发号施令,便明白他算这里管事的,连忙把工作证向他出示,表明了我要搭便车去北极村的意图。

"就今天的车最紧张。"那人一斜身子,把长长的烟灰弹到地上,"等会儿吧,从省里来的专列马上就到,省委领导11点要到北极村考察地磁台观测点,随行的采访车看能不能把你捎上。要是不行的话,只有等明天了。"

我只能把旅行包放到角落,然后坐在沙发上等待。这时候不断有人进来问这问那,12名外国人应该安排到哪里,记者招待会几时召开,有位专家生病了该如何就诊,等等,弄得几位搞接待的人手忙脚乱、不知所措。他们一会儿拿表格给来人看会议安排,一会儿又打电话联系医院的医生。也许因为工作紧张而令人烦躁,几乎每个人都夹着一根香烟,房间里就弥漫着一层淡蓝的烟雾,使我有一种置身于战时防空洞的错觉。大约快11点的时候,楼梯口忽然一阵骚乱,原来由哈尔滨开来的专列的人员已经到达。从门外忽然拥进来十几个操着不同口音的记者,他们一律是要求组委会给派新闻采访车的。搞接待的同志说:"不管你是哪家电视台的,这次派车都不是义务的,都要交钱,把钱交齐后,我们再给你们安排车。"

有一个口气很大的电视台的记者说:"我们是××电视台的,能不能协助一下?"他以为打出名牌电视台的标识会畅通无阻,不料搞接待的人很有原则地说:"都一样,不管哪家新闻单位用车,都必须租用。"记者便问每天的租金,待得到回答后就抱怨太贵。搞接待的人便不予理睬,继续抽他的烟。这位记者又问能否开正式发票,得到认可后,他无可奈何地说要租两台车。那人就说,先把两千押金交上。记者有些不满地说:"我现在身上没带钱,我们急着用车,我把工作证押上。""不行。"抽烟的人温和却又坚决地说。记者气得转身离开房间。我只顾看别人的热闹了,差点儿忘了自己的大事,于是连忙向那个管事的人提醒为我找车的事。他有些不耐烦地说:"别等我给你联系啊,你自己去问,看看人家捎不捎你。"我只能低眉顺眼地说我不知道哪台新闻采访车随去。那人就说:"是大兴安岭电视台的!"结果我在房间里见到记者模样的人就可怜巴巴地上前搭讪,问人家是哪家电视台的。刚好有个报社记者熟知下午的采访活动,他听了我的意图后,一摆手对我说:"他们的车已经满员了,你挤不上!"这句话不啻一下子把我推进冰窟窿里,有一种寒冷和绝望之感,我只好再次央求那位管事的,既然省委领导去视察北极村,肯定要有几台车陪同,不可能每辆车都满员,我能否搭上车?我还十分幼稚地用伤感的口气说我姥姥在北极村,已经快80岁了,我好久未见她了。那人便用一种上了当的口气说:"原来你老家在北极村?是那里出来的呀,那你来凑什么热闹!"仿佛我此来漠河是大逆不道的。他接着说:"省委领导的车就是有空位,能让你坐吗?"他虽然狠狠地羞辱了我,但我觉得他说得有道理,我的确不可能与省委领导的车同去北极村。我在心底愤愤地骂着脏话,然后背起旅行包,打算回旅馆同王无寺悠闲地共进午餐。我一定要上一瓶60度的高粱烧酒,喝得全身的血液能燃烧起来。这时那位著名电视台的记者满面愠色地回来了,他一言不发地把一沓钱交到接待员手里。人家心平气和地接过钱,慢条斯理地点了一遍,然后又用验钞机一张张地鉴定真伪。我见那记者满面乌云,半握着拳头,一副要与谁格斗的架势。我不由得想起了在火车上遇见的那对从哈尔滨吃活的海鲜归来的男女,也许他们对我们的鄙夷和咒骂是有道理的,我们不辞辛苦、千里迢迢赶来看日全食是傻×才会做的事!

我哑然失笑,垂头快步走出乱哄哄的旅游局大楼。离午饭的时间还早,肩上的旅行包很轻,所以我想悠闲地散会儿步。我沿着水泥马路走到松苑公园,园子里的松树都有上百年的历史,一棵棵高耸挺拔。春夏时节,浓荫蔽天,置身其间给人一种无比阴凉的感觉。不过现在的松苑还有积雪,雪依然很干净,有一些人在里面拍照,一看便知是如我一样为日全食而来的人。直立而无绿意的松树给人一种孤寂的感觉,仿佛它们每天都想与上帝对话而终无结果一样面目冰冷。我不知道树是否与人一样也有五官。如果它没有耳朵,怎么会在风掠过它的枝丫间时制造出美妙绝伦的沙沙声?如果它没有鼻子,又怎么会过滤出如此动人的清香气?我相信树还有舌头,它能品尝朝露细雨。那么树的眼睛呢?它也一定在树身闪烁,领略着大自然的风云变幻。既然树有眼睛,那么它们也将能看到3月9日的日全食。当阳光突然把触角从它们身上收回,它们会有顿失温暖的忧伤吗?当太阳完全被遮住,短暂的黑暗中有一颗彗星精灵般飞来,它们会感动得落泪吗?树如果落泪了,大地上空是否就会呈现出流星雨一样的气象?那肯定是一种达到极致而破碎了的灿烂。

我不敢再看这些有声有色、内蕴丰富的树。虽然它们现在是单调的,但我相信它们比我更富激情。它们的根能在泥土中像银蛇一样浪漫地飞舞,而我则如浮萍一样在大地上飘游。我离开松苑公园时就有一种受伤的感觉,路边的残雪斑驳不堪,沿街的餐馆飞来各种炒菜的气味。我在一处装修比较富丽的酒店前遭遇到一列车队,它们直线排开,一辆辆首尾相接停在路边。我查了一下,一共是10台车。直觉告诉我这是省委领导的车队。我横穿马路,刚好最后一辆车的车门开了,出来的不是人,而是一只矿泉水的硬塑空瓶,正抛在我身上。我本来对这车队就有怨气,于是大骂一声:"谁这么缺德?!"结果有一个令我眼熟的男人从车里出来了,他笑着对我说:"你也回来看日全食?"原来是我在加格达奇工作时的同事,如今他已调到地区电视台工作,我们有四年未见面了。他听了我在组委会找车的遭遇后,便一迭声地说你真有福气,我们的车正要跟随采访,刚好闲个位置。于是我就喜出望外地上了车。那时已是中午11点半,车里的几位记者正在吃香肠面包。他们说原定省委领导下了专列就驱车去北极村,不料组委会已经备下接风宴,所以只能等领导吃过饭再走。我便问这10台车果然都会坐满人吗。几位记者冲我笑笑,什么也没说。我饥肠辘辘地与同事叙旧,一直等到午后1时,一群红光满面的人才从酒店出来,他们谈笑风生地踱着方步朝车走来。大约十分钟后,车队缓缓出发了,所经之处的路口的交警都笔直地站立行注目礼,甚至出了城越过铁路交叉道口时,也有一位交警在寒风中伫立行礼。窗外残冬的景色一片苍凉,我想起王无寺所订的丰盛的午餐,胃部便有一种痉挛的感觉。

北极村的木刻楞房屋在樟子松林尽头若隐若现时,一路昏睡的我也醒来了。只见哨卡并排站着四名边防军,他们在郑重地对车队行礼。车进入村子。我谢过同事,在公社所在地下了车。午后明朗的阳光照耀着大地,房屋和小路甚至栅栏都水洗般透明。哪怕那小路遗有牲口的粪便,栅栏上缠绕着枯干的植物枝蔓,也给人一种清澈逼人的感觉,因为那空气实在太干净了。迎面碰上一架马爬犁,一个穿黑棉袄的豁牙男人笑着站在爬犁上,虽然他看上去60岁左右了,可笑容却一派天真。马爬犁上只遗有一些干草,想必他刚进山拉柴归来,已经把柴卸掉,所以一派轻松。姥姥家住在转播台后面,它周围是一片松树林。我有意识地选择雪路行走,后来看见两只猫在一堆圆木前嬉戏。村子里无人涉足的雪仍然没膝,纯白之至。由于春节刚过,所以家家户户大门前的挂钱仍然五颜六色地迎风飘舞,大红的"福"字端端正正地贴在门板中央,使"福"字有了几分老太爷的威严气势。不过我没有看到冰灯的影子,也许是因为正月十五的灯节已过。

姥姥正坐在厅堂的沙发上与邻居唠嗑,见我进来,惊喜得连连唤我的乳名。她说猜到我可能要回来看日全食,因为往年白夜时我都回来过。她问过我怎么来的、路上冻没冻脚之后,就唤舅舅家的孩子为我舀水洗脸,而她则风快地到仓房取来一袋自家包的速冻饺子,去灶上为我煮。北极村的人家在冬日里炉膛一直有火,如果白天不那么寒冷,那么就让炉膛里只存一些火炭,需要做饭或烧水时只需再加把柴就是。我在洗脸时忽听炉子一声闷响,不用说,姥姥添上去的柴火已经旺盛地燃烧起来了,接着我听见铝质闷罐被烧得吱吱直叫。一刻钟后,一盘热乎乎的饺子上了桌,直吃得我满脸流汗,先前肚子的咕咕叫声算是销声匿迹了。

饭后我与姥姥叙家常,表弟则在一旁贪吃我带回的芝麻糖,吃得满腮的芝麻粒,好像长了一层雀斑。表弟7岁,与我相差二十几岁,是舅舅的独子。他吃累了后跑到我跟前歪着头说:"姐姐我问你,天上怎么会有小狗呢?"

我笑了:"因为天上也不太平,小狗要守夜。"

"天上的狗为什么掉不下来呢?"表弟接着问,"天上的狗也会吃屎吗?"

"天上的狗会飞,所以掉不下来。"我逗着表弟说,"天上的狗不会吃屎,只吃太阳和月亮。"

"太阳和月亮又没有肉,小狗能吃饱吗?"

姥姥不由得"噗嗤"一声乐了,她嗔怪着自己的孙子:"这个傻龙子,一天笑煞个人。"龙子是表弟的乳名。

龙子有些不好意思地笑着跑掉了。

不久就黄昏了,站在院子里,能清清楚楚看到西边天上的晚霞。它们一片嫣红,很像春日花园的一层零落的花瓣。晚霞应该是没有气味的,可是在北极寂静的夕照中我却仿佛嗅到了晚霞微甜的气息,它新鲜得像刚出池塘的藕。天狗可吃太阳和月亮,也许是因为它们持久的照拂使人麻木和茫然了。而晚霞则不然,它并不是每天都来,它若隐若现着,使人能够回味它的美丽,而真正的美是能吓退一切饕餮之徒的,天狗当然不敢对它下口了。

晚上舅舅和舅母回来了。舅母与人合开了一家私人旅店,这几天忙得不亦乐乎。我问她旅店是否满员,她连说还没有。可是外地传媒早已把漠河所有旅馆爆满的消息发布出去,说是无力接待了,提醒旅游观光者不要贸然前往。舅母说,住在她那里的基本是公安局的人,他们是来做保卫工作的。倒是有一些人住在私人家里,那多半是为了体验一下北极村家居的气氛和民风。而外面却传言说老百姓家均已住满,每宿80元都找不到地方。舅母听后说:"净瞎说!"

既然舅母那里还没满员,我想万一王无寺来,就可把他安排到那里。而王无寺能来,就一定会打听准了这里能否发传真。我问舅母,她有些自豪地告诉我,这里的邮局可发传真了,就是为了这次日全食,由县城到北极村铺设了一条光缆,这里也能打直拨电话了。舅母指着窗台的电话机说:"不信你给塔河打个长途,一拨就通。"我一试果然,听电话的是母亲,我先报平安,然后告诉她已到姥姥家里。于是姥姥过来和母亲说话,她用着很大的声音,以为长途要如此才能使对方听得清楚。结果她在结束谈话说过"再见"而放下听筒后,"再见"还在房间里余音袅袅。

姥姥炖了一只家养的大鹅,味道出奇地好,我为此喝了两杯果酒。晚饭后我由龙子带路到二姨的婆家串门。村路上人影憧憧,有的是外地人在观赏夜景,还有的是当地的小孩子在观看外地人。一家小饭馆的门前吊着一盏灯,下面有烤羊肉串的摊点儿。围着的七八个人,竟有两名白皮肤黄头发的外国人,他们举着铁钎子吃得津津有味。一条黄狗甩着尾巴在人的腿间蹭来蹭去的,一副馋涎欲滴的乞食模样。

二姨的婆婆我唤为王姥,已经80多岁了。童年时我常到她家串门。她很富态,大耳垂上吊着一副环形金耳环,说话慢条斯理,走路缓慢,笑起来眼睛里总是含着泪,让人觉得她的喜泪特别多。我推开门时见她正坐在厅堂的小板凳上织渔网,木梭子在她手中灵活地转动。她见了我"哎呀"叫了一声,慌忙站起来给我让座。她说:"你是回来看天狗吃日头吧?"我点头称是。王姥就说:"这回能多住些日子?"我说看完日全食就走。她便嗔怪我每回都是来去匆匆。我们正说着,王姥的外孙女小英回来了,她去年刚从卫校毕业,在乡卫生院当医生。她说这几天很忙,一些外地人来这里不适应气候,伤风感冒的很多。她说刚刚有一个从北京来的孩子住进了卫生院,他高烧38.7℃,他父母急得都快哭了。

"那孩子是不是叫毕亮?"我说。

"对呀!"小英说,"你认识他?"

"我在火车上见过他。"我说,"我还以为他们一家人在西林吉呢。"

"我给那孩子打了吊瓶。"小英说,"但愿明天就能见轻。"

小英是抽空回家来吃饭的,她马上还要回卫生院值夜班。我便提早告别王姥,随着她一同去看毕亮。

毕亮烧得双颊赤红,他躺在病床上不停地咳嗽。他妈妈告诉我,他们在西林吉下了火车后想停一夜的,可出了站台后怎么也找不到记者的接站车。他们只好打了一辆车进城,然而在好几家旅馆都没找到床位。好心的出租车司机就把他们一家三口带回家中。他们本想在他家住下,可是在闲聊中意外得知北极村不仅有住处,而且因为人烟稀少,空气透明度高,观测日全食比西林吉还好,所以就想连夜租车来北极村。司机嫌天太晚,夜路不好走,没有答应他们的请求。不过司机想起邻居家来了位在北极村开车的亲戚,他是来城里为各家饭店购买新鲜蔬菜的,要连夜赶回。于是司机就去邻居家询问,可巧车还没走。他们一家人就顺利搭上了来北极村的车,到达这里时已是半夜。也许是因为夜里在路上着凉了,车里暖气不足,所以毕亮突然病倒了。我十分歉疚地对毕亮的母亲说,当时下了车应该等等他们,我只顾自己先走了。

毕亮气喘吁吁地插言道:"我知道你为什么急着出站,你要甩开那位天蝎座的叔叔。"

我笑着坦白:"可最后还没有甩开他。"

毕亮精神了一下,他说:"他也来这里了?"

我摇摇头,说:"不过我猜他也快跟来了。"

"那可太好了。"毕亮说,"我还挺想他,他可千万别把破眼镜换成好的,那样就没意思了。我一想着为他治干嗝的事就想笑。我猜他要是真的忘了拉裤子的拉链,肯定再也不敢上街见人了,他爱面子。"

看毕亮说话的神情,我猜他输过液后肯定会退烧。我宽慰他父母说,小孩子发烧都是来得猛、去得快,不必太担心。我还指着小英对他们说,她是我的远房亲戚,一定会尽力照顾好毕亮的。毕亮的父母感激地看着小英,连连说麻烦了。我又问毕亮想吃点什么,我可在姥姥家为他做。毕亮的父母连说不必了,他们所住的那户人家对他们很好,比在家里还让人觉得温暖。仿佛是为了验证他们的话似的,房主忽然带着一身寒气提着饭盒进来了,他说给毕亮烧了鱼汤。

龙子一直躲在我身后一声不吭地看着毕亮,后来他发现地上有一个小药瓶,就俯身去捡。这时毕亮对他说:"那药瓶脏,不能用手去抓,有细菌的。"说完,他一阵猛烈的咳嗽。

龙子还是把药瓶抓在了手里,他说:"你都咳嗽成这样了还管人?"

我们笑了。我把龙子介绍给毕亮,毕亮问:"你去过北京吗?"

"不就是电视上那个天天升旗的地方吗?"龙子说,"没去过。"

"什么时候你去北京,我带你出去玩。"毕亮说。

"有什么好玩的?"

"去故宫、北海、颐和园、什刹海、动物园、长城……"毕亮的声音嘶哑了,"好玩的地方多着呢。"

"北京那么好玩,天狗怎么不在那里吃日头呢?"龙子说。

我们又一次大笑起来,毕亮父母脸上的焦灼神色也减轻了不少。我告别他们,和龙子从卫生院出来。龙子告诉我,这几天彗星已经出来了,早晨四五点钟时它就拖着小尾巴在东北方向一闪一闪的,有很多人已经看见过它了。我问龙子看见过没有,他说他那时候睡得正香,根本起不来,听人说那彗星并不太漂亮,就跟电棒的光一样。我便对他说:"那你明天起个大早,看看彗星究竟是个什么模样。"龙子不以为然地说:"要是能看见天狗我就起来,彗星有什么意思。"

3月8日的北极村天清气朗。阳光使白雪泛出淡蓝的幽光。早饭一过,我就去乡卫生院,小英告诉我毕亮已经退烧,虽然还是咳嗽不止,但看上去问题不大,他们已经回房主那里了,下午还会再来打一次吊瓶。我便放心地出了卫生院,准备到江边去转转。沿路能看见许多人走来走去,狗也显得格外活跃,它们在巷子里东游西窜。一些人家的牛在栏里安闲吃草,偶尔也能撞见推着架子车吆喝小买卖的人。走到老街基的高岗上,远远便望见黑龙江畔游人很多,有七八台车停在那里。我走向江边,看见一辆大客车的挡风玻璃上贴着一条红色标签"记者接待车",便想也许王无寺跟这车来了,所以就有意识地四下寻找,见许多人的胸前佩戴着浅蓝色的记者采访证,可并没有发现王无寺。很多人在江中央的国界标志前拍照,对岸俄罗斯的山峦和原野近在咫尺,仿佛手臂稍长一点,就会把那里的一个树杈折过来。我的眼前依稀浮现出童年的生活情景,那时站在东窗前,就可望见对岸的风景,不过那时我们还叫它"苏联"。有心情站在窗前时,多半是夏季,那山也是青山,浓翠浓翠的。如果它是被阳光照耀着,那青山就给人一种绿得流油的感觉;而如果它是被雨笼罩着,那青山就给人一种绿得忧伤落泪的感觉;而如果它是被乌云覆盖着,那青山则给人一种历经沧桑的庄重感。如今它们消去了绿意,只有一种仿佛锈蚀了的深褐色在白雪斑驳的大地上寂寂地悬挂着,让人联想到一些泛黄的老照片贴在那里。

我沿着国境线慢慢向北行走,这时看见四人组成的边防巡逻队牵着两只警犬在冰封的江面上跑来跑去,另外一侧有十几名摄影和摄像记者正把镜头对准他们。他们跑起来时腾起阵阵飞扬的雪粉。当他们脱离镜头后,记者当中就有人挥手示意让他们再来一遍,于是他们又在没膝的雪中跋涉到起点,重新再跑一次,如此重复了三四次。然而大概记者还想捕捉到更动人的瞬间,所以再次挥手让他们回到起点。四名巡逻兵看上去有些力不从心,警犬也显得不那么矫健了,他们慢吞吞回到起点。待到又一次要起跑时,警犬却呜呜叫着后退,不肯向前,巡逻兵就用它们颈下拖着的黑皮带拽它们。然而警犬依然反抗着竭力后仰,决不肯前进一步,看来它们对这把戏已经厌恶透顶。警犬不合作了,巡逻兵也无可奈何,那些记者只好将炮筒似的镜头转向别处。他们开始拍刻有"北极村"名字的石碑,拍石碑前的一棵伞状的杨树,拍那群拖着清鼻涕瞧热闹的本地孩子,拍远处一座座的木刻楞房屋。天空实在太晴朗了,不然他们也许还会拍到白云。我拉住一位记者,向他打听是否认识一个叫王无寺的人。那人摇摇头,说来的记者太多,大多都互不相识。他告诉我记者分为两批在北极村活动,一部分在江边,一部分去了地磁台,他们午饭后再集结在一起向回返。

  地磁台离江边有很远的路,步行至少要半小时。因为没有风,所以并不觉得冷,我就沿着雪路步行而去。沿途经过两户卖鱼的门市部,不过看上去门庭冷落,不知是鱼无人问津呢还是已经卖空了。不断有各种车辆往来于村子与地磁台之间,有时那车突然戛然而止,我便以为车上坐着王无寺,他认出了我,然而下来的人基本都是看上了某一处雪景而摆个姿势拍照。

  地磁台在北极村的西方,是中科院地球物理所建立的长期科研点,前面是一片又空又阔的麦地,而背后则是一片坟场。夕阳每天就从坟场那一侧落下,让人觉得已故人仍然渴望着太阳,哪怕能接纳它的余温也好。也使人联想到夕阳沉入地平线后,有无数的幽魂在围着它舞蹈。猩红的夕阳,微蓝的幽魂,那情景一定凄切动人。地磁台的小房子很矮,院子里安置着许多台高倍天文望远镜,它们把长长的触角伸向天宇,极像一条条挺起身子的巨蟒。紫金山天文台借用地磁台站安装了一台日食光谱仪,据说这种仪器在世界上只有两台,另一台在美国,所以它吸引了大多数记者的目光。然而我左转右转,却独独不见王无寺,想必他真的不来北极村了。这有点使我失望,草草转了一圈,见日头已经逼近中天,就赶紧回返,以免姥姥着急。麦地丰厚的白雪上落着一群麻雀,它们跳来跳去的,很像是一摊墨在洁白的宣纸上流动,这幅巨大的天然丹青画卷给人一种眩晕的美感。

姥姥已经煎好了香喷喷的江鱼,灶上的锅里还炖着鸡。她告诉我,气象站预报明天晴天,不会有云彩,而且无风,肯定能够观测成功。她还说乡里发了通知,所有的马爬犁在这三天不许进山,私人车辆也不许通行,怕阻塞了交通。西林吉由于住户比北极村要多上十几倍,而且直播日全食的现场设在那里,所以规定城里在3月9日凌晨一律不许生火,以免炊烟不绝如缕地上升而使能见度见低影响观测。

姥姥说:"不让点火还不把人给冻死?"

姥姥又说:"明天天狗要是不吃太阳,不是白白来了这么多人?"她把"吃"说成"差"。

"科学家是不可能预测差的。"我宽慰她。

"哼,要是不吃的话,那可丢了大人了。"姥姥一摇头,顾虑重重地说。

我望着姥姥的背影暗自笑了。

午饭后龙子闹着让我领他出去玩,我说自己已经溜达了一上午,腰酸腿疼了,他就一撇嘴说:"你可真不抗走,还不如蚂蚁呢,蚂蚁都能满村子爬!"说完,他戴上棉帽子,很响亮地把两线粗粉条似的鼻涕抽回鼻孔,体体面面地跑出去了。我酒足饭饱后听着挂钟单调的摇摆声,便有一种昏昏欲睡的感觉,于是就舒舒服服地躺在火炕上睡觉。梦里竟然见到与这季节相悖离的彩虹,它们一共两道,一东一西地遥遥相对。它们拱形的姿态切割着灰蒙蒙的云气,使人觉得那是天的一双明媚的大眼睛在闪烁。醒来后姥姥在灶房剐鱼,手上沾满了鱼鳞。她告诉我,刚才广播通告了,说是明天观测时不能直接用眼睛看,以免弄伤了眼睛。没有观测卡的,可以用相片去看,或者是把玻璃片涂上墨汁。我听后笑着纠正她,不可能是用相片看日全食,而是用完全曝光的照相底片去观看。姥姥说,过去天狗吃日头时,她们都是直接用眼睛去看,也没听说谁伤了眼。若真怕它伤眼,就端一盆清水放在院子中,去看它浸在水中的影子,一样一清二楚。姥姥又说,现在的天狗要作践人的眼睛了,真是越学越坏了!我听后不由得哈哈大笑起来。这时龙子推门回来了,他先是把棉帽子摘下扔到沙发上,然后就跑到灶房翻吃的东西,他跑饿了。他的脸蛋被冻得通红,两道鼻涕又调皮地跑出来了。他告诉我他见到了那位生了病的从北京来的小哥哥,他在江沿用望远镜照对岸。"把人家树上的鸟都照进去了。"龙子说,"我拿过望远镜看得清清楚楚。你说那鸟被照了后还不得跑了魂儿?"这下是姥姥笑出了眼泪,她对我说,北极村的老人们上了岁数后都很忌讳照相,认为照一次相人的魂儿的精气就会走散不少,平素常把这话挂在嘴上,龙子就信以为真了。不过他把鸟和人混为一谈了。他还说毕亮的妈妈向他打听我,问我什么时候离开。我问他怎么回答的,龙子一扭头说:"我跟她说,天狗一伸回长舌头,你就会走。"姥姥嗔怪龙子:"你就不留姐姐多住几天?"龙子说:"她回来又不是为了住,是为了天狗。天狗没了,她不就得走啊?"他颇为精辟地推理道。

天色已昏,不过那昏暗也是一种清澈的昏暗,给人一种干干净净的感觉。姥姥告诉我,天狗吃太阳时,要把铁桶倒扣在板障子上,咚咚咚敲打它,或者干脆敲盆敲碗,以此吓跑天狗。当然有炮仗的人家还可以放鞭炮。鞭炮一旦密集地响起来,天狗便会落荒而逃。不过我想那天狗正吃在半饥半饱处,逃时未必有足够的力气。

晚饭即将开始时,院子中的狗狂吠起来。龙子跑出去迎人,不一会儿就独自返回来了。姥姥问他:"谁——"这时狗仍在吠叫,看来来人仍在大门口等待着。龙子指着我说:"一个我不认识的人,要找我姐姐。我得让姐姐认了他,才能领进来。"我心中已经明白来人是谁,连忙随着龙子出门。果然是王无寺!他穿着又蠢又笨的羽绒衣,依然戴着那副残破的眼镜。他见了我显得很兴奋,连连说:"我都闻到姥姥家的菜香味了!"

既然他鼻子如此灵敏,晚餐又已经在桌上了,姥姥便热情邀他同吃。王无寺也不客气,脱下羽绒衣就坐在餐桌旁的一只方凳上。龙子用眼睛觑着王无寺,然后埋下头偷着乐,我明白他在嘲笑他的眼镜。王无寺告诉我,他是今天上午同记者采访车一道来的,他先找了个人家住下。那家靠近江畔,姓郑,祖孙三代同堂,家庭气氛很好,每宿只收他50元钱,还包括每日三餐,他就是向他们家打听到我的住处的。

"你离开西林吉时也不告诉我一声,那天中午我订了两道好菜!"王无寺埋怨道。

"我告诉老板娘为你减掉一个菜的。"我说。

"真的?"王无寺一仰头说,"老板娘可是没说。我中午回去时,要的菜全在桌子上了,吃得我肚子圆得不敢弯腰。"

"那你拉一泡屎不就松快了吗?"龙子插言道。

王无寺很认真地对龙子说:"消化要有个过程。"

姥姥用眼睛眨了龙子一下,示意他不要插大人的话。

王无寺接着眉飞色舞向我报告他昨天的两篇新闻快稿,一个是有关火灾纪念馆的,一个是关于日全食现场直播情况的。他首先介绍为了确保转播的顺利进行,中央电视台在三个月前即租下了泛美2号卫星线路,此外,还将动用一台移动卫星地面站、2辆转播车、6套微波、15台摄像机……可在安装调试移动卫星地面站时,却出现了意想不到的事情。这套由英国制造的最先进的设备,高功放却出现了故障。

"晚饭后所有的技术人员都到漠河三中四楼,研究怎么排除故障。如果排除不了,只能请求再送一台高功放来。可离直播只有30多个小时了。北京方面已经考虑请求空军支援来送一台高功放。晚上10点多钟,有一个人突发奇想,说是不是高功放被冻住了?虽然设备上标明它在零下四十度仍可照常工作,但没准在漠河患了'感冒'。于是高功放被抬上四楼,找来两个2千瓦的大灯,外加电吹风,对它一通温存关怀,最后它居然真的好用了!"

我笑了:"要是它一直'感冒'下去,明天的现场直播就砸了。"

"你说这是多么有价值的新闻呐。"王无寺沾沾自喜地说,"我连夜写好稿子,凌晨传真回去。"

"什么叫'现场直播'?"龙子问。

"就是这里发生的事同时能传到世界各地。"王无寺说,"这里天狗吃太阳,别的地方的人就能通过电视看到。"

姥姥不由得慨叹一声:"现在的人可真能。"

饭后王无寺满嘴油光地与我聊天。姥姥见我们谈兴很浓,便要领着龙子出去串门。这时王无寺起身对姥姥说,他想和我到外面走走。姥姥很开明地说:"那你们就出去说话,还可以看看景儿!"姥姥接着吩咐龙子去后屋把她的老花镜拿出来,她要补一只袜子。我明白她是怕龙子跟我们出去,而有意支开他。

结果到了户外我们却无话了。空气是那种冰冷的清新,使人呼吸后浑身为之一振。我们慢慢走到南边的松树林前,那一带没有灯火,因而它上面的星空就给人一种极其灿烂的感觉。仿佛那棵棵松树是一条条鱼,天地间流动的空气是浩渺无边的水,而每一颗星星都是鱼吐出的一串串向上浮动的金色的气泡。至于我们,也许是水底的两根孱弱的水草。

王无寺终于开口说话了,他说我说得没错,这里的女孩子的确生得很灵秀。郑家的一个女孩叫郑雪,16岁,肤色白里透红,眼睛很大,一说话就笑,她领他认识了地窖。

"真不敢相信,外面这么厚的雪,地窖里的菜还新鲜着。"王无寺突发奇想地指着天空说,"新鲜得就像那些星星!"他接着对我说,明天他选择了一个最好的观测拍照点,不过那地点暂时保密。观测完他会把那地点告诉我,保证是最独一无二的。

"我明天一观测完就返城,所以你最好现在告诉我。"

"你就那么急着走啊?"王无寺有些泄气地说,"今晚咱们就算告别了?"

"是的。"我说。

"那我也不告诉你我的观测点。"王无寺很孩子气地说,"将来我写信告诉你。"

"反正你不可能飞到天上去观测。"我说,"不告诉也罢。"

"你是说我不必写信给你了?"

我不置可否地付之一笑。

"认识你我很幸运。"王无寺突然压低声音说,"你要好好保持自己的这种自由状态,不要轻易嫁人。将来我可以去哈尔滨看你吗?"

"如果是因为工作顺访当然欢迎。"我说,"如果是专程来看我则大可不必。"

王无寺沉默了一刻。最后他突然想起什么似的用响亮的声音对我说：“对了，我得回去了。郑雪说她晚上给我氽狍子肉丸子汤喝，她肯定等急了！"

我与王无寺握手道别，他的手心湿津津的，仿佛他刚握化了一把雪。

姥姥正守着电视看《宰相刘罗锅》，看得笑意蒙蒙，她见了我便指着电视说：“这个罗锅子真是笑死个人。天不怕地不怕，就怕他的老婆。"

荧屏上的刘罗锅正卑躬屈膝地对着老婆"夫人、夫人"地叫个不休。他那夸张了的谦卑和讨好的确惹人发笑，可我无论如何笑不起来。

天上要出现大事故的日子终于寸寸逼近了。3月9日一大早，天还灰蒙蒙着，姥姥就起床去灶房生火。我虽然已经醒了，但由于被窝实在太暖和了，所以想再赖一会儿。然而不久龙子就噼噼啪啪地走进我住的屋子，用冰凉的小手揉着我的胳膊说："姐姐快起来吧，一会儿天狗就该吃太阳啦！"

我只好钻出被窝，哈欠连天地穿衣服。龙子在一旁使劲抽着鼻涕，告诉我他到外面看过了，天上连个云彩丝儿都没有，晴极了，地上也没有风呜呜跑，一会儿保证能清清亮亮地看见天狗。

吃过早饭，大约是7点半，舅母一身油烟气从饭店回来，她送回了几张完全曝光的底片。我已经有了一片中间镶了减光膜的观测卡，所以就唤龙子用底片。舅母告诉我，她为我联系好了县公安局返城的车，他们在她的饭店吃过午饭后就出发，让我收拾好行李。舅母还说，有家电视台现在就开始拍老人们敲盆敲碗的镜头，有很多人在那围观，大家都说，天狗还没吃太阳呢，怎么就先敲上了？这不是弄假吗？我说电视台的人千里迢迢赶上这么一个千载难逢的机会，当然是公私兼顾了。日全食只持续2分46秒，若是那一瞬间他们埋头工作,就会与这壮丽的瞬间失之交臂,所以要提前把生米煮成熟饭。这时龙子恍然大悟地说:"电视也能造假啊。"

舅母说住在她们饭店的人都去江边观测了,问我去不去。我说我就站在家门外的空场上看。她接着给正在转播台值班的舅舅打了个电话,对他说:"天狗把太阳要全吃了的时候,你抽空儿回家放挂鞭。"她放下电话后歉意地冲我笑笑,说她得赶快回去准备菜。"你回来这两天忙得我都没顾上跟你唠会嗑儿。"她说。"我希望你天天这么忙,生意就永远红红火火。"我说。"哪能呢——"舅母说,"这是百年不遇一回的事儿。"

姥姥果然把仓房的洋铁皮洗衣盆拿出来,盛了一盆清水进去。打算着搬到院子里。龙子这时提醒她,等天狗开始吃时再搬出去,不然那水非要冻成冰不可。

日全食发生前的一个小时的晴朗给人一种格外漫长的感觉,因为我担心那晴朗会风云突变,哪怕有一片云彩在日全食发生时向着太阳飞来,天空中大面积的晴朗也就显得无所作为了,因为云彩会像天幕一样遮住事故发生地的一切故事。

8点6分,太阳终于出现了初亏,透过观测卡,可见那轮圆圆的太阳微微缺了一弯银边,仿佛哪个巧手的女人从它身上抽了一根丝线。只是不知那丝线是缝了馈赠男人的香荷包还是缝了小孩子的红肚兜。我和龙子站在大门外的空场上,不远处一家仓房的棚顶上有五六个男孩子在跺着脚冲天吆喝:"天狗出来了!"不过并没有敲击铁桶的声音传来,也许还不到敲的时候。8点30分左右,太阳的缺口越来越大,残缺的太阳像一只受伤的白鸽在瑟瑟发抖。我开始觉得周身发冷,气温随着天色转暗而明显降低。龙子不停地问我,太阳都被吃成这副样子了,怎么还不见天狗的影子。我告诉他天狗很狡猾,它躲在太阳背后偷偷地吃,所以我们看不见它。

北极村显得无与伦比地宁静，就连先前在仓房上叫嚷的孩子也不见了，他们肯定又跑到另外的地方去观测了。观测卡里的太阳很匀称地慢慢失却着血肉，可见这太阳其味甘美，天狗吃得很仔细，也许它还会把宇宙的清风作为美酒来时不时地啜饮一口呢。临近9点的时刻，姥姥把一盆清水搬到院子，她俯身看水的一瞬不由得"哎哟"一声，说道："给吃得这么没精气了，真是——"我便回到院子去看水中的太阳，它形如月芽，瘦得像棵被风吹弯了腰的枯草。我真想把它从水中捞起，把它藏到一个天狗看不见的地方，让它留有一分血肉。然而它是无可奈何地越来越伶仃，到了9时8分，它完完全全地消失了！

太阳彻底被月亮遮住了，我扔掉观测卡，此时鞭炮声接二连三响起，狗叫声连成一片，天色已暗，仿佛万劫不复的长夜已经来临。我用肉眼直接面对着天空那团暗影，这时它的周边忽然涌起了许多毛茸茸的银白色光线，它们颤颤欲动着，仿佛一群飞舞的银鱼，这就是日冕的情景。在它的上方，有两颗很亮的星星像神灯一样勃勃闪耀着，我想有一颗一定是毕亮所说的水星。那一瞬间我被太阳与月亮这种完美的重合而深深震撼了！我不再相信是天狗在吃太阳，而深信是遥遥相望的太阳和月亮在经过了漫长的煎熬和等待后，终于如愿以偿地接近和相拥了。月亮遮住太阳的那2分46秒，它们一定是在热烈"做爱"，不然它们周围怎么会如此流光溢彩！那种安静背后的绚丽，动荡之后的辉煌！我蓦然想起了周方庐，如果此刻他站在我旁边，那么他的怀抱无疑会成为我一洒热泪的地方。我悉心等待着那颗被传媒炒得几乎要焦了的彗星，然而它一直未露真容，直到那像黑盘子一样的太阳的暗影里突然跳出一个亮点，贝利珠荧光闪烁地形成，太阳开始了复圆的旅程，彗星也没有出现。

我觉得从未有过的寒冷，一种从头到脚一贯到底的寒冷，至少有零下四十度的样子。院子里遗落着猩红的爆竹碎屑，舅舅站在门槛前一声不吭地吸烟。我想人们之所以要放鞭炮，并非为了吓跑天狗，而是用响声来给自己壮胆，看看这世界是否仍能回荡着人类所制造的声音。而那颗没能如约而现的彗星，大约是它觉得不该用亮色来搅扰太阳与月亮所营造的那种温存的黑暗，所以它才善解人意地隐藏在天幕深处。

太阳渐渐复原了，雪地上又有光芒萦绕了。狗安静地在小路上走来走去，3000年一回的盛事就如此转瞬即逝。也许是哀怜月亮的离去，太阳的复原显得无比忧伤。它的光芒纤柔飘逸，让人不忍触摸。这时姥姥问我："那颗彗星怎么没出来？"我说也许是由于天色不如想象的那么黑暗，所以它就显现不出来。可姥姥却一针见血地说："那别的两颗星不是出来了吗？"我无言以对。我走回屋子，电视的现场直播里正有一位科学家在讲话，他很遗憾地说自己受命寻找彗星，可是没有找到，很对不起大家。彗星没有找到，日全食他也没有看好，他颇为沮丧地说。他作为科学家的坦率令人钦佩。

从残缺的太阳中流泻下来的光芒给人一种水洗般的感觉，仿佛太阳在洒泪。我穿过乡政府，打算去跟毕亮告别。有一家电视台正在采访当地居民，询问他们刚才观测日全食的感觉。有一个60多岁的老人抄着袖子在嘶嘶哈哈讲话，他的胡子上挂着白霜。他讲话时有条狗在他的裆间钻来钻去的，所以他谈感想时把狗也捎带进来了："啥感觉？觉得天狗有点不自觉，吃得太阳一点不剩，还不如我袴裤裆里的狗仁义呢，它每顿吃食儿还要剩点儿！"

扛着摄像机的记者忍俊不禁地笑歪了身子，我想他这段资料算是白录了，因为无论如何剪辑也登不了"大雅之堂"。

过了乡政府,我才觉得要去的目的地一片茫然,因为毕亮所住的房东家我并不知道。虽说北极村并不大,可一户户问下去,也终究不是办法。我想起了小英,她该知道毕亮的住处,于是就朝卫生院走去。才走进院子,迎面便撞见头裹绷带、苦不堪言的王无寺!有个肤色白净戴绿围巾的女孩跟在他身边。王无寺见到我,一副欲哭无泪、悲哀已极的表情。我连忙问他怎么了,他的嘴唇哆嗦了许久,终于泣不成声地说:"全完了——"原来王无寺选中了郑家前菜园的一座草垛作为观测点,一大早他就把照相器材扛到了草垛上。他十分顺利地拍到了太阳初亏的情景。然而到了最激动人心的食甚时刻,他却连人带照相机一同跌入草垛深处!原来郑家有个淘气的男孩,秋天时常和小朋友在草垛捉迷藏,他们便把草垛中央用柳条撑开了一个洞,搭成一个温柔的陷阱。一个冬天过去,大家早把那陷阱忘了。而王无寺不是由于冻僵了在草垛上不停地跺脚,也不至于跌入深渊。他坠入其中到扑腾出来足有五分钟的时间,仰头望天,恨不能自己永远下到地狱去,日冕和贝利珠的情景已杳然而去,最糟糕的是照相机的镜头也被坚硬的柳条给划破了。王无寺指着自己的额头说:"这里划了两寸长的口子,刚才流血流得我都晕了。"郑雪并不像王无寺所说的那样是大眼睛,而是细小的眼睛,不过极有韵味。她在王无寺痛诉经过时偷偷地抿着嘴乐,王无寺说她爱笑倒是不假。

"你干吗要选择草垛作为观测点?"我说。

"我想离天更近一点!"王无寺很委屈地说,"而且这世界上有多少美好的故事都发生在草垛上啊。"

他的话使我哭笑不得。他忧心忡忡地说自己这次回去肯定要受到处分,房子也会永无踪影。他没有想到有了个轰轰烈烈的开头,却落了个悲惨的结局,这是命。我启发他说,也许事情并不像他想象的那么糟糕,他可以求助于一位摄影记者,弄一些食甚时刻的照片,然后按部就班、若无其事地继续向回发稿。

"可我并没有在那个时刻身临其境,我怎么写?"

"你可以向观看了全过程的人打听嘛。"我指了指郑雪,然后又说,"而且想象的文笔有时会更灿烂!"

"倒也是——"王无寺立刻精神了,"谁又能相信我没有看到食甚的情景呢?谁又能知道我掉进草垛里了呢!"

王无寺终于振作起来了,他让郑雪马上陪他去地磁台,先与聚集在那里的摄影记者联系。

小英不在卫生院,值班医生说凌晨4点多她就被人叫走了,有个从北京来的孩子出现了39℃的持续高烧。我心下一惊,知道那孩子定是毕亮,忙问他所住的人家该怎么走。医生说:"那孩子住在老肖家,供销社后面的第三趟房紧把东头的就是。"

毕亮躺在火炕上,小英正在给他输液。他的父母熬红了眼睛。小英说,毕亮现在还在低烧,所以要持续输几天液来巩固一下。毕亮见到我很虚弱地叫了一声"阿姨",然后笑了笑。这两天他明显消瘦了。他告诉我,他刚才在观测日全食时还发着高烧,父母把他放在肖家的一块大面板上,当作担架抬他到院子。他眼花缭乱,觉得太阳周围到处是星星,满天霞光飞舞,那种情景以往只在他梦中出现。后来他听见狗叫声连成一片,知道是食甚时刻,他有一种在黑暗中下沉的感觉。而且他看见了天狗!

"这怎么可能!"我说,"你是花了眼了!"

"真的!"毕亮急切地说,"地上的狗叫个不休的时候,我就看见太阳周围有一团巨大的暗蓝色阴影,形状跟狗一模一样,后来我就突然看见它伸出了红色的长舌头,一条长尾巴还一摇一摆的!"

毕亮的父母说,毕亮本来已经见轻了,可昨天晚上为了观测海尔·波普彗星,他一直在外面站了两小时,回来后便高烧起来。

我问毕亮:"你看到彗星了吗?"

毕亮努了一下嘴,然后点点头竖起了大拇指,说:"它真棒!"

"你虽然眼睛发花,误以为看见了天狗,但毕竟还是看了全过程。"我对毕亮说,"在火车上的那个王叔叔,他才惨呢。"

我将王无寺的遭遇复述了一遍。毕亮的爸爸不由得慨叹:"这小伙子可真可怜儿!"

毕亮的妈妈则笑着说:"年轻人也这么迂腐。"

毕亮说:"从我看见他戴着那副破眼镜的时候起,我就知道他这一路的运气好不了。"

我对毕亮说,我看见了两颗很亮很亮的星星,肯定有一颗是水星。

"除了水星,另一颗应该是金星。"毕亮说。

我吻了一下毕亮的额头与他告别。毕亮十分难为情地抚摸了一下被吻的地方说:"外国人才兴这个呢。"

公安局同志的午餐一直持续到午后3时,所以与姥姥的告别就一拖再拖。我一次次地走到大门口去看车有没有来,因为漫长的告别会更加使人愁肠百结。太阳虽然恢复了常态,但它总给人一种恹恹无力的感觉,仿佛它在忧伤而甜蜜地回味与月亮合欢的情景。绿色的212型吉普车终于像大蚂蚱一样一蹦一蹦地来了。除司机外,车上的其他人都喝得红光满面。姥姥一再嘱咐司机要慢些开,然而一出了北极村车就开始像小马驹一样撒欢儿地跑起来。几个人开始肆无忌惮地相互取笑。笑声像质地极好的铜钱一样在银光闪烁的雪地上叮当跳荡。路面的积雪被往来的车辆轧得结实而又明滑,路两侧的沟壑枝丫纵横。大家七嘴八舌地嘲笑科学家所预言的彗星并没有在日全食时出现,这时突然有一个人恶作剧地从后面拍了一下司机的肩膀,说:"快看!彗星在那儿!"

司机一偏身子仰头的瞬间,吉普车突然急遽偏离车道左转,刹那间便一头栽进深沟!我坐在副驾驶的位置上,能明显感觉到汽车在短暂的几秒内飞翔的感觉。车体几乎倒立起来,我的身体惯性前倾,眼睁睁地看着一棵白桦树就在挡风玻璃后面向我凛然微笑着。如果俯冲时马力更足一些,这棵树就会穿破玻璃朝我而来,后果不堪设想。短暂的几秒静寂后,大家才醒过神来,纷纷拉开车门出逃。

是沟谷里丰厚的积雪挽救了我们的性命。我吃力地爬上公路,惊魂未悸地看着那辆像螃蟹一样四脚横出的车。几位警察的酒已吓醒了大半,他们开始在路中央截车,希望能把抛锚的车拖出来。然而过路的大都是轻型轿车和面包车,根本无力把车提出深渊。一名警察只好搭车去老沟向驻军部队求援,只有拖拉机前来才会有救。我站在路边望着蜿蜒的雪路和无边的苍褐色森林,忽然有一种要哭的欲望。我不时抬腕看手表,要想准时返回西林吉搭乘傍晚的火车已不可能。但我还是抱有一线希望地与几位警察商量了一下,我想截一辆车先走,不能与他们在这儿共患难了。他们十分大度地说没关系。然后几经周折总算有一辆车同意将我接纳,我坐在丰田面包车放备用胎的地方,弯着腰头顶车篷,像被押解的囚犯一样向西林吉前进。车里除我和司机外,其他人都在酒气熏天地呼呼大睡。我问司机,为什么我截的几辆车都有空位,可人家却不愿意捎我!司机说:"因为你是出事的那辆车上的人,人家忌讳。"

原来如此!他们怕是把我当成那种专给人带来霉运的"扫帚星"了!

司机又说:"我看你都要冻透了,就捎上你。这路太滑,你没看车直掉腚儿嘛,不过慢些开就是了。"

到达西林吉时火车早已离站,天已经黑透,我只好再等待深夜 11 时的那趟。我步态踉跄地独自走进一家餐馆,要了一瓶酒和两个热菜来为自己"压惊"。然后我又酒气熏天回到冷风呼啸的街头。街上的车流量依然很大,大概要一两天之后所有的外地人才会被完全疏散出去。每一盏街灯都给我一种格外湿润温暖的感觉,我真想摘下一盏提在手中。我走进邮局,在空荡而干净的大厅里给妈妈和姥姥各打了个电话通告平安,之后我不假思索地拨了周方庐的手机号码,那完全是一种下意识的举动,因为我不相信会听到他的声音。

然而几声蜂音过后我竟然清晰地听到了周方庐的声音!我先报姓名,然后告诉他我在漠河。周方庐立刻说:"难怪,我一直往你家打电话都没人接。我三天前来到哈尔滨,现在正在阎家岗机场,再有半小时就该飞离哈尔滨向回返了。"

我只觉得一阵头晕目眩。

"我是来奔丧的,我姑姑去世了。"周方庐说,"你去漠河一定是为了看日全食吧?"

我声音颤抖地说:"是的。"

"那里很冷吗?"他又问。

"是的。"我依然颤抖着说。

"看见彗星了吗?"

"没有。"我觉得声音越发颤抖,而且腿也开始打哆嗦。我为了看一颗未曾露面的彗星,却错过了与我最魂牵梦系的朋友相聚的机会!

"日全食一定很壮观吧?"

"是的——"我竭力提高嗓音说,"我看见太阳和月亮做爱了!"

"什么?"周方庐温存地问,"你没事吧?"

"我没事,能在这个夜晚听到你的声音我很幸福,从未有过的幸福,真的!"我觉得眼泪就要夺眶而出了,于是赶紧放下电话。值班小姐在收取电话费时很关切地看了看我。我冲她凄然一笑,说:"我喝酒了。"

值班小姐善意地说:"出去吐一下就会好受些。"

我走出邮局,站在无人注意的黑暗而冰冷的大街上,打算痛痛快快地哭上一场。可我无论怎样努力,先前萦绕于眼眶的泪水却悄然收敛了。而我的内心却有一种又咸又涩的感觉,我知道那泪水正一滴滴朝那流去。因为从眼里流出的泪是水,而流向心底的泪则是血。

1997 年

踏着月光的行板

　　林秀珊每次来到火车站,都有置身牲口棚的感觉。火车的汽笛声在她听来就像形形色色牲口的叫声。有的像牛叫,有的像驴叫,还有的像饿极了的猪的叫声。所以那一列列的火车,在她眼里也都是牲口的模样。疾驰的特快列车像脱缰的野马,不紧不慢的直快列车像灵巧的羊在野地中漫步,而她常乘坐的慢车,就像吃足了草的牛在安闲地游走。

　　没有跟王锐打招呼而直接去探望他,这在林秀珊是从未有过的事情。所以登上火车的那一瞬间,她有些激动,甚至脸热心跳,就像她第一次被王锐拥抱着一样。

　　这列慢车是由齐齐哈尔开往哈尔滨的。林秀珊在大庆让湖路区的一家毛纺厂的食堂打工,所以她去哈尔滨看王锐,总是由让湖路站上车。能在让湖路停车的,通常都是慢车。林秀珊也不喜欢快车,快车比慢车票贵;还有,高速运行的特快往往使旅客看不清窗外的风景,而坐在慢车上,却能尽情饱览沿途风光。在林秀珊看来,乘火车不看风景就是傻瓜。即便是单调的树、低矮的土房和田野上的荒坟,她都觉得那风景是有韵味的。这些景致本来是死气沉沉的,可因为火车的驶动,它们就仿佛全成了活物。那树木像瘦高的人在急急地赶路,土房就像一台台拖拉机在突突地跑,而荒坟则像一只只蠕动的大青蛙。由于爱看风景,林秀珊在购票时总要对售票员说一句:"给我一张靠窗口的。"

　　林秀珊和王锐结婚六年了。他们是在老家下三营子村结的婚。下三营子有一百多家农户。原来那一带土质肥沃,风调雨顺,农作物连年丰收,下三营子的人日子过得衣食无忧、自足康乐。可近些年由于附近市县滥伐林地,大肆开垦荒地,土地沙化越来越严重,村中那条原本很丰盈欢腾的地根河业已干涸,农作物连年减产。春季的时候,风沙大得能把下到土里的种子给掘出来,下三营子的人纷纷外出,另谋生路。王锐和林秀珊就是这众多外逃人员中的一对,他们同大多数农民一样,选择的是进城打工的路。

王锐会瓦工活,他在哈尔滨找到了在恒基建筑公司当建筑工人的活儿。林秀珊本想也在哈尔滨打一份零工,这样和王锐见面方便些,然而几经周折,她的愿望都落空了。林秀珊中等个,圆脸,肤色黝黑,眼睛不大,鼻子有些塌,虽然五官长得不出众,但因为她面目和善,还比较受看。不过,她的牙齿难看极了。下三营子的人多年来一直喝地表水,喝得人人都是一口黄牙。别的女人生了黄牙并不显眼,林秀珊却不同,她太爱笑了,她的黄牙在她温存敦厚的五官中总是最先抢了人家的视线。所以她去应聘时,大多的雇主一见她的黄牙就蹙起了眉,把她打发了。王锐曾建议她做个牙齿"贴片"美容,可林秀珊坚决反对。她说从下三营子什么也没带出来,嘴里有一口黄牙,也算是带了那里的水出来了,这样她在镜中看见自己的黄牙时,就不那么想家了。王锐拗不过她,由她去了。林秀珊最终在大庆的让湖路找到一份工作,在毛纺厂的食堂做饭。除了管吃管住外,她每月还能有四百元的工钱,这使林秀珊很知足。何况,让湖路离哈尔滨并不远,即便乘慢车,三小时左右也到了。

林秀珊和王锐并不是每周都能见上一面,但他们每周都会通上一个电话。三年来一直如此,风雨不误。林秀珊住的集体宿舍和王锐所住的工棚都没有电话,他们就想出了一个主意,把各自居所附近的一部公用电话当自家电话来用。现在电信业很发达,城市的街道上遍布着电话亭,你只需买一张 IC 卡就行。这些电话亭大都披挂着一个苹果绿色的罩子,人站在其中,就像是被它给揽在怀中了,所以林秀珊有时觉得电话亭是个情种。

林秀珊所用的那个电话亭,是王锐帮助她选定的。它离毛纺厂只有五分钟的路,在车水马龙的大街上。街边矗立着一排宛若翠绿的屏风似的高大的杨树,电话亭附近还有一个公共汽车站。王锐觉得这个电话亭最适合妻子,街上车来人往,杨树在风中会发出口琴一样悠扬的响声,这样不仅妻子的安全有了保障,还有了一股浪漫的情调。而他自己所用的电话亭,三年来已经变了四次。一幢楼竣工后,他们会去下一个建筑工地,电话亭就要随之变更。通常是林秀珊在每周五的晚上七点来等王锐的电话。明明知道见到的是电话,而不是王锐,可她每次来总要梳洗打扮一番,好像王锐传过来的声音长着眼睛一样。因为双方均处于嘈杂的环境,他们不得不大声地说话,有时简直是在吼,不然对方会听不清。他们每次相会,总要在电话中约定一个时间,林秀珊去哈尔滨找王锐,或者王锐来让湖路看她。他们从来都是如约前往,从未像今日这么心血来潮地突然不约而同地去看望对方。

几乎是在林秀珊登上火车的同时,王锐也开始了去让湖路的旅行。每次探望林秀珊,他都要穿上那套花了七十元在夜市买的藏蓝色西装,它面料低劣,做工粗糙,不是腋窝开线了,就是裤裆开线了,林秀珊常常在缝补的时候取笑王锐,说他:"裤裆开线我知道为啥,可是你的腋窝长了什么稀罕物,也会开线?"王锐就揪着妻子的耳朵说:"我看你要学坏了!"他脚上的皮鞋,是冬季时在一家小商铺买的。冬季买夏季的商品,折扣率很大,这双原价一百二十元的皮鞋,只花了六十八元就买下来了。由于降价处理的皮鞋断码,王锐没买到适合自己的尺码,这鞋比他平素穿的整整大两码,所以他不得不垫两副鞋垫,不然走路会掉鞋。

　　王锐去看林秀珊,通常是在双休日的第二天晚上。林秀珊的宿舍住着五个人,他们睡在那里不方便,就到附近的私人旅馆的地下室开一间房。虽然一夜只有二十五元,已令他们心疼不已了。他们聚在一起,先是要热烈地做完爱,然后才会把攒了许多天的话一股脑儿地说出来。王锐会跟她讲他在哈尔滨听到的新鲜事:酒店的食客吃蚌壳吃出了珍珠;浪荡女人看上了别人家的男人,把自己的丈夫给杀了;一头从郊区走失的牛把交通堵塞了一个多小时;居民区飞来了猫头鹰,等等。有一回王锐讲他公司的老总带着他的宠物狗来视察施工进程,说那狗个头很高,纯黑色,值三四万元。这狗在家里有单独的居室和床。林秀珊听完后哭了,哭得很哀愁,把王锐吓了一跳,忙问她怎么了。林秀珊抽抽噎噎地说:"我们在城市里没有自己的一张床,可你们老总家的狗却有。"王锐笑了,说:"那我也不做老总家的狗,我还是要做你的狗,没有自己的床,我们睡在街上也觉得美!"林秀珊不像王锐那样爱讲外面的事,她跟王锐说的都是发生在同一宿舍的人身上的琐事:王爱玲又做了一次流产;肖荣的头发脱得厉害,脚跟裂了口子;吴美娟这一段夜夜放臭屁,熏得大家头昏脑涨的。再不就是,王鹃笨得织毛衣不会上袖子等等。往往没等林秀珊说完,王锐就起了鼾声。林秀珊就会在枕畔轻轻揪一下丈夫的耳朵,嗔怪道:"做完你的美事你就没心思听我的话了,以后我要先和你说话,后做事。"然而到了下一次,他们依旧是急不可待地先做事,后说话,而轮到林秀珊说话时,王锐的鼾声如潮水一样袭来。林秀珊很心疼丈夫,他在工地干了一天活,夜晚时再乘上几小时的慢车,赶到让湖路时已是晚上九十点钟了。第二天在睡意正酣时,他又要起早赶凌晨的火车回去,生怕误了工。林秀珊怕王锐起晚了,特意买了一个闹钟,无论冬夏,只要王锐来探望她,闹钟总要被设置到凌晨三点。因为王锐要在八点赶到工棚。闹钟本来应该是万无一失的,可为了保险起见,林秀珊索性不睡,她和闹钟一起等待着唤醒丈夫的那一时刻。在她的心目中,闹钟跟人一样是有脾气的,赶上它哪一天气不顺了,不想充当叫醒者的角色了,那么他们醒来的一瞬所见到的太阳,一定就是砸向他们生活的冰冷的雪球。不过王锐从不知道妻子这样为他守夜,更不知道在暗夜中林秀珊用手指无限怜爱地在他胸脯上抚来抚去。她还常常情不自禁地悄悄地在他脸颊上亲一口。她不敢使劲亲,怕弄醒了丈夫。

  有时看王锐太辛苦,林秀珊就主动在固定的约会日期中去哈尔滨。他们会在工棚附近找家私人旅馆,美美过上一夜。林秀珊的旅行包里,除了装着牙具之外,还要装上闹钟和一条花床单。私人旅馆的床单总是污渍斑斑,睡在这样的床上,就有掉进了臭水沟的污浊感,所以林秀珊花三十多元钱买了两米斜纹布的花布做床单。这床单碧绿的地儿,上面印满了大朵大朵的向日葵。躺在上面,就有置身花丛的感觉,暖洋洋的,似乎能闻到一股淡淡的馨香。他们每次进了旅馆的第一件事就是闩门,然后铺床单。王锐一俟床单铺好,就迫不及待地熄了灯。他们在黑暗中窸窸窣窣地脱衣服,这声音总让林秀珊联想到老鼠夜间在碗柜上偷吃东西的声响。通常都是王锐脱得快,他赤条条地钻进被子里后,对林秀珊说的话总是那句"快点——"。林秀珊常常是越想快越出乱子,不是裤子的拉锁被拉错了位,生生地卡住了,就是衣领的挂钩把头发缠住了,再不就是摸黑解鞋带时,把鞋带弄成了死结,鞋子就像癞皮狗一样咬着她的脚腕不松口。几次尴尬之后,林秀珊在和王锐相会时就尽量穿那些好脱的衣服,衬衣不带领钩和袖扣,裤子是那种宽松的不带拉链的,鞋子是一褪即下的不系带的船形鞋。这样林秀珊能尽快地投入到王锐的怀抱。他们脱衣服时,就像不太会剐鱼的人把剥下的鳞片弄得四处皆是。在闹钟响起来的一瞬,他们打开灯来,往往会发现袜子飞上了暖水瓶,本该是成双的鞋子,一只在门口,一只却荡进了床底。有一次,她的胸罩竟然落进了洗脸盆里,那里存着半盆漂浮着死苍蝇和烟蒂的脏水,弄得她以后再戴这胸罩时总要蹙蹙眉,好像这胸罩曾是美少女,而今沦落风尘,总让她觉得别扭。

他们也有扫兴的相会。比如林秀珊有一回满怀温情地去哈尔滨,火车刚开不久,只觉得身下一热,她暗自叫了一声"不好",去厕所一看,果然见身下飘荡出红丝带一样的鲜血。本该一周后才来的月经,偏偏提前到了,这不速之客自然让她心生懊恼。这样的客人来了也就来了,你是打发不掉的。林秀珊委屈极了,她一见到王锐,泪水就扑簌簌落了下来。王锐以为老家下三营子的家人出了事,吓得嘴唇都青了。问清原委后,在长吁一口气后,他也不由得叹口气说:"我就把你当成商店玻璃橱窗里的模特,看看不也好吗?"林秀珊破涕为笑,嗔怪他:"你让我待在玻璃橱窗里,这不是想闷死我吗?"王锐说:"我要有闷死你的意思,就让我从脚手架上掉下来摔死!"他这赌咒本来是表忠心的,岂料说到了林秀珊最担忧的地方,她一旦在电视上看到建筑工人出事故的报道,就要为王锐担惊受怕多日。不是梦见他从高楼上坠下来了,就是梦见他砌墙时把自己砌在其中了,墙成了丈夫的坟墓。所以他们每次通电话的结尾或是相聚后告别时,林秀珊总要叮嘱王锐:"干活时小心点啊,留神着脚下,别踩空了;也别忘了注意头顶,谁要是抛个砖头下来,你可得躲着点啊。"林秀珊为此爱幻想,要是王锐生着一双翅膀多好啊,他要是不慎从脚手架掉下来,落地后会安然无恙,就像老鹰从高空俯冲而下后,会稳稳实实地站在地上一样。王锐的脑壳要是钢铁铸就的就好了,这样砖头瓦砾落在头顶时,也奈何不了他。每当她听说谁出了车祸时,她就想人要是钢浇铁铸的就好了,要不汽车是肉做成的就好了。肉撞不死人。可她明白汽车不能用肉造成,而人与人的肉体交欢不可能生出含有钢铁成分的人来。后来王锐与林秀珊约会前,在电话末尾总要小心而羞涩地问一声:"你身体方便吗?"林秀珊有时调皮,就说"不方便",但她随之笑了起来。她的笑声使王锐提起的心又放了下来,明白她这是开玩笑。林秀珊的笑声中,总是夹杂着人语或者汽车疾驰而过的声音,这使王锐觉得妻子的笑声很可怜,好像妻子的笑声是一根水灵灵的胡萝卜,嘈杂的人语和车声是一把把无形的尖刀,削减了它身上许多的甜味和水分,令他心里很不是滋味。他为此很羡慕那些拥有手机的人,他们随时随地可以拨打电话。如果他和林秀珊都拥有手机,那么夜阑人静时,他们会说上几句温存的悄悄话。可他们知道,养一部手机,赶上他们养儿子的费用了。他们有一个四岁的儿子在下三营子,由林秀珊的娘家人带着,王锐和林秀珊每次拿到工钱时,都觉得儿子的脚踝从沙土中拔出了一截,他们立志要攒下一笔钱来,将来把儿子接到城里来上学。

慢车悠悠驶上了松花江大桥。王锐坐在靠着过道的三人长椅上,他望窗外,就得探着身子,把脖子伸得跟鹅一样长。偏偏靠窗的一个胖子在吸烟,他吞云吐雾不要紧,把窗外的风景给弄模糊了,王锐没有看到以往所见的波光闪闪的江水和漂荡在水面的游船,不由得有些败兴。他想起身去别的窗口望风景时,火车已经在震颤中跃过江桥,踏上郊外的农田了。王锐不喜欢看农田,他在下三营子的农田里摸爬滚打了多年。他家祖祖辈辈都是种田的。他初中毕业的那年初春,就被父亲从乡里给领回下三营子村务农。父亲教育他的话永远都是:认的字再多,也不能当粮食吃。王锐在家排行老三,作为龙凤胎的哥哥和姐姐都是农民,他们只念到小学,只有他读到了高中。王锐回到下三营子后第一次跟父亲去农田劳动,他在和煦的阳光中边撒玉米种边哭泣。那一年的玉米大丰收,他相信是种子沾染了他泪水的缘故。

林秀珊比王锐小两岁。王锐牵着牛去大地耕田时,常见林秀珊坐着手扶拖拉机去乡里上学。下三营子只有小学,林秀珊读初中跟王锐一样,必须去乡里。在那几个上初中的女孩中,王锐最相中的就是林秀珊。她虽然模样一般,但总是笑盈盈的,似乎不知道忧愁的滋味。王锐知道林秀珊家跟自己家一样贫穷,她的哥哥结婚都是借的债,父亲得了半身不遂后家里更加拮据,料她读到初中就得跟他一样回家务农了。当时王锐虽然只有十七岁,但他暗下决心,一定要娶林秀珊。果然,两年之后,林秀珊带着行李回到了下三营子。林秀珊不像王锐失学后第一次下田时委屈得直落泪,她在路上饶有兴致地捡着地上的石子打麻雀玩。每打一下,都要笑一声。悄悄跟在她身后的王锐听到她的笑声,觉得下三营子的土地蓦然变得开阔了,天也显得高远了。以往他讨厌牛身上散发的气味,讨厌在树上鸣叫的蝉,讨厌在热浪滚滚的玉米地里劳作,讨厌那鸡冠色的晚霞,现在他觉得这一切都是可爱的了。他观察到林秀珊喜欢唱歌,就起了无数个大早,到玉米地去练唱,岂料他五音不全,没能把一首歌唱成歌的样子,他气馁了。后来他想林秀珊喜欢歌,就一定喜欢听口琴,于是就请求家人出钱给他买个口琴。父亲坚决反对,说是买个口琴顶上几袋粮食了,不能浪费这个钱。哥哥也说,一个农民吹着口琴,给人一种不务正业的感觉,不能买,再说买了他也不会吹,等于领个哑巴回家。王锐为此绝食三天,母亲怕小儿子有个三长两短的,就偷着塞给他二百元钱。口琴在村里的商店根本没有,王锐去了乡里,乡里也没有,他又从乡里搭乘长途车去了县城,总算如愿以偿买到了口琴。那长条形的扁扁的口琴落入他手中时,他感觉握着的是林秀珊的手。最便宜的口琴九十八元,王锐买的是一百四十元的那种,他喜欢那嵌在琴身里的两行绿色方格小孔,感觉那里面长满了碧绿的青草。而最贵的那个口琴,琴身中用以发音的铜制簧片上镶嵌的小格子是红色的。王锐想若是吹这样的口琴,会觉得口唇出血,流进琴身中了,没有那种美好的感觉。由于母亲只给了他二百元钱,除去进城的路费和买烧饼用以果腹的钱,余下的钱只够乘车到张家铺子的。王锐索性就从张家铺子一路走回家去。其间他搭过两次农用三轮车。饿了,就偷地里的萝卜吃;渴了,就到路过的河里掬一捧水喝。夜晚宿在野地里,望着满天星斗,他不由得捧着口琴,悠然吹着。他感觉每一个琴音都散发着光芒,它们飞到天上,使星星显得更亮了。当他怀揣着心爱的口琴回到家里时,有个邻村的姑娘正在家中等他。这姑娘是媒婆金六婆领来的。金六婆一口黄牙,但她的黄牙比下三营子人的黄牙值钱,是金牙,她的手指上还戴着一枚金戒指。她是下三营子最富的人,不用种地,只靠给人保媒拉纤,过得衣食无忧。王锐生得一表人才,瘦高个,棱角分明的脸,鼻梁挺直,眼睛不大,但很有神,而且言语不多,金六婆说他天生一副"贵人相",可惜投胎到了穷人家。她说王锐若是生在富人家,去城里念了大学,一准能做骑马坐轿、呼风唤雨的官人。她早就跟王锐的父母许愿,要给王锐说个这方圆百里最俊俏的媳妇。她领来的姑娘也的确俏丽,瓜子脸,弯而细的柳叶眉,鼻子和嘴生得也好,一双杏仁眼看人时含情脉脉的,她看了一眼王锐,就抿着嘴笑了。而王锐一看她,却心凉了半截。他的心里只有一个其貌不扬的林秀珊。母亲悄悄把王锐拉到灶房,对他说:"这姑娘比你小一岁,多俊啊。他爸是水杨村的村长,两个哥哥都成家立业了,大哥是养猪专业户,二哥在县畜牧局当局长,家里趁着呢!"王锐步行归来,疲乏得像拉了一天石磨的驴,本想喝上一碗热粥后蒙头大睡,不料从天而降一个"林妹妹"。他急得脑袋发晕,说:"我不喜欢她,让金六婆把她领走吧。"母亲急了,她狠狠地用手指点着王锐的脑门说:"你真是个死脑瓜子,怎么这么不开窍呢?这姑娘可是天上难找、地上难寻啊,错过了她,你会后悔一辈子!"王锐说:"我嫌她长得像林黛玉,太单薄,没福相!"母亲虽然大字不识,但也听过《红楼梦》的故事,她气急地说:"你还以为自己是含着通灵宝玉来到人世的贾宝玉啊?你天生就是当牛做马的命!不是你模样比别人长得好,你连秀姑都娶不上!"母亲的话更激起了王锐的反感,他怎么连秀姑都不配娶呢?秀姑是下三营子有名的痴呆,已经三十岁了。她整日走街串巷地游荡,一样家务活都不会做。她见了女人从不说话,总要不屑一顾地啐她们一口,好像别的女人不配活着,下三营子只该她一个女人喘气才对。而她见着男人,无论长幼,总要笑嘻嘻地上前拉人家的手。王锐就被秀姑扯过两回手,一回在豆腐房门前,秀姑对他说:"我给你暖被窝去吧!"王锐挣脱了她,说:"我有热被窝,不用你暖!"还有一回,王锐去食杂店买灯泡,被秀姑撞上了,她咯咯笑着拉了一把王锐的手,说:"你长得美,我想吃了你!"吓得王锐掉头跑回家中,连灯泡也没买。家里的灯泡烧坏了,一家人都坐在黑暗中,听说王锐空手回来,就问他缘由。王锐如实说了,家人都嘲笑他:"一个秀姑就把你吓着了,亏你还算个男人!"

母亲说秀姑都不会跟他,等于羞辱了王锐。他冲动地说:"好了,我连秀姑都娶不上,我打一辈子光棍好了!"这话被里屋的姑娘听到了,她不再像先前那样抿着嘴端端正正地坐着了,她抬腿就走,边走边对金六婆说:"三条腿的驴不好找,两条腿的男人遍地都是!"先前的文静之态荡然无存了。金六婆气得骂王锐:"你可真是不识抬举,给你送只金凤凰来你都不识!"王锐说:"我家是个草窝,养不住金凤凰!"金六婆领着姑娘讪讪地走了。家人都埋怨王锐,王锐说:"我心里有人了。"家人追问这人是谁。王锐说:"娶她时你们就知道了。"他相信那把口琴能帮他赢得林秀珊。没想到几天之后,家里的耕牛突然不见了,跟着,放在野地里的两只羊也失踪了。正当王家为失去了牛羊而急得四处疯找时,金六婆嗑着瓜子来了。金六婆说:"那姑娘可是一眼就相中了王锐。王锐跟了她,她爸答应置办全套嫁妆,你们家的牛羊,损一补十!"王家人至此恍然大悟。王锐的父母想那姑娘家如此霸道,若是她进了王家的门,全家还不得把她当祖宗一样供着啊?王家人便对金六婆说:"我家水浅,养不住这条美人鱼!"金六婆说:"活该你们家受穷一辈子!"王锐一旦知道家中牛羊的失踪与那姑娘家有关,他就不动声色地去了水杨村。他果然发现自家的牛羊在村长家的牲口棚里!王锐自知势单力薄,所以他是有备而来。他用塑料胶管装上沙土,缠绕在身上,又用塑料薄膜裹了几块砖坯的碎块绑在身上。当他牵着牛羊从村长家的牲口棚里出来时,村长和他身强力壮的儿子拦住了他的去路。王锐厉声说:"给我闪开!"村长说:"你擅自闯入我家牲口棚,偷我家的牛羊,这是盗窃!我让人把你送到派出所去!"王锐沉静地说:"这是我家的牛羊,我领它们回家理所应当!"他刚说完这话,村长的女儿从屋里出来了。她撇着嘴对王锐说:"你说这牛羊是你家的,你叫它们一声,它们会答应吗?"王锐说:"别以为牛羊跟你们一样没人性!"他吆喝了一声,一直沉默着的牛羊果然发出了温存的回应,牛"哞哞"地垂头叫了两声,而两只羊"咩咩"地叫个不停。姑娘说:"这也不能说明它们就是你们老王家的!"王锐"唰——"的一下脱下外衣,他身上披挂的那些伪装的雷管炸药一览无余地暴露出来。他手握打火机,"咔——"地弹出一炷火苗,说:"你们敢不让我牵回牛羊,我就与你们同归于尽!"村长吓得腿都软了,而姑娘则捂着耳朵跑回屋里,边跑边说:"快放他走吧!"村长的儿子赔着笑脸对王锐说:"兄弟,别激动,你说这牛羊是你家的,你领回去就是。你这么年轻,千万别做傻事!"王锐说:"你们搅得我们家鸡犬不宁,我也不会让你们好过!"村长说:"怪我有眼无珠,小瞧了你。你走吧,只是你赶紧把打火机给灭了,我家的瓦房可是新盖的,要是炸飞了可怎么办?"王锐说:"我警告你,以后再敢欺负我家,我就把县城的几个黑道的哥们都叫来!你们别看我外表蔫,实话告诉你们,我跟人劫过出租车,调戏过别人家的小媳妇,把一个不听我们话的人打成了残废!将来我家里发生任何事情,我都要算在你们身上,不会放过你们!从今天起,你们就为我们一家人的平安烧香磕头吧!"村长父子差点没吓得尿了裤子,赶紧让开路,让王锐和牛羊赶快走。王锐就擎着燃烧的打火机,大摇大摆地横着肩膀晃荡出村长家。一出了水杨村,他就软了腿脚,心想万一村长识破了他身上捆绑的是假雷管炸药,他又如何牵得回牛羊呢?牛羊的失而复得使王家人分外高兴,王锐只是说在邻村的庄稼地里找到了它们,并没说自己的"壮举",他怕吓着家人。果然,从那以后,村长家再没有对王家"挑衅"。王锐想村长也许庆幸没把女儿嫁给他这个"亡命徒"。只是金六婆见着王锐总是如惊弓之鸟一样绕着走,再也不敢登王家的门为他"说媒"。王锐也就用那把口琴,堂而皇之地为自己"说媒",如愿以偿地追求到了林秀珊。

慢车的车厢里坐着的大都是衣着简朴、神色疲惫的旅人。从他们的装扮和举止上,可看出他们大都是生活中的低收入者。这是中秋节的日子,不少旅客携带着月饼。林秀珊想这火车上大多的人都是为着和家人团圆而出门的。林秀珊不像别的旅客看上去无精打采的,她坐在靠窗的位置,一会望窗外的风景,一会打开旅行包,翻翻里面的东西。与以往不同的是,包里除了装着牙具、床单和闹钟外,还多了一袋月饼和一把口琴。王锐用以追求林秀珊的旧口琴,早已残破不堪,如今它成了儿子手中的玩具。儿子出生后,王锐就不再吹口琴,虽然他们在闲聊中还要常常提到它。王锐当时也没求教任何人,凭着自己的反复练习和摸索,竟然能把会唱的歌完整无误地吹奏出来。林秀珊在下三营子时是多么喜欢听那悠悠的口琴声啊。王锐经常在她家的农田尽头吹,林秀珊的哥哥和嫂子看穿了王锐的心思,他们一听到口琴声,就对妹妹说:"鸳鸯求偶来了。"林秀珊也不害羞,她笑吟吟地说:"我听了这琴声心里舒坦,我要是嫁人,就嫁他吧。"哥哥说:"你要是想常听这口琴声,就别让这小子一下子把你追求到手了。他追不到你,会一直把口琴吹下去,要是把你娶到家中了,也就没那情怀了!"林秀珊认为哥哥的话说得在理,就若即若离地和王锐交往,她也果然如饮甘泉般地把口琴声听得透彻、舒畅、如醉如痴。他们结婚时,那口琴的发音已经沙哑得如同老妪了,但洞房花烛夜时,林秀珊还是让王锐为她吹了一支曲子。怕家人笑话他们在那样的夜晚还要吹口琴,他们就把两床被子合在一起,关了灯,钻到被窝里吹琴和听琴。王锐憋得直喘粗气,而林秀珊被捂得满头大汗。最终那支曲子没有吹完,两个人都像获救的溺水者一样从被窝里迫不及待地拔出头来,透彻地喘气,并忍不住笑了起来。被大人怂恿来听窗的小侄听见这对新人的笑声,跑回父母房里大声报告:"我听见他们俩的声音了,是笑声!原来结婚的人晚上睡觉时得笑啊!"

林秀珊已经好几年没有听见王锐的口琴声了,她为此想得慌。有一回她跟王锐说:"真想听你再吹吹口琴。"王锐说:"买个口琴起码要一百多块钱,够我来看你两三趟的了。等有一天发了横财,买个最好的口琴,我用它当闹钟,天天早晨用琴声叫醒你!"

　　每到开工资的日子里,林秀珊总要去一趟银行。她会留下一百元钱做一个月的零用钱,其余的都存起来。除了到换季时节,她平素几乎不添置新衣裳。她用最便宜的牙膏和香皂,从来没使过化妆品。一支牙刷足足能使一年,刷毛最终像一蓬乱草纠缠在一起,它们像鱼刺一样,常把她的牙龈刮出血来。她用的月经纸,不是那种包装精美、透气性能好的卫生巾,而是价格低廉的卫生纸。她把它们一摞摞地叠成卫生巾的样子。她和王锐相聚的晚餐,至多不过到小酒馆要两盘水饺或者是两碗肉丝炸酱面。大多的情况下,他们会到人声鼎沸的大排档吃上两碗馄饨。王锐不像林秀珊每月能拿到钱,他总是要等到一个工程完工后,才能见到现钱。而最终到手的钱,与当时公司许诺的总要少上几百。冬季感冒流行时发的板蓝根冲剂和病毒灵,端午节吃的粽子和鸡蛋,最终又摊派到工人们身上。公司还常以施工质量不过关来克扣他们的工钱,令他们无可奈何。林秀珊去过王锐住过的几个工棚,它们的格局都是一样的,进门就是一溜长长的木板通铺,那铺上相挨相挤地摆着几十套叠得歪歪扭扭的行李,铺下是旅行包、脸盆、鞋子等杂物,而狭窄的过道只能容人走过。王锐说有时候晚上累了,工棚里灯光又昏暗,他们常常有钻错了被窝的时候。林秀珊每次看到通铺上丈夫的那一条铺位,心里都会一阵阵地抽搐。他们的钱得之不易,所以在花钱上,他们总是格外地仔细。他们探望对方,乘坐的永远都是票价最便宜的慢车。他们每年最大的开销,就是春节回乡。不但要给家人买上衣服、鞋帽等礼品,还要给双方的家里都留一些钱,用以买种子和化肥。下三营子的庄稼收成一年不如一年,但农民还是满怀希望地连年把种子撒下去。有的农户哪怕是借债,也要在春季时去播种。而这些种子即使没有被风沙刮走,艰难地发了芽,长了苗,也往往由于干旱而颗粒无收。留在下三营子种地的,基本都是老人。年轻力壮的,都出去打工了。由打工引起的五花八门的故事也就层出不穷了。有人外出受了骗,转而又去骗别人,锒铛入狱;有人看到外面的花花世界动了心,把挣来的钱扔在了"三陪女"身上,回到下三营子就和老婆闹离婚;有的在打工时受伤落下了残疾,而雇主对此不理不睬,迫不得已走上了艰难的打官司的道路。比起其他的打工者,王锐和林秀珊是幸运的,他们虽说也是艰辛,但最终还是能把钱拿到手中。更为难得的是,他们身心安泰,相亲相爱,不似有的夫妻,一旦离开下三营子,就挣断了婚姻的根,各奔东西了。

　　林秀珊想给王锐买个口琴的愿望已经不是一天两天了。这次能舍得买,完全是因为她意外得到了六十元钱。毛纺厂每逢节日时,会给工人搞一些福利,比如端午节分鸡蛋,中秋节分月饼,等等。在食堂工作的人,只有她不是正式的,所以轮到分东西时,总没她的份。林秀珊早已习惯了大家欢天喜地地分领东西时,她在一旁淘她的米,择她的菜。可这回中秋节却不同以往,林秀珊破例分到了毛纺厂自家生产的一床拉舍尔毛毯。前几天上任的后勤主任来察看食堂工作,林秀珊正戴着条油渍斑斑的大围裙"哐——哐——"地用小斧子砍猪脊骨。在副食店中,猪骨头分为三等,最贵的是扇骨,称为"净排",最便宜的是大骨棒,居中的是三角形的脊骨。食堂买来的多数是脊骨。剁脊骨需要力气和技巧。有力气而无技巧,容易把脊骨剁得支离破碎的;而有技巧却无力气,脊骨上的伤痕就会跟鱼尾纹一样多。林秀珊剁脊骨,总是一斧子就下来一块,脊骨大小相等,均匀适中,易于烹煮。后勤主任见林秀珊剁脊骨十分在行,就站在她旁边看了几眼。林秀珊毫无知觉,当她剁完脊骨抬头的一瞬,看到了后勤主任打量自己的目光,那赞许而又满含欣赏的目光让林秀珊红了脸。她受不了男人对她的好目光,就是婚后王锐带着欣赏的成分多看她几眼,她也会脸红。后勤主任问林秀珊是哪儿的人,林秀珊说是下三营子的。后勤主任不知道下三营子在哪里,就问她,结果林秀珊给他解释得一头雾水。她不说这个村属于哪个乡,又归属哪个县,而是说从让湖路乘慢车,坐上十几小时后换另一列火车,再坐三小时后换乘汽车,过四小时就到了。不但后勤主任听糊涂了,灶房的其他人也听糊涂了,大家笑了起来,把本来已经红了脸的林秀珊笑得脸更红了,红得就像她刚刚剁下的脊骨里嵌着的肉。食堂组长王爱玲对林秀珊一向很好,她就趁机跟后勤主任夸赞林秀珊脾气好,能吃苦,温顺,说她每个月除了四百元的固定工钱外,从来没有享受过任何福利,可她从无怨言。后勤主任就一挥手说:"过几天是中秋节,无论分什么,都给她一份!"这真出乎林秀珊的意料,仿佛童年时在故乡的地根河望水中的明月,总以为那是虚假的。直到两天前她真的跟正式工人一样得到了一床色彩鲜艳的拉舍尔毛毯,才信以为真。这种毛毯在百货公司大约要卖二百,就是出厂价也在一百四十元左右。林秀珊第一眼看见它,眼里就横出一条口琴的形象。她的铺盖是毛纺厂配备的:一条棉花有些板结的褥子,一床蓝方格被子。虽然褥子有些硬,被子嫌薄了些,可她觉得她用毛毯太奢侈了。她也知道毛毯垫在褥子上柔软舒服,而冬天暖气不足时加盖在被子上会分外暖和,可她不舍得用它。她打算着到农贸市场悄悄把它卖掉,用所得的钱给王锐买个口琴。农贸市场里经常有流动的商贩,一看他们的装扮,就知他们是郊县的农民。他们背着一袋瓜子或是挎着一篮核桃、一篮蘑菇、一篮野果子等等,提着一杆秤,游走着做生意。他们做生意不像那些有了店铺的人那般理直气壮,他们吆喝时总是东张西望的,唯恐被市场管理所收税的撞上。若真是看见戴着大盖帽、穿着蓝灰制服的人走过,他们会吓得落荒而逃。这种做生意的方式很辛苦,又很有趣和冒险,林秀珊早想一试,可惜没什么可卖的东西。现在这床拉舍尔毛毯适时而来,她就想做一回生意人。她给它在心中定了个价格,别低于一百二十元。当她在一天晚饭后提着它要去农贸市场的夜市时,王爱玲叫住了她。王爱玲说,她弟弟快结婚了,她手中也分了一床毛毯,正想着再买一床凑成双,不如让林秀珊把它卖给自己,省得她费口舌和精力。万一卖不掉,被收费的人发现了,东西没收了不说,还得交罚款。林秀珊就爽快地说,干脆你就把它拿去吧,算我送你弟弟的结婚礼物! 林秀珊明白,没有王爱玲,她也不会得到这份"福利"。王爱玲说:"那怎么行,你要是不要钱,我宁肯再买一床!"林秀珊说:"那行,你就少给我点钱吧。"王爱玲掏出一百元给她,林秀珊心里"咯噔"了一下,心想这比她要卖的少二十块呢,她仿佛看见王锐的口琴有几个小孔不会发音了。但她嘴上说的却是:"太多了! 太多了!"两个人各自虚伪地争执着,一个非说给多了,一个非说给少了,最终林秀珊要了王爱玲六十元钱。刚开始她有些沮丧,觉得王锐的口琴有一半不能发音了,但她很快又高兴起来,因为王爱玲许诺她,中秋节时给她一天假,让她去哈尔滨看望王锐,这真让她喜出望外。她从银行取出一百五十块钱,加上那六十元,给王锐买了一把价值一百三十元的口琴,又买了一袋月饼,余下的钱用于购车票和到哈尔滨吃住的费用了。

　　林秀珊抚摸着口琴,就像触到了王锐柔软温热的唇。她要给他一个惊喜。她估计王锐上午在工地,打算着下车后就直奔工地找他。中午两个人可以在一家小饭馆叫上两屉蒸饺,晚上吃月饼。她打算晚上六点之后再去登记房间,不然,要多交半天的房费。

慢车就像一个惯于施舍的人,对于那些快车不属于停靠的小站,它却仁慈地站下来了。它走一走,就要停一停。一般的旅客厌烦慢车的这种"逢站必停",林秀珊却不。那些小站常让她想起下三营子。下三营子不通火车,连这样的小站都没有。要是火车对所有的小站都呼啸着一掠而过,那不就跟财大气粗的人对沿途的乞讨者置之不理一样可恶吗?上下小站的人大都神色倦怠,衣着破旧,他们看人时的表情有几分呆滞,几分胆怯,几分平和,又有几分微微的好奇。有的慢车不对号入座,上车的旅客就先要紧张地奔着空位置东蹿西跳,往往没等他们坐下来,火车就启动了。火车在小站的停车时间通常是三分钟,最长的不过五分钟。上下车的人永远都是慌慌张张的。林秀珊在火车上坐得闷了,就喜欢打量新上来的乘客。有的妇女的花衣裳好看,她就盯着人家的衣裳看;有的小孩子的脸蛋红扑扑的,她就盯着小孩的脸蛋看。有一回她见一个男人的发式好看,就盯着人家的头发看,心想王锐若是梳个这样的发式也不错。结果那个花心的农民以为林秀珊看上了他,悄悄地把腿从茶桌下伸到她腿旁,轻轻地踢她,暗示和试探她。林秀珊就张开嘴,长时间地把一口黄牙暴露出来,宛若打开粮仓晒金灿灿的玉米一样。这一招果然把那男人吓着了,他连忙起身去寻别的座位,林秀珊就合上嘴,趴在茶桌上偷偷笑了。她想,幸亏没给自己的这口坏牙做美容,它们的丑陋是射向那些对她心怀不轨的人的子弹。

林秀珊看了一会口琴,把它放回包里,又调皮地玩了一会闹钟,依然又把它放回包里。虽然已是初秋了,风微微凉了,可阳光却依然明媚。她仰望蓝天下的那一朵朵雪白的云——它们在她读过的小学课文中被比喻为羊群。林秀珊觉得再贴切不过了。她想天上放出来的羊群到底是不一样,它们肥美而洁净。只是她不知牧羊者是谁。是太阳吗？也许是,因为太阳投下的光在她看来就像一条条羊鞭。

林秀珊是个有着奇思妙想的人,比如这火车的车轨,在她眼里分明就是两条长长的腿。而城市街道上伫立着的电话亭,在她看来就是一只只大耳朵。现在她的包里多了一把口琴,她就觉得这不停发出声响的火车是一把琴,而能让这琴发音的,是那弓弦一样的铁轨。现在她是坐在一把小提琴上去看望王锐,生活中还有什么比这更美好的事情呢？火车响着,车厢内有说话声、咳嗽声、小孩子的哭闹声,而窗外又有公路上汽车的喇叭声传来,她觉得这些声音都是帮助这列小提琴似的火车来合奏一首内容丰富的乐曲的。她喜欢这样的声音,嘈杂、琐碎、亲切、温存。

慢车经过龙凤站时,王锐的对面上来一对男女。女人被搀扶着,面色苍黄,有气无力的。搀她的瘦高男人刀条脸,一嘴的酒气。王锐猜他是那女人的丈夫。女人虽然满面病容,但她的美丽仍然像河面上的月光一样动人。她坐下来后哀怜地看了一眼王锐,王锐就很想问候她一声。他的包里,有几个橘子、两块月饼,还有一条丝巾。月饼是他要和林秀珊赏月时吃的,而丝巾是要送她做礼物的。让湖路春秋时风大,林秀珊早就想拥有一块丝巾来包裹头发,可她一直没舍得买。王锐就在国贸地下商城的摊位为妻子买了一条蓝地紫花的丝巾。他不敢去大商城,那里的商品贵得令人咋舌,而地下商城的东西,从来都可以讲价。这条要价六十元的丝巾,他花了三十五元就买下来了。他先是要了蓝地白花的,它豁亮极了,一眼望去像是晴空下飘荡的一片白云。后来他怕妻子戴这样的丝巾太招人眼,万一她在周五的傍晚等他的电话时戴这样的丝巾被坏男人盯上了怎么办?于是他就换了一条蓝地紫花的,它不那么显眼,也很漂亮,有如暗夜草地上的花,虽然看上去影影绰绰的,但给人一种典雅的美。既然丝巾和月饼是不能给对面的女病人的,王锐就掏出一只橘子给她,说:"吃个橘子解解渴吧。"那女人努力挤出几丝笑容,摇了摇头。而她身边的男人,充满敌意地瞟了他一眼,对那女人嘀咕了一句:"你病成这样了,还这么勾人的魂儿!"王锐很想说那男人几句,你女人病成这样了,怎么还说风凉话?可他怕人家骂自己多管闲事,也就没说什么,并且在那女人摇头之后,把那个没送出去的橘子又收回包里,免得惹是生非。那男人坐下来后点起一棵烟,在烟雾中眯缝着眼问王锐:"兄弟,去哪儿啊?"王锐没说目的地,而是说了他要看望的对象:"看媳妇去!"这时那女人扬着手对男人说:"我还是痛,再给我一片止痛药。"男人一手掐着烟,一手在兜里翻腾药片,数落那女人:"我早就跟你说过,跟着情人跑的人是没有好下场的!你精精神神、漂漂亮亮的时候他就跟你欢欢喜喜的,你一旦有个病有个灾,他就一脚把你踢出门了,还不得原来的主儿侍候你?!你保证以后不跟你那情人交往了,我就把酒戒了,烟也戒了,你就是要天上的月亮,我也会架个云梯给你去摘!"说完,他摸出药片,把它填到女人嘴里,又从旅行包里拿出矿泉水瓶,拧开盖,喂那女人吃药。女人大约嫌他在陌生人面前揭她的短,吃过药后,就合上眼睛佯睡了。王锐这才明白,这女人原来有个情人!先前对那女人的同情也就一落千丈,他忽然同情起对面的男人来了。他想林秀珊若是跟了别人,他可没有这么宽阔的胸怀再接纳她。王锐主动问那男人:"大哥,回家过八月十五啊?"那男人说:"对,回讷河。"王锐指着那女人问:"你媳妇?"那男人吐了一口痰,说:"哼,是我媳妇!"他瞪了那女人一眼,叹了一口气,说,"你说去看媳妇,那么你和媳妇是两地生活啊?"王锐点了点头。那男人狠狠地吸了一口烟,说:"不是我喝多了跟你说疯话,你听我一句话,赶快想办法整到一块吧,不在一块的夫妻不出事才怪!像我们,一个在讷河,一个在龙凤,你知道她天天晚上跟谁躺在被窝里数星星啊!"王锐笑了,他轻声说:"我媳妇可不是那种人。"那男人撇了一下嘴,一本正经地板着脸教训他:"兄弟,可别说大话,自古以来最不敢打赌的就是自己的女人不出去养汉!"说完,他咂摸了几下嘴。他讲话时舌头微微有些发硬,足见他喝了过量的酒。王锐想他如果不喝那么多酒的话,也就不会当着陌生人不顾自尊、口无遮拦地展览"家丑"了。林秀珊就说过酒是"魔术水",人若是喝多了它,完全就不是本来的样子了,文静的女人变得浪荡了,木讷少言的男人变得跟八哥一样喋喋不休了。王锐就和妻子开玩笑说:"哪天我把你灌醉了,也让你浪荡浪荡!"林秀珊说:"你嫌我不风骚,是不是?"王锐说:"你要是真学得风骚了,我在工棚里还不得夜夜失眠啊。"林秀珊就露出她那一口黄牙,带着几分娇嗔、几分得意、几分甜蜜,如盛开的金莲花一样地笑了。

　　车厢的过道里响起了流动小货车走来的吱扭扭的声音。那男人掐灭了烟,神情亢奋地吆喝货车停下来,要了两瓶啤酒、一袋花生米、两根香肠。他用牙齿把两个瓶盖麻利地咬下来,递给王锐一瓶,说:"兄弟,吹一瓶吧!"王锐连忙说:"我不会喝酒,你喝你喝!"那男人边撕花生米的包装袋边说:"酒是好东西啊,喝了它心里舒坦!"说完,他耸了一下肩膀,说,"有时我觉得心里乱七八糟的,堵得慌,就像塞满了垃圾,可是酒一落肚,咳,就觉得心里敞亮了!酒就像小扫把一样,把那些脏东西都给我清除掉了!"他一用力,花生米的袋口被撕裂了,"哗——"的一声,袋中的花生米有多半撒在地上,花生米咕噜噜地四处滚动。那男人骂:"我操,你们又不是黄花闺女,天生就是被人吃的,还溜,就是溜了,我吃不上你,老鼠也会把你们吃了!"他的话把王锐逗笑了。就连那女人也微微睁开眼,偷偷看了一眼对着遗落的花生米发牢骚的丈夫,嘴角浮出几丝不易察觉的微笑,然后又合上了眼睛。

王锐已经快到站了。他看着对面的男人咕嘟嘟地喝啤酒。一喝上酒,他的话就更多了。他骂这车厢里的腥臭气,说是不知哪个混蛋把变了质的鱼带上车了;他骂厕所的尿骚味,嫌乘务员个个是懒虫,不知道冲刷厕所;他还骂慢车跟婊子一样,逢站就要拉客。他很快干掉了一瓶啤酒,他在弯腰把空酒瓶摆在地上的时候叹了一口气,说:"唉,我老婆的水分就像这瓶里的酒,让情人给滋咕滋咕地喝干了,留给我的,就是个空瓶!可我还不舍得扔掉这个空瓶子!"说完,他站起身,无限怜爱地抚弄了一下那女人的头发。他的举动险些催下王锐的泪水,他对眼前这个看似粗俗、牢骚满腹的男人有了一股莫名的好感。所以当他在让湖路下车的时候,他紧紧地握了一下那男人的手,说:"回去过个好中秋节吧!"那男人嘟囔道:"咳,你怎么这么快就下车了?我还没跟你聊够呢!"

王锐步出站台时,心里不由得有了几分怅惘。他想万一林秀珊看上别的男人怎么办?他可不想让妻子的笑容开在别的男人的怀抱里。林秀珊曾跟他说过,毛纺厂传达室的老李对她很热情,有一次她去电话亭等王锐的电话,天忽然落起雨来,老李就打着伞来接她,一直把她送回宿舍。林秀珊说她头一回和别的男人合打一把伞,心里很紧张,有意识地与老李隔得远一些,结果半面身子淋在雨中,仍然弄得身上湿漉漉的。王锐当时与林秀珊开玩笑说:"这老李分明是想把你弄湿了,让你浑身发冷,再说要为你暖身子!"林秀珊朝王锐的胸上猛捶了一下,说:"我才不让别人为我暖身子呢!"王锐只见过老李一回,印象中他是个面目和善的人。他想今天他找林秀珊,一定要在传达室停一下,让老李看看他给妻子买的丝巾,让他明白他对林秀珊的爱有多么深。可他不知道今天是不是老李的班。传达室的两个人是轮流当班,每人值一天一宿的班后,会休息一天。

是上午十一点左右的光景,阳光强烈得直晃眼睛。王锐快步朝毛纺厂走去。沿途随处可见提着月饼和水果的行人,王锐明白他们这是为着晚上的那轮月亮而准备的。在下三营子过中秋节时,母亲会在院子里放上桌子,摆上月饼、瓜果来"祭月"。月饼和瓜果经过月亮的照耀后,人才会去吃它们。

王锐路过传达室时,特意看了一眼是谁当班,结果发现不是老李,这让他有些失望。那个人不认识王锐,他见王锐径直朝厂子大门走去,就吆喝他:"喂,你站住!找谁去呀?"王锐停下脚步,说:"找我媳妇林秀珊!"那人说:"林秀珊一大早就提着包出门了,不在厂子里!"王锐说:"这怎么可能!"那人说:"你不嫌遛腿儿,就进去找找看!"他很有原则性地拿出一张单子,让王锐填上姓名,并查看了他的身份证,这才放他进去。王锐想这个人一定是看错人了,林秀珊在食堂工作,她怎么可能擅自出门呢?他很快走到厂区西北角的食堂,一推开灶房的门,就闻到一股炖肉的香味。王锐看见王爱玲在切白菜丝,其他两个人择着豆角。王爱玲一见王锐就惊叫道:"你怎么来了?"王锐说:"今天过节,工头给了我一天假,我来看看秀珊。"王爱玲撇下菜刀"哎哟"叫了一声说:"我们今天给了秀珊一天假,让她去看你,她一大早晨就去哈尔滨了!你赶快往回返吧!"王锐僵直地站在那里,好半天才醒过神来,他说:"这事闹的!"

王锐几乎是一路小跑着冲出毛纺厂。路过传达室门口时,那个当班的人对他说:"我没说错吧?"王锐没理睬他,直奔火车站而去。到了那里,立即买了一张半小时后开往哈尔滨的慢车票。他想林秀珊找不到他,一定会在工地等他。

　　正午了,王锐听见自己的肚子咕咕叫了。他花一元钱买了两个酸菜馅肉包子。那包子皮厚馅少,已经冰凉了,吃得他直反胃。本来就心急如焚,偏偏又听到广播说这列慢车要晚点十五分钟左右,这可真是火上浇油。王锐有个毛病,一旦着起急来,就有些小便失禁,他一趟接着一趟地往厕所跑。当年林秀珊生孩子难产,听着妻子喊天叫地的哭号声,他也是抑制不住地一遍一遍地跑出去撒尿。当儿子终于哭叫着降生了,他也尿得头晕眼花,快迈不动步了。

　　王锐每次从厕所跑出来,都要看一眼检票口上方的电子显示屏上打出的列车进站的信息。他生怕火车又抢回了时间,正点进站了,把他给甩下来。虽然凭经验他明白,慢车一旦晚点了,是不可能把时间调整到正常时刻的。因为慢车运行区间短,通常是没等车速起来,它又要为着那一个个小站而停下来了。

　　果然,那列火车足足晚点了二十分钟才像个酒鬼一样晃晃悠悠地进站。也许是中秋节客流量大,王锐没有买到座号,他就站在车厢连接处的茶炉前。那里聚着几个跟他一样无座的人,有个妇女怀抱孩子坐在地上,无所顾忌地奶孩子。王锐看了一眼她裸露的丰满的奶子,不由得羞愧地低下头,他觉得看别的女人的奶,就是对妻子的不忠。另几个站着的人,有的在吸烟,有的靠着肮脏的车厢板壁,疲倦地打瞌睡。一旦上了车,王锐就心安了。他站在车门口,透过污浊的玻璃望窗外的风景。他想这样的大晴天,晚上的月亮一定分外光华、明净。他想起在下三营子过中秋节时,林秀珊会用洗衣盆装上清水,看水中的月亮。王锐问她为什么不看天上的,林秀珊总是"咯咯"地笑着说:"天上的月亮摸不着,水里的能摸得着。"说着,就用手去捞月亮,把月亮捞得颤颤巍巍的,好像月亮一下子老了几十岁。想起林秀珊，王锐就有一股格外温馨的感觉。慢车行进的声音很像一个发病的哮喘患者，发出一股令人窒息的杂音。王锐站了一会儿，就觉得腿脚发酸了。他转过身来，发现茶炉旁聚集了几个接水的人，他们有的托着白色的快餐碗面盒，有的则端着茶渍斑斑的缸子。他们都在抱怨这水太温吞。王锐想与其在这消磨时光，不如到车厢里询问一下别的乘客有没有提早下车的，他好寻个空位。他从接水的人的身后艰难地挤进车厢，结果发现过道里也站满了人，便知自己的愿望十有八九会落空。他问了六七个人，他们不是说在终点站下车，就是说站在过道的人早已把他们的座位候上了，王锐只能悻悻地再回到茶炉旁，想着两三个小时的路途不算远，也就安心地站到了车门口。可是慢车的车门就像人的假牙一样容易脱落，你靠了它没有多久，它就在小站上停车了。车门打开后，上下车的人一拥挤，王锐就被挤得团团转，他感觉自己就像被抽打着的陀螺，不由自主地旋转。待到车门关闭，火车重新启动后，他已被折腾得满头大汗，气喘吁吁，就像砌了一天砖一样四肢酸软、疲乏无力。王锐想这个时刻要是孙悟空出现就好了，吹上一根毫毛把人变成蜜蜂蚊子，那样所有的座位都会是空的了。这样一联想，他就觉得人是可怜的，鸟儿去哪里都不用买票，只需把翅膀一扇，天空就可以做它的道路。

慢车常有逃票的人。有些人逃票技巧高超，看着乘警来查票了，不是溜进厕所，就是钻到座席下面。还有的是两个人合伙逃票，唱双簧，他们只买一张票，查票时一个人待在原处，另一个人躲在车厢连接处。被查过票的人通常会做出要上厕所的样子，把已验过的票递给无票的人，这样无票的人就成了有票的人，大摇大摆地回来了。这些逃票技巧，王锐都是听工友们说的。他们常常逃票，讲起来头头是道。王锐也曾动过逃票的心思，有一回他只买了一张站台票就上了火车,可查票的乘警一来,他就六神无主了,不知该去厕所,还是在众目睽睽之下像老鼠一样钻到座席下面。最后他主动要求补了票,结果多花了两元钱的补票费,自认为得不偿失,以后再也没冒这个险了。

　　乘警押着几个落网的逃票者雄赳赳地走了过来。他看了一眼王锐,认为站在茶炉前的他有逃票的嫌疑,就吆喝他:"把你的票拿出来!"王锐就去西装口袋里掏票,他记得检过票后,他把它放在那里了。可是翻来翻去,车票却踪影皆无;他便去翻裤兜,裤兜里也没有!他心下一惊:这票是不是挤丢了?王锐就低头看脚下,结果他看见的是橘子皮、瓜子皮和废纸,根本就没有车票。王锐急得喉咙发干,他张口结舌地对乘警说:"我真的买了票!"乘警冷笑了一声,说:"你们这套把戏我见得多了,跟我走!"在乘警盘查王锐的时候,那几个逃票的人迅速地逃了。乘警一看被押解的逃票者一个都不见了,就问坐在地上怀抱小孩的妇女:"看见他们往哪儿去了吗?是往前面的车厢去了,还是去后面了?"那妇女说:"我看我孩子的脸来着,没看那些人的脸,我怎么知道他们去哪儿了?"乘警就一挥手把火撒在王锐身上:"跟我走!"王锐找票找得手忙脚乱,恨不能脱光了衣服干净彻底地寻一遍。乘警让他跟着走,他说:"再让我找一找,我真的买了票了!"乘警说:"我逮住你一个,却溜走了五个!你跟那几个人是不是一伙的?你把我耗住,好让他们脱身?"王锐无限委屈地说:"这可真冤枉人啊,我怎么跟他们是一伙的了?我与他们不认不识!再说了,你这火车是一张网,他们几个是网里的鱼,庙在,和尚还能跑到哪里去呀?"他这一番话把乘警逗笑了。抱小孩的妇女也笑了,她说乘警:"我看你连黑熊都不如!黑熊掰苞米,是掰一穗扔一穗,你呢,掰一穗扔了五穗!"她的话缓解了王锐的紧张情绪,王锐笑了,乘警笑了,聚集在茶炉旁的人也都笑了。好像这里有人在说相声,其乐融融。可惜笑声变不成一只只灵巧的手,能帮王锐找出车票,他只能垂头丧气地跟着乘警走。他们一直走到餐车,那里已有另外一名乘警在给几名逃票者补票了。餐车有空位,几个女乘务员聚集在一起叽叽嘎嘎地说笑,还有几个厨师在打扑克。厨师戴着的白帽子和穿着的白大褂像初春的雪一样肮脏。苍蝇在污渍斑斑的台布上飞起飞落,悠然自得。王锐坐下来,耐心地跟乘警说:"我从来没逃过票,我向你保证!你给我几分钟时间,容我再找找!"乘警说:"因为抓你,跑了五个人,我没让你补六张票就算不错了!快说,从哪儿上的车?到哪儿下?"王锐说:"我在让湖路上的车,到哈尔滨去。"乘警吆喝补票员:"给这小子补一张从让湖路到哈尔滨的车票!"王锐急了,他说:"我要是没有买票,就让雷把我劈死!"乘警说:"你也知道晴天没有雷,你赌什么咒?赶快补票,不然到了哈尔滨,把你弄到铁路派出所去!"王锐偏偏来了犟脾气,他一字一顿地说:"我、没、逃、票!"乘警说:"口说无凭,把票拿出来啊!"王锐说:"那你让我去趟厕所,我扒光了衣服,仔仔细细地找!"乘警说:"你用不着去厕所扒光自己,就在这里扒吧!如今还上哪儿找处女和童男,人身上的那点零件谁没见识过,脱吧!"他的话让那几个女乘务员大笑起来,但她们没等笑利索就各提了一把钥匙离开餐车,看来前方又到一个车站了,她们这是去给自己负责的车厢开门。王锐觉得自己受到了莫大的污辱,他咆哮着说:"我真的是买票了,要是我真找不出票来,它肯定是丢了!"乘警笑着说:"别激动,大过节的,高高兴兴的好不好?赶快补了票走人吧!"王锐心犹不甘,他记得没错,票确实放在西装口袋里了。他脱下西装,像考古学家打开墓葬一样,认真地察看那墓穴一样的口袋,结果他发现口袋开线了,车票滑落到衬里中了!所幸衬里的底线轧得比较密实,车票才安然夹在其中。当他终于把票如愿以偿地翻出来递给乘警时,王锐真是恨透了这件西装,他觉得它像汉奸一样把他出卖了。乘警见到车票,对王锐说:"还真是冤枉了你!"见王锐委屈得像是要哭的样子,乘警又说:"你就坐在这儿吧,不收你的座位钱了!"王锐可不想坐在这里,他想回到原先站着的地方。他要把车票给拥堵在茶炉前的乘客看,他没撒谎,他是清白的!王锐把西装搭在胳膊上,挎着包走出餐车。火车刚刚离开站台,车体晃得厉害,王锐也跟着摇晃着。等他回到原来的位置后,发现那个抱小孩的妇女已经不见了,不知她是下车了,还是找到了座位。而先前站着的人,也换了新面孔。只有那个锈迹斑斑的茶炉,还露着它那仿佛是饱经沧桑的老脸孔,迎接着他。

王锐本来就因为见林秀珊扑了空而心生懊恼,再加上车票的风波,他的情绪异常地低落。他想早知如此,还不如不对着镜头说那些假话呢,结果遭到工友们的耻笑不说,他为此换来的这个假日旅行又极不愉快。

前天中午,王锐正坐在工棚前吃午饭,工头把他叫出来,说是电视台来了两个记者,想采访一下打工者的待遇问题。工头说王锐形象好,口才也好,让他给建筑公司多美言几句,就说他们公司吃住条件都好,从未拖欠过打工者的工资,等等。王锐本不想给人当枪使,但工头趴在他耳边悄悄说了一句话:"你说好了,我奖励你一百块钱!"王锐说:"除了钱,能让我在中秋节时歇一天,我就去说。"工头一拍胸脯说:"没问题!"于是王锐就被记者拉到工地旁。男记者扛着火箭筒似的摄像机对着他,女记者则拿着甘蔗似的话筒对着他。王锐虽然是初次上镜,可他却丝毫都不紧张。记者问他:"你对恒基建筑公司给你提供的食宿满意吗?"王锐说:"很满意,每天的菜里都有肉,馒头和米饭管够!住得也不挤,能伸开腿!"记者问:"公司拖欠过你们的工钱吗?"王锐说:"没有,我们过年时探家,都能拿到现钱。"记者又问:"你喜欢当建筑工人吗?"王锐说:"喜欢,因为我是在给人造安乐窝。鸟儿要是没窝,就得栖息在风雨中;人要是没窝,不就成了流浪者了吗?"采访顺利结束了,工头很满意,当即兑现给王锐一百块钱,允许他中秋节时休息一天。王锐就用这一百元钱给林秀珊买了块丝巾,又买了月饼和橘子,打算赶到让湖路给林秀珊一个惊喜,谁料林秀珊也会得到一个假日,突然来探望他呢!看来两个惊喜一交错,惊喜就变成了哀愁。王锐还记得昨晚工友们聚集在那台只有十二英寸的电视机前看他接受采访的情景,王锐的图像一从晚间新闻节目中消失,大家就七嘴八舌地议论开了。有人说王锐当瓦工可惜了,他编瞎话的能力完全可以去当个昏官。有人说以后要是缺钱用了,就朝他借,谁让他说公司没拖欠过工钱呢!还有人说王锐的样子像某某某、某某某,而那些名字都是大家看过的电影中叛徒的名字。工友们的话就像蜜蜂一样蜇着他的脸,王锐只好为自己辩解说:"我要不为他们说点好听的,公司还不得把我们都解雇了啊?咱们寄人篱下,就得嘴甜点!"工友们便不说什么了。可王锐却很难过,他暗想金钱和女人确实能拉拢和腐蚀人,一百元钱和林秀珊,就能让他堂而皇之地为别人唱赞歌。

　　王锐乘慢车返回哈尔滨时,林秀珊也满怀失落地踏上了返回让湖路的旅途。当她在中午十二点左右赶到王锐所在的道外的建筑工地后,她就跟两个往吊车上搬砖的民工说:"你们能帮我叫一下王锐吗?"那两个人互相看了一眼,笑嘻嘻地说:"王锐是谁呀?我们不认识!"林秀珊认得与王锐铺挨铺的杨成,她就说:"那你们认识杨成吗?"那两个人依旧笑嘻嘻地异口同声地说:"杨成是谁呀?我们不认识!"林秀珊以为来错了工地,正狐疑间,那两个人嘿

246

嘿笑了,说:"你是王锐的老婆吧?我们见过你,你来工棚找过他!可他今天不在工地!"一听说王锐不在工地,林秀珊吓得腿软了,眼晕了,她颤着声问:"他出了什么事了?"两个工友相视一笑,其中一个说:"他现在可是明星了,上了电视了!"林秀珊更是吓得心慌气短了,她想王锐又不是有身份有地位有财富的名人,他要是上了电视,还不是跟那些穷人一样,不是犯了法在"现身说法",就是受了骗在痛哭流涕地"申冤"。正当林秀珊心急如焚的时候,刚好看见杨成和几个人往楼上运预制板,她就奔过去喊住杨成:"杨大哥,我家王锐究竟出了什么事?他怎么不在工地?"说这话时,她有些眼泪汪汪的了。杨成一见林秀珊,就"哎呀"叫了一声说:"王锐看你去了,你们这是走岔了!"林秀珊说:"你不要骗我,他怎么了?你们都在工地上班,他怎么不在?"杨成就简单地把王锐在电视新闻中为公司讲了好话,公司奖励他一天假期的事说了。杨成说:"你赶快往回返吧,估计王锐早就到你那里了!"林秀珊说:"你没骗我?"杨成说:"我骗你干啥?"林秀珊就急急忙忙地乘公共汽车返回火车站,买了一张午后一点零五分的慢车票。她想王锐知道她来哈尔滨寻他不见,一定能猜到她会立刻返回。他不是在厂房门口等她,就是去他们常去的私人旅馆等她了。一旦知道王锐平安无事,林秀珊高悬的心就落下来了。她在站前快餐店吃了一碗炸酱面后,就随着蜂拥的人流通过检票口,走下地下通道,奔向她要乘坐的列车了。她算计着五点之前就能见到王锐。林秀珊不像王锐的运气那么差,她买到了座号,而且临窗,这让她暗自得意,她和王锐一样喜欢在列车经过江桥时眺望松花江。有一回她刚好看见落日浸在江水中,感觉这条如蛟龙的江仿佛是衔着一颗灿烂的珠子。

列车在轻快的乐曲声中离开了站台。如果说林秀珊感觉让湖路站是个牲口棚的话,那么它只是一个小牲口棚,而哈尔滨站则是一个大牲口棚。八个站台上进出站的列车络绎不绝,汽笛声此起彼伏,仿佛驴叫马嘶牛哞狗吠鸡鸣的声音全都交汇到一起了。那橘红色车体的列车像一头头健壮的牛,银灰色的列车则像一匹匹雪青色的骏马。像她乘坐的果绿色列车,就像脾气温驯的羊。这趟列车是由哈尔滨开往图里河方向的,凡是始发站的列车都很干净,它们就像清晨刚刚梳洗完毕的少女一样,给人一种洁净、清爽的感觉。而那些长途跋涉来的过路车,则邋遢得像个老妪。

林秀珊所乘坐的两人座的对面还空着位置,她就调换了一下方向,这样她与火车行进的方向是同向了。有人坐反方向的列车会觉得不适,易于晕车,林秀珊却不。但她还是喜欢与列车前行一致的座位,否则,列车虽在前进,你却有倒退回去的感觉。而且,反方向望风景时,你会觉得视野中的一棵树、一座房屋是由大变小,最后小得跟芝麻粒一样,让你怀疑自己行进在一个虚幻的世界,似乎什么都在飞速地奇异地消失。而与列车同向看风景,视野中的风景却是由小变大,由模糊变得清晰,风景总是在它最明朗的一瞬消失,给人一种真实可触的感觉。

林秀珊刚刚调换好座位,就见从车厢门口走过来两个人。他们同样的身高,但是一胖一瘦。瘦男人戴副眼镜,气质很好,看上去儒雅斯文,很有涵养的样子。不过他的双手被手铐扣着。胖男人看上去有四十多岁了,挎着一个黑皮旅行包,穿一件古铜色细条绒的衬衣,右唇角生了疮,就像沾着个烂草莓似的。胖男人拿出两张票,在林秀珊面前停下来,对她说:"小姐,这儿是您的座位吗?"林秀珊的脸"唰"地红了,仿佛偷了什么东西被人逮住了似的,她连忙起身又坐回对面,说:"我以为车开了没来人,这座位就是空的了,对不起啊。"胖男人说:"没关系。"他让戴手铐的人坐在靠窗的位置,而他稳稳实实地坐在过道一侧,把旅行包放在腿上。瘦男人坐下来后,若无其事地把双手摆在茶桌上,就像故意展览那副手铐似的。胖男人问他:"想去厕所吗?"瘦男人摇了摇头。胖男人又问他:"渴吗?"瘦男人依旧摇摇头。胖男人打开旅行包,取出一条脚镣,吃力地弯下腰,给瘦男人戴上,然后拉上旅行包的拉链,将包扔在行李架上,连打了几个呵欠,似是疲倦到了极点的样子。林秀珊猜想戴眼镜的男人是被抓捕归案的犯人,而胖男人是个便衣警察。想想对面坐着个犯人,她有些心惊肉跳的,以致列车通过江桥时,她紧张得忘了看松花江。她不知道这男人犯了什么罪,杀人、强奸、抢劫还是诈骗?他看上去是那样的年轻和有气质,林秀珊很为他惋惜。

一名乘警走了过来。他到胖男人面前停了下来,说:"老王,有没有需要我们帮助的?"被称作老王的胖男人"噢"了一声,哑着嗓子说:"没有,一切都顺利。"乘警坐在林秀珊旁边的空位上,看了一眼瘦男人,对老王说:"就他杀了两个人?真他妈看不出来!"老王笑了,说:"按你的眼力,不该我押解他,应该他押解我才是?"乘警也笑了,说:"差不多吧!人家像警察,你倒像囚犯!"犯人抖了一下手铐,不易察觉地笑了一下。

乘警和老王各点了一棵烟,又聊了一些别的,然后乘警离开了,而老王则眯着眼打起盹来。乘警离开时对犯人说:"用不了多久你就该吃枪子了,再也不会坐火车了,你好好望望风景吧!"

林秀珊本想去别的空位,远离犯人,可她很好奇,这个人怎么会是杀人犯?他为什么杀人?她很想跟他说说话,可她不知道该怎样开口。而且,她担心她的询问会激怒他,他也许会举起戴着手铐的双手,把她的脑袋当西瓜一样砸碎。林秀珊一想到这个活生生的人即将被枪毙,她的身上就一阵一阵地发冷。她每望他一眼,都觉得那是一个鬼影。

便衣警察起了鼾声。他大约知道犯人手铐脚镣加身,是寸步难行,所以睡得很安稳。有几个乘客知道车上押解着一个死刑犯,就悄悄走过来看犯人。犯人也不介意,他很平静地打量那些看他的人。看他的旅客每每遇见他的目光,就吓得掉头而去。好像他的目光是匕首,刺伤了他们似的。犯人一会儿望望窗外的风景,一会儿又看一眼林秀珊。他看风景的时间长,而看林秀珊只是瞥一眼。他瞥林秀珊时,她感觉自己的肩膀仿佛被鬼拍了一下,凉飕飕的。

列车每停靠站台时,车厢就会骚动一刻。这时警察会睁开眼睛,茫然地看一眼犯人。列车重新启动后,他又会沉沉睡去。上车的旅客越来越多,空座就没有闲着的了。只有林秀珊旁边的座位仍然无人敢坐。有两个旅客刚坐下来,一望见茶桌上犯人那双戴着手铐的手,就如惊弓之鸟一样地离开了。这个座位也就仿佛成了皇帝的御座,没人敢坐。

林秀珊在火车上就根本没心思去想王锐了。她的意识中只有眼前这个犯人。有几次她清了清嗓子,想问他一句:"你今年多大了?"可话到嘴边又咽了回去。犯人大约看穿了她的心思,每当林秀珊清理完嗓子后,他就会眨眨眼,冲她微微一笑。他的笑容让她不寒而栗。不是她怕犯人的笑,而是觉得这样的笑容很快会如空中的浮云一样消散,而为他惋惜得慌。林秀珊从未见过死刑犯,更别说与他们面对面地坐着了。在她的印象中,死囚大都面目凶残、丑陋不堪。她没料到他竟然如此文质彬彬。

林秀珊不习惯倒着看风景,所以每看一眼窗外,就有些灰心丧气。她已经不惧怕与犯人面对面地坐着了。她从行李架上把旅行包拿出来,打开,又开始摆弄里面的东西了。她首先取出闹钟,漫无目的地给它上弦。几分钟后,它突然"丁零零"地叫了起来,警察被惊醒了,他在瞬间站了起来,去掏别在腰间的枪。犯人见状不由得笑了起来,这回他笑出了声。警察看了一眼闹钟,瞪了林秀珊一眼,说:"我怎么听着像警铃声。"林秀珊也笑了。她的黄牙一定引起了警察的反感,他蹙了一下眉。林秀珊把这个调皮的闹钟放回包里。警察威胁她说:"你别又给它定了时,过一会儿它再叫起来,我就掏枪打烂它的脑袋!"林秀珊心想,公安局给你配枪是让你执行警务的,你敢对闹钟开枪,还不得把你开除出公安队伍啊?林秀珊在放回闹钟的同时,把口琴取了出来。她抚摩着口琴的一瞬,王锐又回到她心头。她想他一定等她等急了。他中午吃东西了没有?她最担心他去吃朝鲜冷面,王锐胃不好,吃了冷面常胃痛。可他又偏偏喜欢吃这个。林秀珊计划着晚上和王锐去吃三鲜水饺,让他喝一碗滚烫的饺子汤。

林秀珊摆弄口琴的时候,抬头看了犯人一眼。她发现犯人的眼神变了,先前看上去还显得冷漠、忧郁的目光,如今变得格外温暖柔和,他专注而无限神往地看着口琴。林秀珊想他也许像王锐一样会吹口琴,也许他也像王锐一样用口琴赢得过姑娘的芳心。林秀珊见他这么爱看口琴,就想把它收回去,因为它属于丈夫,好像别的男人是不配看的。但她一想这犯人活不多久了,他愿意看,就让他看个够吧。她把口琴放在茶桌上,让他能仔细地看。犯人看着口琴,就像历经寒冬的人看见了一枚春天的柳叶一样,无限地神往和陶醉。林秀珊问他:"你会吹口琴?"犯人点了点头,然后微微叹息了一声。林秀珊明白他的叹息来自手铐,吹口琴需要的是自由的手。林秀珊推醒警察,对他说:"你给他把手铐打开一下,好吗?"警察横了一眼林秀珊,问:"干什么?我好不容易把他缉拿住,你想把他放了不成?"林秀珊笑吟吟地举起口琴说:"他想吹口琴,你就让他吹一下吧。"警察扭过头带着讥讽的口气对犯人说:"你倒是真有本事啊,我迷糊了一会儿的工夫,你就把人心给笼络了!"警察咳嗽了一声,复又眯上了眼睛。他的举动说明他不想擅自给犯人打开手铐。林秀珊本不想再请求警察了,可她实在不忍心看犯人望口琴的那种眼神:那么的向往,又那么的哀怜!她再次鼓起勇气推醒警察,说:"你就给他打开手铐,让他吹一下口琴吧!不让他多吹,就吹一个曲子!"警察叹了一口气,对林秀珊说:"你不是他什么人吧?"林秀珊郑重其事地强调说:"我是王锐的人!"警察说:"王锐是谁呀?"林秀珊笑眯眯地说:"是我丈夫!他也会吹口琴!"警察问犯人:"你真想吹这玩意?"犯人点了点头。警察仍然有些犹豫,林秀珊就鼓励他说:"他上着脚镣,跟驴被拴在磨盘上有什么区别?哪儿跑去呀!"林秀珊很愿意用牲口比方事物,她的话把警察逗笑了。警察对犯人说:"这也是你最后一次吹口琴了,就给你个机会吧!"警察从裤兜里掏出钥匙,把手铐打开。犯人的那双手像女人的一样修长细腻,只是这手没有血色。犯人先是活动了一下手指,然后才像抱刚出世的婴儿一样小心翼翼地拿起口琴,把它托在掌心,轻轻递到唇边。林秀珊的心紧张得提了起来,她不知道口琴会发出何种音色,它美不美。突然,那小小的口琴迸发出悠扬的旋律,有如春水奔流一般,带给林秀珊一种猝不及防的美感。她从来没有听过这么柔和、温存、伤感、凄美的旋律,这曲子简直要催下她的泪水。王锐吹的曲子,她听了只想笑,那是一种明净的美;而犯人吹的曲子,有一种忧愁的美,让她听了很想哭。林秀珊这才明白,有时想哭时,心里也是美的啊!警察大约也没料到犯人会吹这么动听的口琴,他情不自禁地随着旋律晃着脑袋,而车厢的旅客,都被琴声召唤过来了,他们聚集在林秀珊和警察座位旁的过道上,听得兴味盎然。一首曲子吹毕,犯人把口琴悄悄放在茶桌上,林秀珊注意到他的手指哆嗦不已。乘客们都没听够口琴声,大家都央求警察:"再让他吹一首吧!"警察爽快地说:"行,今天中秋节,你给大家献上两首曲子,虽然赎不了罪,也算是为人民服务了!"这样,犯人颤抖着拈起口琴,又吹了一曲。林秀珊常嘲笑王锐吹口琴的样子,说很像一个牙口不好的人在啃一穗老玉米。而犯人吹口琴的动作,倒像一个英俊少年在原野上吃一根碧绿的黄瓜,她似乎都闻到了一股清香味。他吹的第二首曲子同样的忧伤、缠绵、舒缓,如梦如幻。林秀珊注意到,犯人的泪水已悄然顺着脸颊滚落到口琴上,这口琴就跟被露水打过一般,湿漉漉的。一曲终了,乘客都鼓起掌来。警察虽然一副意犹未尽的样子,但他还是拒绝了大家的请求,把手铐重新给犯人扣上。那把沾染着犯人口唇气息和泪水气味的口琴又回到林秀珊手里。林秀珊觉得有些对不起王锐,她就拿着口琴去了洗脸池,用冰凉的水反复冲刷这把口琴。可是冲着冲着,她的泪水就下来了。当火车在不知不觉间停靠到让湖路站台上时,林秀珊甚至觉得这一段路程太短暂了。她在下车前对犯人说:"你吹的口琴可真美。"她不知道警察押解着他会在哪里下车。犯人冲林秀珊点了点头,算是与她告别。他自始至终没有说一句话。林秀珊走到喧闹的站前广场的时候,竟有些怅然若失。她站下来定了一会神儿,脑海里才浮现出王锐瘦高的影子。

建筑工地永远是嘈杂不堪的。混凝土搅拌机的轰鸣声、吊车起降的声音、钢筋与钢筋的清脆碰撞声以及瓦刀修整砖坯的"嚓嚓"声等混合在一起,把人的耳朵弄得"嗡嗡"地叫。王锐在下三营子时,感受最深切的是乡村的宁静。进城三年来,他觉得最辛苦的还不是身体,而是耳朵。在工地,耳朵每时每刻都要受噪音的鞭打。以往在乡村,哪怕是一声牛叫,他都能真切地感受到,可在城市里,工作和生活的环境充斥了噪音,他反而对声音不敏感了。他这才明白,真正的声音存在于寂静之中,而众多的声音其实是一种没声音的表现。

王锐满怀希望地赶到建筑工地时,已是夕阳西下时分了。迎接他的首先是那些噪音。王锐以为会见到林秀珊,她该像个乖女孩一样地等他,然而他失望了。她会不会听说他去了让湖路,而又乘车返回了呢?王锐一旦这样想了,就格外地心凉。他碰到两个工友,就问他们:"你们见没见我媳妇呀?"工友则说:"你没和老婆过一夜,就跑回来了?"王锐想林秀珊认得杨成,她找不见他,一定会向杨成打听自己的。王锐乘吊车上到顶层,找到了杨成。杨成一见他就大叫一声:"你怎么跑回来了?我让你媳妇回去找你去了!"王锐觉得腿都软了,他有气无力地说:"她怎么不知道在这儿等我啊。"杨成说:"是我让她回去的!你现在赶快再返回去吧!我估摸着她早就该到站了!"王锐心灰意冷地说:"这一天折腾下来,我觉得比上工还累!"杨成"嘿嘿"笑着说:"晚上你把媳妇搂在怀里,乏也就解了!"王锐一想时间还来得及,就离开工地,乘公共汽车到了火车站,又买了一张去让湖路的车票。这回他很幸运,不但有座号,而且列车在他买了票十分钟后就进站了。王锐坐在相对整洁和敞亮的车厢中,想着三个小时后就会见到林秀珊,他的心境又明朗起来。

列车缓缓通过霁虹桥,在经过一片片灰蒙蒙的楼群后,铿锵有力地驶上了江桥。王锐这回没忘了眺望松花江,此时夕阳已经半沉,江面的一侧被橘黄的夕照笼罩着,另一侧却是沉重的灰色。这江看上去就仿佛是一个美少女在穿一件黄绸缎的袍子,只穿上了一只袖子,因而半江明媚半江暗。王锐觉得这样的江水反而有韵致。满江明媚让人觉得太艳,而满江灰暗又让人觉得压抑。只有这半明半暗地对比着,才让人觉得这江水魅力无穷。他甚至觉得他和林秀珊一直如此甜蜜,就是因为这若即若离的生活状态。他们独自生活着时,那就是"暗",而相聚在一起时,则是"明",明暗相交,总是让人回味无穷。

列车越走天色越暗,车厢的顶灯亮了,它投射的光线昏黄模糊,这样的光就给人一种苍老的感觉。王锐对面坐着两个男人,看上去他们素不相识,一个在一张纸上不停地写着数字,另一个则捧着一本杂志在看。看杂志的人不停抬头扫一眼王锐,王锐想我又不是字,你看我做什么?王锐的旁边,坐的是一位老太太,她一上车就靠着车窗睡了。她的睡姿很特别,两条胳膊不是放松着垂下,而是交叉着护着胸。如今戴套袖的人几乎看不见了,可老太太却戴着一副,因而很扎眼。一个穿着白大褂的胖女孩推着货车"吱扭扭"地来了,货车上有盒饭卖。王锐饿了,他花六元钱买了一份。他一般不喜欢买火车上的食品,它们不但难吃,而且价格很贵。比如他拿到手的盒饭,只有一撮拳头般大的米饭,旁边配着少许颜色黯淡的菜,就花掉了六元钱。而在车下,三元钱就足够了!王锐有些心疼地吃着盒饭,这时那个在纸上写了形形色色数字的人对王锐说:"兄弟,随便给我说几组数字!每组七个数字!"王锐这才明白,此人是个彩民,正煞费苦心地编彩票号码。王锐笑笑,说:"我没那个运气,你还是自己编吧!"那人说:"求你还是给我说两注吧!"王锐见他如此恳切,就顺口说了两组数字。这两组数字他也曾买过,一个是他工地附近的公用电话亭的号码,一个是林秀珊在让湖路等他电话的那个电话亭的电话号码。可惜这两注号码连末等奖都没有中过。工友们大都有买彩票的爱好,他们总想碰碰运气,万一中了五百万元的头奖,不是一夜之间就成了富翁了吗!可惜没有一个人有那样的红运,除了拜泉县来的李为民中过一次三百元的四等奖外,大多工友投的注,都像阳光下的肥皂泡一样消散了。林秀珊从来不买彩票,她说一看到彩票机,就会联想到吃人的老虎。这老虎胃口很大,天天在吃人喂给它的东西,把很多未识破它面目的人给盘剥得一文不名。王锐就说彩票机不总是老虎,它要么不吐金子,要是吐,就会给一个人吐上一地的金子,中几百万元奖的不乏其人!林秀珊就一本正经地说:"谁中了大奖,就说明让老虎给狠狠地咬上了一口,不会有好下场的!你想啊,人一下子得了几百万,不是因为钱分得不均了闹得夫妻兄弟不和,就是因为有了臭钱变得好吃懒做了,成了废物,这不是灾是什么?"

吃过盒饭,王锐觉得累,他把头向后仰,想眯上一会儿。他怕自己睡得沉,听不见列车员报站的声音,就问那个苦心琢磨彩票号码的人:"你在哪儿下车?"那人问:"干什么?"王锐说:"我想眯一会儿,怕睡过去,听不见报站声。"那人打了一个呵欠,说:"我也困了,眼皮都直打架了,我可不敢保证能叫醒你。"这时一直在看杂志的人对王锐说:"你们安心睡吧,我在终点下车,到站了我会叫你们的。"他问王锐在哪儿下车,王锐说:"让湖路。"又问那个彩民在哪儿下,彩民说:"嫩江。"看杂志的人说:"放心吧,我不会忘了叫醒你们的!"他那超乎寻常的热情让王锐顿起疑心:他是不是个贼呢?他听说,如今在火车上作案的贼不像过去那样在车厢间四处流窜了,他们会买上一张票,堂而皇之地坐下来,趁旁边旅客不备时,伸出黑手。得手后就近下车,没得手就仍然盘踞车上,等待猎物出现。王锐闭上眼睛佯睡,故意把旅行包放在膝盖上,并且装模作样地打起了呼噜。那个彩民也随之打起了呼噜。王锐听得出来,彩民的呼噜是真的呼噜。果然,一刻钟后,他感觉腿上的包在动。王锐睁开眼睛,见那人依然举着杂志在看,他想这双贼手真的比魔术师的手还要快呀!王锐想既然这贼发现他警觉了,一定会游荡到别的车厢去。他在这里没得手,就会把手伸向别处。王锐想不如叫来乘警,让他看着这贼,可又一想自己并没有抓住人家任何把柄,若被他反咬一口,岂不冤枉?王锐索性不睡了,他盯着对面的人,看着他不时地翻动书页,心想我看你怎么伸出贼手。天色越来越暗了,窗外的风景模糊了,谁忘了关厕所的门,一股尿臊味像癞皮狗一样流窜过来,令人作呕。列车减速了,王锐知道它又要停靠到站台上了。看杂志的人把杂志扔在茶桌上,站起来伸了个懒腰,对王锐说:"唉,坐得我昏头涨脑的,到车门口透口气去。"说着,他朝车门走去。王锐想他也许是趁下车人员拥挤的时候,寻找被偷的对象。王锐推醒那个彩民,小声对他说:"兄弟,精神着点!你旁边坐着的那个人,可能是小偷!我刚才装睡,感觉他把手伸向了我的包!"王锐的话音刚落,列车就剧烈颤抖了一下,停下来了。那彩民睡得香,嘴角的涎水都流出来了。他懊恼地对王锐说:"唉,我在梦里中了五百万,正在银行领钱时,让你给叫醒了!"王锐说:"梦又不是真的!我就不爱做美梦,我乐意做噩梦!"彩民打了一个呵欠,问:"为什么啊?"王锐很认真地说:"你想啊,你若是做了美梦,在梦中要啥有啥,醒来后却一无所有,难过不难过呀?可你要是做了噩梦呢,在梦里上刀山下火海地受苦受难,醒来后发现阳光照着你的屋子,没有那些可怕的东西,你感动不感动呢?"彩民"嘿嘿"笑了,说:"你应该当个哲学家。"在他们说笑的时候,列车又缓缓启动了。车厢里走了一些人,又上来一些新旅客。王锐发现对面的人没有回来,就对彩民说:"他知道自己露了马脚,可能溜了!"彩民说:"溜他妈的去吧!这世道也就这样子了,吃喝嫖赌、打砸抢的什么没有!"彩民发牢骚的时候唾沫星子四溅。这时乘警连同列车员查票来了,王锐提早把票拿了出来,先前不愉快的寻票经历还让他心有余悸。彩民也在找自己的车票。他将手伸向裤兜,王锐听见他惊叫了一声:"糟糕,我的钱包呢?!"王锐说:"你是不是放在别的兜里了?"彩民站了起来,急得像猴子一样抓耳挠腮。他把身上所有的兜翻了个遍,没有寻到,他就胡乱地拍打着身体的各个部位,叫着:"出来吧,出来吧!"好像钱包是个与他捉迷藏的小孩子,一吓唬就主动跑出来了。结果直到验票的人站在他们的座位旁,彩民也没找出票来。列车员先是看过王锐的票,然后推醒老太太,说:"大娘,看看你的票!"老太太展开胳膊,把手伸进套袖,取出一卷钱来,把它捻开,车票就夹在其中,她把票抽出来。王锐想这老人倒是精明,钱和车票都藏在套袖里,她又交叉着胳膊睡着,钱就跟落入了保险柜一样万无一失。当列车员请彩民出示车票时,已急得满头大汗的他咆哮道:"我的钱包丢了!我的票夹在钱包里!"男乘警微笑着说:"你们这套把戏我见得多了,少啰唆,补票吧!"这话同上次列车的乘警奚落王锐时如出一辙。彩民说:"我有票!我的票在钱包里,钱包丢了!"王锐说:"一定是那小子干的!他肯定溜到别的车厢了,我认得他,咱们逮他去!"王锐把看杂志的人在他装睡时要拿他的包的举动对乘警说了,并且指着茶桌上的杂志说:"你看,这就是他看的书!"乘警这才将信将疑跟着王锐和彩民挨个车厢地捉贼。他们花了半个小时从车头走到车尾,也没见那个贼的影子。王锐猜他早已中途下车了。没捉到贼,王锐和彩民悻悻回到原位。彩民说,他的钱包里有三百多块钱,还有四张总计二十注的彩票以及车票。他看了一下手表,十分沮丧地说现在正是开奖时刻,没准他会中了大奖呢,可他的彩票却是别人的了!这样一想,他就觉得丢的不是几百元钱、车票和彩票了,而是搬起来都会困难的五百万钞票!他如中了魔一样喋喋不休地说:"今天我的彩票肯定中了大奖!天啊,我的五百万没了!天啊!"他愁肠百结、捶胸顿足,仿佛贼掏走的不是钱包,而是他的心。王锐见他如此失魂落魄,就劝慰了他几句,岂料他忽然站起来冲王锐叫道:"都怪你,你知道他是个贼,为什么不提醒我一下? 你只知道护着自己的包,你够人吗?!"说着,抬手就给王锐一拳头,打在他右眼眶上。王锐疼得"哎哟"惨叫着,用双手捂着脸。这彩民仍不解恨,又往王锐肩头擂了几拳,声嘶力竭地说:"你赔我五百万,你赔!"坐在王锐旁边的老太太早已吓得躲到过道里,她叫道:"快喊人哪,要出人命了!"一个又矮又瘦的旅客叫来了乘警。乘警一奔过来就呵斥道:"怎么的,没抓到贼,你们俩倒掐起来了!"彩民本想再给王锐几拳头,见乘警来了,他就把怒火转嫁到乘警身上,照着他的下巴就是一拳,骂道:"你们这些吃屎的货!铁路养你们这些废物干什么!你们养得跟懒猫一样,看着那些老鼠一样的贼不管不问,白白让我丢了钱包,你赔我五百万!"乘警在猝不及防中挨了一拳,气得火冒三丈,他老鹰擒鸡般地把彩民拉到过道上,伸出腿狠踢了那人几脚。彩民"哎哟"叫着,但仍没忘了嘟囔他失去了五百万的事情。最后彩民被乘警给带走了。

彩民走了,先前围聚过来看热闹的旅客又都回到原位了。老太太坐回王锐身边,她撇了一下嘴对他说:"你让人把眼睛给打青了!看看你这八月十五过的!不是我说你啊,你干吗多管闲事?跟他提醒那一嘴干什么?怎么样,贼跑了,他拿你当替罪羊了!"王锐觉得眼眶火辣辣地疼,而且泪流不止。他真是悔恨极了!心想老太太说得确实对,他真不该跟那个疯子似的彩民进那一言。老太太又说:"我看你得让那人领你去看看眼睛,你自己是瞧不见,肿得可厉害呢,万一打坏了可怎么办?眼睛多金贵啊!"老太太这一唠叨,王锐就更加地后怕,他想万一自己的眼睛被打瞎了怎么办?他可不想让林秀珊有个独眼丈夫。王锐使劲眨巴那只受伤的眼睛,让它飞快地转来转去,结果他并不觉得吃力和过分地疼痛,这让他略微心安。他想若是那彩民看他的眼珠这样转动,一定会以

259

为是彩球在摇奖器里旋转,摘出他的眼珠也未可知。王锐捂住左眼,虬着右眼看周围的景物,结果他能看见邻座老太太手上的青色老年斑,能看清过道另一侧的男人跷着腿吸烟的情景。他又把头扭向车窗,结果他望见了原野上仿佛散发着奶油气息的微黄的月光,看来中秋的月亮已经悄然升起了。他知道自己的眼睛没受重伤,他为此庆幸不已。他从旅行包里掏出给林秀珊买的丝巾,看着丝巾上那一朵朵紫花,禁不住流下了眼泪。老太太见他落泪了,就惊叫着说:"你是不是看不见这丝巾上的花了?你不能饶了那小子,让他领你就近下车,到医院查查去!"王锐想告诉她,正因为自己看得见丝巾上的花儿,他才流泪了。王锐平静了一番,起身到洗脸池去,他打算洗一把脸。然而拧开水龙头,却见滴水未出。慢车的水龙头常常是这样,在列车始发后的一两个小时内,它能咧着嘴淌出水流,而过了几个站后,它就像哑巴一样闭上嘴了。王锐站在那里,忽然觉得自己站着的是下三营子逐渐沙化的土地,而水龙头管则是已经干涸了的地根河。他抬头照了照洗脸池上方的镜子,虽然它被水渍和灰尘弄得肮脏、模糊,他还是看见了自己的脸。他的右眼眶果然青着,且微微浮肿。他想要是下车后见到林秀珊,她问眼睛是怎么回事,他一定不能跟她说实情,就说是在工地被砖头扫了一下。一想这样说更糟糕,他再去工地时,林秀珊还不得整日为他提心吊胆啊。干脆就说今天上车的人多,自己不小心磕在车门上了。

　　列车停靠在让湖路的站台时,月亮已经升得很高了。王锐想要是月光有消肿除瘀的功效就好了,让他的眼睛能立刻恢复如常。他觉得这副面貌与妻子团聚,有些扫兴。

　　王锐猜测林秀珊已经在他们常去的旅馆的地下室等他了,他就没有去毛纺厂的宿舍,直接去了旅馆。

王锐是这家旅馆的常客,老板娘认得他。老板娘四十多岁,非常胖,手上戴着三枚金戒指,一有空闲就"咔——咔——"地嗑瓜子,看人时爱觑着眼睛。有一回王锐在清晨时离开旅馆,老板娘呵欠连天地从登记室走出来对他说:"昨晚住在你们隔壁的人来退房,说是睡不着,你们把床弄得太响了!我就跟客人说,人家小夫妻十天半月的才在一起住一宿,能不多折腾一会吗!"说得王锐和林秀珊的脸都火辣辣的,就像是做了什么错事似的。他们跟老板娘说以后一定注意着点,可是又怎么能注意得了呢?他们一旦拥抱在一起的时候就变得疯狂了,睡在他们隔壁的客人也就仍有闹着要调换房间的。所以老板娘每次见到王锐,总要笑着说他一句:"看着你挺瘦的,没想到力气倒是蛮大的嘛。"

王锐走进旅馆时,发现坐在登记室里的老板娘今天打扮得花枝招展的。她穿一件绿地粉花的丝绒褂子,一条宽松的黑裤子。她盘了头,脸上不唯涂了脂粉,还描眉涂唇了。她正和外号叫"小白梨"的女服务员嘀咕着什么。林秀珊对王锐说过,小白梨是老板娘养在旅馆的"鸡",她的身份是服务员,可干的都是妓女的勾当,王锐就很看不起小白梨。小白梨其实并不漂亮,但她身材好,肤色白,看人时总是笑眯眯的,所以看上去还比较可人。

老板娘见了王锐,满脸都是笑容。她说:"我猜今儿中秋,你们夫妻不会不来团圆的!"

王锐问:"我媳妇来没来?"

老板娘说:"没来呀!怎么,你没和她约好?没约好也没事,你先把房开了,回头再去找她!"

王锐说:"那我得看看她在不在让湖路,她要是不在这,我开房间干什么?"

老板娘笑着说:"你媳妇不在这也没啥,让小白梨陪你!"

王锐一边往外走一边说:"我从来不吃梨!"王锐听见了身后的老板娘和小白梨爆发出的笑声。

老板娘鄙夷地说:"一年到头只吃一种果子腻不腻呀?他不吃梨有人吃!"

小白梨说:"看他今天眼眶都青了,没准要吃野果子没得嘴,让人给打了!"

王锐忧心忡忡地朝毛纺厂走去。他不停地打量过往行人,生怕错过了林秀珊。待他走到传达室门口时,值班的人认出了他,说:"你媳妇回来了,不过又走了!"王锐有气无力地问:"去哪儿了?"值班的人说:"这我怎么知道!她出门时又没说去哪儿!你进去跟人打听打听去吧。"这回他没让王锐填会客单。

王锐拖着已经发酸的腿走到林秀珊宿舍,疲惫不堪地敲响了宿舍的门。宿舍没有亮光,难道里面没人?王锐持续不断地敲着门,并且大声问:"秀珊,你在吗?秀珊!"王锐听见室内有了脚步声,但是灯仍然没亮。吴美娟的声音隔着门传了过来:"王锐,真的是你吗?"王锐说:"吴大姐,是我,你开开门,秀珊呢?"吴美娟说:"宿舍的人都看录像去了,对不起啊,我就不开门了。"她停顿了一下,接着说,"秀珊去哈尔滨找你去了!她在吃晚饭时从哈尔滨回来,我们告诉她你来找她,听说她去你那儿了,你就返回去了!秀珊一听说你回去了,她就又去哈尔滨了!你赶快再返回去吧!"吴美娟的话让王锐觉得身上一阵一阵地发凉,他觉得自己就像一个栽种了假种子的倒霉的农民一样,奔波劳累到最后却是两手空空。那一刻他辛酸极了。他知道吴美娟这是和丈夫在一起。吴美娟的丈夫在林甸的农村,他每次来探望妻子,都不舍得住旅馆。他会花上几块钱让宿舍的其他人去毛纺厂附近的一家录像厅看录像,一张票只有两块钱,等大家看完录像回来,他们也就做完事了。吴美娟会把丈夫安排到男宿舍,与人凑合一宿。林秀珊为此看过好几次录像。她有一次悄悄跟王锐说,录像厅里净放些三级片,看着让人作呕。王锐就说:"你要是有一天学坏了,我就揍塌吴美娟男人的鼻子!"林秀珊"咯咯"笑着说:"他就是个塌鼻子!不用你去揍了!"王锐想吴美娟现在正甜甜蜜蜜地和她的塌鼻子男人聚在一起,而他和林秀珊奔波了一天却仍然天各一方,就觉得自己仿佛受了谁的嘲弄似的,不由得潸然泪下。

王锐摇摇晃晃地走出毛纺厂大门。他没有去火车站,而是横穿马路,到了林秀珊常等他电话的电话亭。街上的车辆比白天时明显少了,人行道上也是偶尔才见一两个人走过。人们大约都在家中吃着香甜的月饼呢。王锐看了一眼那轮皎洁的月亮,就受伤般地低下了头。他想这月亮既不属于他,也不属于林秀珊。这轮月亮对今夜的他来讲就是一个漆黑的空洞。他觉得自己是那么的孤独无助。

王锐掏出电话卡,把它插进那个只露着一道缝的插口,下意识地拨了一下他工地附近的公用电话。半年以来的周五晚上,他都是在那里给林秀珊打电话的。上次林秀珊到哈尔滨看王锐,他们路过这个电话亭时,林秀珊还调皮地对王锐说:"瞧,那不是咱家的电话吗!"这话险些使王锐落下辛酸的泪来。他想他作为一个男人实在太没本事了,他不能让妻子拥有一部自己的电话。他们的甜言蜜语不能在夜阑人静时悄悄地说,而必须在固定的时刻、在风中雨中雪中大声地说,这看似浪漫,可又是何等的辛酸和悲凉啊!

王锐握着被无数陌生人的手握过的发黏的听筒,听到的是一片"嘟嘟"的忙音。他猜那些回不去家的工友们正在这个团圆之夜给家里打电话呢。工友们的家大都在贫穷的农村,几乎没有谁家拥有电话。但他们所在的村屯却有个别安装了电话的地方。他们就打给人家,让他们去喊一下自己的亲人,然后放下听筒,估计亲人到了,再打过去。所以有的人是打到养牛专业户家的,有的人打到村长家,还有的人打到小学校或者是开食杂店的人家。工友们在归乡时,在旅行包里就会多备一份礼物,是送给帮助接听电话的人家的。下三营子也有几部电话,不过林秀珊选中的是金六婆家的。王锐很讨厌金六婆,可林秀珊却不。林秀珊说金六婆又不是人贩子,非要把哪家姑娘推进火坑里,她不过就是为人说媒,她做的也是生意。金六婆家离林秀珊的娘家很近,两三分钟就可走到,这也是林秀珊会把电话打给金六婆家的一个原因。他们每年要往回打四五个电话。他们总是在一起时往回打,夫妻会轮流跟家人说上几句话。林秀珊的母亲那时就会用飞快的语速说话,而她平时是慢声慢语的。不等他们把话说完,她就率先放下了电话,她是怕他们花钱。林秀珊回下三营子时,就要为金六婆买一件礼物。金六婆喜欢吃和穿,林秀珊给她买的,除了点心就是衣裳。金六婆每回接到电话,总是热情地去叫林秀珊的家人。王锐仍记着金六婆为他说媒所引起的风波,所以对她总是没什么好印象,觉得她好逸恶劳、油嘴滑舌,不是一个正经女人。所以他本想打个电话问问家人的情况,但一想到要打给金六婆,也就打消了这个念头。

  王锐又拨了一遍工地附近的公用电话,结果听筒里传来的仍然是急促的忙音。他认定电话亭前站着的一定是自己的工友,他想问问他们,林秀珊去没去过工棚,她在等他,还是又踏上了归途。

  月光照着马路,照着树,照着那个冷清得没有一个人候车的公交汽车站。王锐看着路面上杨树的影子,觉得它们就是一片静悄悄开放的花朵。一辆只载着几个乘客的公交车驶了过来,跟着一辆出租车也驶了过去。它们轧在路面的花朵上。王锐以为花会窒息,可当车过去后,路面上那花朵般的树影依然活泼生动,清晰可人。王锐想自己要是这影子中的一部分就好了,那样林秀珊就能天天从他身上走过。他愿意让她秀气的脚时时踩着自己。

王锐伤感着,忽然,他听见电话底气十足地叫了起来。在夜晚,这铃声就像寺庙的钟声一样清凉、悠扬。王锐接过电话,"喂——"了一声。只这一声"喂",林秀珊就听出了是丈夫的声音!王锐的声音,哪怕是一声轻轻的叹息,她都能准确无误地分辨出来。

"王锐,我知道是你!"林秀珊分外委屈地说,"我来找你两趟了,都扑空了!"

"我还不是一样?!"王锐的眼睛湿了,"我也来找你两趟了!我先前还以为你在旅馆等我呢,我去了,你不在,从旅馆出来我的腿都软了!"

"王锐——"林秀珊充满深情和疼爱地唤了一声丈夫。

"秀珊——"王锐也满怀怜爱和委屈地唤了一声妻子。

林秀珊说:"我刚刚给家里打完电话。咱们两家的老人都挺好的!妈把咱儿子抱过去了,他在电话中还和我说话了呢!"

王锐问:"咱儿子说了什么?"

林秀珊说:"他说想爸爸想妈妈。他问爸爸妈妈吃月饼了吗。"

王锐说:"你怎么跟他说?"

"我告诉他,爸爸妈妈还没吃月饼呢,要等他一起吃!我跟他说他吃月饼时望着月亮,就会看到爸爸妈妈。你猜咱儿子怎么说?他说爸爸妈妈没有翅膀,怎么能飞进月亮里?还说月亮里都是光,住在那里多晃眼呀!"

王锐含着眼泪笑了,说:"他真聪明!将来肯定比他爸强!"说完,他才想起问妻子在哈尔滨的什么地方。

"就是你们工地旁边的电话亭——咱家的电话亭啊!"林秀珊

说,"我猜你找不到我,可能会在电话亭等我,我就来这里打电话。刚开始打没人接,我就往咱老家打电话。等跟咱儿子说完话,再拨那个电话,你就接了!"林秀珊的声音颤抖了,"咱一家人在电话中团圆了,我知足了!"

"秀珊,是你在那儿等我呢,还是我在这等你回来?我想你!"王锐四顾无人,又大声补充一句,"我想把你抱在怀里,亲你!"

"我也想你!"林秀珊说,"我不在这等你了,明天一大早我还得给人做饭呢。你明天一早也得去工地,就别等我了,回来吧!"

"那我们今天就见不上面了?"王锐伤感地说。

"我们可以在错车的时候相见。"林秀珊说,"你坐十点四十的那趟慢车,我坐十点五十的慢车,我们的车肯定能在中途相会!我站在车窗前,一准能看见你,你也能看见我!"

"可是火车一晃就过去了!"王锐说,"我又拉不着你的手!"

林秀珊说:"我们乘的是慢车,慢车相会不会一晃就过去的,能看好几眼呢!"林秀珊还想说什么,电话突然间断了。王锐吓得手心都湿了,他想林秀珊是因为疲劳过度而晕倒了呢,还是碰上了抢劫犯或者是流氓?晚上十点左右的哈尔滨,即使是在繁华街道上,也是车稀人少了。王锐急得六神无主,脑袋"嗡嗡"直叫。但他很快醒过神来,连忙把电话打回哈尔滨的电话亭上。

"王锐——"林秀珊"咯咯"乐着,"我就知道你聪明,能把电话再打回来的!我的电话卡里的钱用光了!"

"吓死我了!"王锐说这话时,嘴唇仍有些颤抖。

林秀珊说:"王锐,你没见到我,可别像老胡那样啊。你忍一忍,下次见面,我好好侍候你!"

老胡三十八岁,是王锐的工友,老婆孩子都在虎林的乡下。工友们一年半载也见不上老婆一面,有的按捺不住就去找暗娼,有的怕花钱或者怕染上花柳病对不起老婆,夜深时就常有人偷偷自慰以解寂寞。兴许老胡年岁比别人大些,不懂得压抑自己在快感时的叫声,有两次他在夜深时放肆地叫喊,把大家都扰醒了。以后工友们一见到他就爱笑,逗他:"老胡,你的嗓子可真亮堂啊!"老胡虽然五大三粗的,但他脸皮薄,从此后他就不与人说话,而且在工地干活时常常出错。终于有一天他砌歪了一面间壁墙,早就看他不顺眼的工头勃然大怒,把他给解雇了。老胡只得卷着行李回家了。王锐记得他当时跟林秀珊讲老胡的故事时,林秀珊哭了。她紧紧地抱住王锐,说:"我会常看你去,你可不许学老胡,让人耻笑!"

王锐想起老胡,心里疼痛了一下,他说:"我不会像老胡似的!能听见你的声音我就知足了!"

听筒里传来的是林秀珊的笑声。她的笑声跟少女时一样的温存甜美。林秀珊说:"王锐,我给你买了一样东西,你猜是啥?"

王锐不假思索地说:"是腌肉。"王锐爱吃让湖路夜市老葛家做的腌肉,他以为妻子给他买的一定是它。

"你就认得肉!"林秀珊嗔怪地笑了,说,"一会儿我在火车上举着它,你就知道它是啥了!"

"我老想着你,当然要往肉上猜了!"王锐说。

林秀珊说:"你没娶我时,就不会往肉上想了!"

王锐笑了,他说:"我也给你买了一条丝巾,你猜猜它是啥?"

林秀珊笑得更加响亮了,她气喘吁吁地说:"你都告诉我是丝巾了,还让我猜什么呀?!我看你是坐火车坐糊涂了!"

王锐说:"咳,我真是糊涂了。没老就糊涂了,你还不得把我给蹬了呀?"王锐边说边看着电话机上的 IC 卡的通话余额显示,他发现只剩下四毛钱了,他们只够再说一分钟的了,他大声地说:"秀珊,我的卡里也没钱了,一会儿电话自动断了,你可别为我担心啊!"

林秀珊说:"我知道。"

王锐很想在最后的一分钟里说些重要的话,可他大脑里一片空白,什么也想不起来。而林秀珊也如他一样沉默着。王锐能听见工地传来的隐隐的搅拌机工作的声音,而林秀珊听见的则是一辆汽车疾驰而过的"唰唰"的声音,就像风声一样。他们的通话就在这两种声音的交融中自动断掉了。

林秀珊和王锐各自踏上了一天中最后的归途。他们几乎是在同一时间到达了火车站。林秀珊买过票,通过检票口的时候,发现候车的人少得可怜。大多的列车到了午夜时分就像牲口棚里的牲口一样歇息了,偶尔经过的几列慢车,就像几匹吃着夜草的马一样,仍然勤恳地睁着它温和的眼睛。林秀珊在通过地道的时候,觉得自己在瞬间与中秋的气氛隔绝了;而当她走出地道,又能望见月亮的时候,她才觉得节日又像个撒娇的孩子似的滚到她的怀抱。

车厢里空空荡荡的。林秀珊见到处都是空座,她就选择了靠近窗口的座位。她要透过窗口和王锐相会。她不知道是三人座这侧的窗口能与列车相会,还是两人座那一侧的,所以列车启动后,她就一直透过车窗看双轨线上另外的铁轨在哪一方,她确定了是在两人座那一侧的,于是就安心地坐了下来。她估计与王锐的相会,大约要在一小时之后。林秀珊打开旅行包,抚摸着那只没有派上用场的闹钟,就像怀抱着一只顽皮的小兔子一样,满怀爱心地对它说:"你好好睡吧,明早不用你叫了,给你省省嗓子。"她又拈起那条床单,深深地嗅了一下,那上面残存着的王锐身体的气味使她的内心充满了温情,她对床单说:"你身上有我男人的味儿我不计较,要是别人身上有他的味儿,我就撕烂它!"林秀珊又轻轻取出口琴,从口琴中坠下几滴水来,凉凉的,看来她先前在列车上冲洗口琴时,没有把它擦拭干净。她想起了犯人的那张脸,想起了那与众不同的琴声,情不自禁地微微叹息了一声。她想犯人早就该到目的地了,当他戴着手铐走下列车时,他会想起这把口琴吗?

当林秀珊选择好了相会的座位时,王锐也在忐忑不安中找好了座位。王锐到了火车站才发现自己只剩下十二块钱,根本不够买返程车票的了。他只得买了张站台票混上车。他没料到今天要乘四次火车,没带多余的钱。

王锐所乘的列车是由图里河方向驶来的,它走了十几个小时的路了,因而看上去尘垢满面。车厢的过道上遗弃着果皮、烟蒂、花生壳等东西,茶桌上更是堆满了空啤酒瓶、鸡骨头、瓜子皮、肮脏的纸巾、糖纸等杂物。车厢的座位空了多半,大多的旅客都睡了。王锐想在这样的环境中逃票会很容易。只要他远远看见乘警来查票了,就一纵身钻进三人座席下面,反正大家素不相识,没什么不好意思的。从列车的肮脏程度他能判断出,列车员至少有几个小时没来打扫了,他们也许正聚在餐车里喝酒赏月呢。如果真是这样的话,乘警也不会出来查票的。

王锐选择的座位,它旁边的窗口相对明亮些。不过王锐还是怕看林秀珊时会不真切,他就用袖子当抹布,把它蹭了又蹭。他周围的座都空着,只有过道的另一侧,有一个妇女和一个孩子。妇女垂头织着毛衣,边织边打呵欠。而那个六七岁模样的男孩,则举着一支玩具枪,一会儿对着窗口比画一下,一会儿又对着车厢入口处悬挂着的列车时刻表比画一下,口中发出"叭——叭——"的声响,模拟着子弹飞溅的声音。他玩一会儿,就要跑回来央求织毛衣的妇女："妈妈,给我一颗子弹吧!"织毛衣的妇女就会说:"不行! 没看这里的人都在睡觉吗? 要是把谁给打醒了可怎么办?"男孩说:"我不打人,我打空座!"妇女说:"不行! 你看谁像你,半夜三更的不睡觉,还在这淘气?"

　　列车行进了大约一小时二十分钟后,王锐站了起来。他估计和林秀珊相会的时刻快到了。果然,十几分钟后,他发现对面有列车驶来。他紧张地盯着那一节一节划过来的列车。在夜晚,列车看上去就像首尾相接的荧光棒,把夜照亮了。王锐发现对面的列车与他所乘坐的列车一样空空荡荡,这两列车就像两个流浪的孤儿一样在深夜中相会。王锐终于发现有一个窗口前站着一个人,他一眼就认出那是林秀珊!她笑吟吟地举着一样东西,看上去像截甘蔗。她近在咫尺,却又遥不可及! 王锐真想号啕大哭一场!突然,他觉得背后被什么东西猛地击中了,他不由自主地栽歪了身子,回头一望,只见那个男孩举着玩具枪带着得胜的神色笑望着他。原来他妈妈耐不住他的央求,给了他一颗橡皮子弹。他毫不犹豫地把它射在那像靶子一样立在窗口前的王锐的后背上。

　　林秀珊只望了一眼王锐,就发现他栽歪了身子。她不知他是累得突然昏倒了,还是出了其他的事。她想看个究竟,可是王锐所停靠的窗口离她越来越远了,她什么也看不见了。而王锐在懊恼中站直身子再眺望窗外时,林秀珊所乘的列车已经像一条蛇一样地溜掉了。他不明白慢车为什么会消失得如此之快。最后他终于悟出了,他不该把慢车当成窗外的风景,因为风景是固定的,而慢车是运行着的。两列反方向运行的慢车在交错时,慢车在那个瞬间就变成了快车。他们在相会的那一时刻,等于在瞬间乘坐了快车。

　　月亮就像在天上运行着的独行的列车,它驶到中天了。不知这列车里都装着些什么,是嫦娥、吴刚和桂花树吗?这列车永远起始于黑夜,而它的终点,也永远都是黎明!

2003 年